U0933017

陶潜和樱子

刘争争 — 著

浙江出版联合集团
浙江文艺出版社

1.

不，他们不是一对儿。

这也不是一部关于陶渊明的野史小说。

他们是我的两个好朋友。

陶潜先生是名奇男子，樱子小姐是个小明星。

2.

陶潜有个万年不上的QQ，上面一句万年不变的签名：世界太小，我太大。

我讲不出这样的大话，我说，天地玄黄，宇宙洪荒，我们永远那么渺小，永远那么容易被遗忘。于是我写下这些文字，未来某一天你们俩读到时，定能被搅动心肠。

3.

2014年9月，二十四岁的陶潜从澳门回到北京，九死一生，带着一笔飞来横财和一个电影般传奇的故事。

同年年底，二十四岁的樱子签下了一家大卫视定制偶像剧的女二号，真正进入了自己演艺事业的上升期。

于是我决定动笔，写下他们俩的故事。

在我的朋友里，数他们最传奇，最有的写。

4.

樱子是根正苗红的北京姑娘，打小生长在南城一带，利嘴伶牙，貌美如花。

樱子满嘴京片子不饶人，横穿四九城里挟风带电，什么场面都见识过，遇着谁都不吝。多高档的餐厅，她都能气定神闲地坐着扮优雅，同样能在路边摊跟你撸串拼啤酒。她纤细的腕子套着上万的玉镯，同样会淘几十块钱的衣服裙子鞋。

现在的她是个不成气候的小演员，你或许曾在某部影视剧里见过她，但你一定不知道那就是我所说的樱子。

5.

樱子并非北电中戏科班出身，和我、陶潜一样毕业于北某大中文系。

大学时，她是个四处乱窜的野模，拍淘宝拍平面，站礼仪站车展。

毕业后，她开始往演艺圈里硬挤。

所谓硬挤，就是拼命混局认识人，剧本都懒得看，逢戏便上。

地方台电视剧的女四女五，院线片里一两句台词的特约——唯一演过女主的，就是那种打色情擦边球的low到爆的网络电影。

我问樱子，要是以后当不了大明星怎么办？

她想了想，反问我："怎么会当不了？"

我哑口无言。是啊，怎么会当不了？一个把成名视作与生老病死一样顺理成章的人，全世界都得给她让路吧？

6.

陶潜和我认识了快十年，既是我的高中同学，也是我的大学同学。

因他真实姓名念起来很像“陶潜”，于是我冒昧用了陶渊明的别名在这个故事里称呼他。

7.

如果你有幸和陶潜唱过K，你就知道，他永远只会点上一首《大悲咒》。

然后闭着眼睛，不看歌词，一字不差地唱下来。

那首歌足足有半小时长啊。

然后他会放下麦，默默地给我们普及：

“这不是《大悲咒》，这是《十一面观音神咒》。”

8.

陶潜博览群书，在我见过的同龄人中，数他的阅读量最大。

他博学而古怪，很有那么点儿恃才傲物的味道。

有人说他是书呆子，总能触发别人的尴尬癌，还常常一句话冰封全场。

其实他不是呆，他是怪。

清瘦挺拔、聪明绝顶的一只怪咖。

9.

毕业后我刚开始做编剧时——其实就是不署名的枪手——那会儿

陶潜刚好闲在家中啃老，我便拉他一起来做。

本来没指望他能答应，结果他意外地答应下来。

带我的老编剧给了我们三集分场大纲，说先写三集看看水平。考虑到我们是两个人，老编剧只给了两天时间。

结果陶潜才写了半集就因为无法忍受庸俗的婆媳战争套路拍案而起，他打电话给老编剧，问人家他能改改剧情吗。

老编剧说这不是废话嘛，当然不能了。

陶潜直接就把电话给挂了。

然后他跟我说："我不干了。"

我吓坏了："大哥，别啊！"

陶潜不理我，默默收拾起东西。

我见他来真的，瞬间慌了："你不写了我怎么办？就两天，你这不是坑我吗？"

陶潜收拾好东西，临走前回头对我说："原谅我这一生不羁放纵爱自由。"

10.

其实我跟樱子一直觉得，陶潜定有写作方面的惊世才华，无奈他不肯动笔。

他自己的解释是：书读多了，对写作也就愈发敬畏，知道有些作家如乔伊斯，那是天造大才，这辈子无论如何努力也写不过人家，遂不想写了。

樱子问："乔伊斯是谁？是做苹果的那个吗？"

后来，我熬了一天一夜，总算按时交了稿。

我找陶潜兴师问罪：

“说了是写电视剧，你就该想到是庸俗的套路，写不了你当初别答应啊！”

陶潜说：“还是有不庸俗的电视剧的。”

我说：“那是凤毛麟角，而且你我这种刚入行的级别，根本接触不到那样的好戏，大家不都是这么慢慢爬梯子的嘛！”

樱子帮腔：“我还想上来就演大导演的女一呢，可人家谁认识我啊？还不得先从卖萌扮骚露大腿演起？！”

陶潜沉默几秒，认真地说：“不，任何时候，我们都不应该向庸俗低头。”

我到现在都还记得陶潜说这句话时的神情，像极了那个做苹果的乔布斯。

11.

高考过后，我和陶潜如愿考进了北某大中文系。

2008年，夏天，中文系报到第一眼，所有姑娘都清汤寡面，牛仔裤帆布鞋。

只有樱子，本来就一米七的大个子，还穿双高跟鞋，气场压得男辅导员都不敢抬头直视她的脸。

我说：“妖孽啊，盘儿亮条儿顺，真是妖孽。”

陶潜说：“呵呵。”

那时候的樱子，眼神像刀子，在中文系的男生女生身上一扫而过，好像对谁都瞧不上眼。

12.

这样的姑娘，理所当然会被学校里其他女生排斥与讨厌。樱子对我说，习惯了，从小到大女人缘都很烂。

只有同宿舍的小白跟樱子好。

小白说：“樱子好美啊！”

小白是樱子在北某大里唯一的同性朋友，就像以前念高中的时候，我也几乎是陶潜唯一的同性朋友——其实即便算上异性，我可能也是陶潜唯一的朋友。

是的，此人太不合群。

13.

西方文学大课间隙，我和陶潜出来抽烟，教课的唐教授也出来抽，我们相隔十米，互视一眼。

我问陶潜：“咱们要不要过去跟老师打个招呼？”

陶潜说：“要去你自己去。”

樱子也出来了，看看我们，看看唐教授，然后走到我面前。

“同学，我没烟了，给我一根儿行吗？”

一根儿点儿八中南海，我们就这么认识了。

唐教授隔着老远朝樱子喊：“嘿！姑娘，你怎么不找我来要烟？”

14.

樱子说我天生具有能让人产生信任感的能力，从她第一次管我要烟起，她就这么觉得。

所以她什么都爱对我说。

15.

读初三那年，十五岁，学校高中部一个混混看上了樱子，而那时的樱子，像那个年纪所有的小姑娘一样，对这种长得又帅打架又厉害又会抽烟又有机车的混混毫无抵抗力，于是很快就开始了早恋。

后来，在混混刚柔并济的攻势下，樱子顺利被他领进了学校旁边一家快捷酒店。

那时樱子都还没身份证呢，也不知混混怎么开的房。

“那年头大家都没钱嘛，你知道的，快捷酒店就快捷酒店吧。”

樱子抽口烟，皱起了眉。

“但最让人忧伤的是，那是我的第一次，他就开了个钟点房。”

樱子皱眉的样子很好看，她自拍时也很爱用这个表情。

“所以，我的第一次不算初夜，只是一个逃学的下午，四个小时，八十块钱。”

“就是疼，别的不记得了。”

樱子喝多了。

可是没有血，为什么没血呢？混混当时也这么问她来着，她只能摇摇头，说不知道。

混混说：“是不是你小时候练过体操劈过叉？或者骑自行车摔过？”

樱子说：“我跟你真的是第一次。”

16.

混混很混，在当时北京南城几所中学里名气很大，打架心狠手黑，背过好几个处分，可就是顽强地没有被学校开除。

樱子说：“也许他爸跟校长认识，我猜的。”

樱子放下酒瓶，眼神已经有些迷离了。

我说：“别喝了，再喝我就吐了。”

樱子教育我：“喝大酒，吐之前只是热身，吐之后才算正式开始，这是规矩。”

我问：“谁定的这规矩啊？”

樱子呵呵一笑：“这个世界。”

我确定她喝高了。

17.

我吐过回来，樱子又在我面前摆上了一瓶啤酒，绿得晶莹剔透。

她接着给我讲。

混混夺走她的第一次后没多久，在台球厅里跟几个外校学生打了场架。

起因简单得蛮不讲理又令人发笑——就因为一个外校学生挥杆的时候杵到了混混的屁股，被野外爆菊的屈辱令混混愤怒地破口大骂。

外校学生有七八个，混混这边就仨人，可混混飞扬跋扈惯了，要是在自己的地界儿低头向外校学生认了㞞，那以后还怎么混？

打吧？丁零咣啷，噼里啪啦，你给我一个电炮，我还你一个飞脚。

混混是打架高手，愈战愈勇，那一刻他一定把自己当成了长坂坡上的赵子龙，七进七出，好不威风。全然忘记了赵子龙能从百万曹军中杀脱出来，那是因为曹孟德没让手下人放冷箭。

外校学生放了冷箭，一个心更狠手更黑的年轻人，默默地从兜里摸出了管制刀具。

后来，混混就被捅死了。

18.

我听后表示难以置信："真死了？"

"真死了，当时这事儿都上报纸了，我们学校都跟着出名了。"

"那后来呢？"

"都这样了还要什么后来啊？"

"我是问你的后来呢？"

"我后来就考上大学了，认识了你这个傻 ×，还有陶潜那个大傻 ×。"

"你身上有处女诅咒吧。"

我也喝多了，信口开河胡说八道。

樱子问我什么叫处女诅咒。

"有一种女人，命理主刑杀，不一般，哪个男人夺了她的处女之身，必遭横祸惨死。"

"真的假的？"

"真的，不信你去问陶潜。"

19.

陶潜读书之多，令系里的唐教授也不得不另眼瞧他。

唐教授是北大中文系的博士，早年曾留在北大里教书，后来因为不堪忍受同僚间的明争暗斗而毅然来到北某大，变成了我校中文系的一朵奇葩。

西方文学大考前夕，樱子和小白捯饬漂亮，碎花裙坡跟鞋，露出一样修长纤细的双腿，脸上再略施粉黛，清纯中带点女人味又不落风尘。俩人美哒哒地去中文系办公室找唐教授，撒娇卖萌、软磨硬泡，求唐教授给画范围。

唐教授默默从抽屉里取出一本《金刚经》，扔到樱子小白面前。

“先抄一遍。”

于是从下午到傍晚，樱子和小白从“如是我闻”抄到“信受奉行”，五千多字，两个平常只敲手机不动笔的姑娘，凭借着顽强的毅力和对画范围的殷切期盼，忍受着手腕的酸痛，愣是赶在天黑之前抄完了。

樱子双手颤抖地捧着稿纸，强颜欢笑着放在了唐教授的面前。

唐教授：“抄完了？”

两个姑娘面带笑容，使劲点头。

“学到点儿什么没？”

小白慌忙说：“受益匪浅，受益匪浅。”

樱子说：“唐老师，我们抄也抄了，这次的考试范围什么的，您就给我们画画呗。”

唐教授说：“不给！我要你们玩的。”

樱子和小白完完全全地惊呆了。

唐教授开心地问：“怎么样？是不是现在心里特不爽？”

小白眼泪都在眼眶里打转了，她大声说：“是！”

唐教授说：“活该！谁让你们那么容易上当！”

20.

樱子对我和陶潜吐槽这件事的时候，我乐得前仰后合。

陶潜问樱子：“《金刚经》说了什么？”

樱子气得说：“我他妈哪知道！教人怎么刀枪不入的？”

陶潜：“最后的四句偈你还记得吗？”

后来，那次大考，我各种给樱子小白传纸条，她们俩总算没挂科。

而陶潜，轻轻松松就拿了全系第一，成绩高得让一向瞧不上我们的唐教授也注意起他来。

21.

樱子，今天的你大概都忘记这件事了吧？你还翻过《金刚经》吗？肯定没有，纸质书，你从来只翻《VOGUE》。

最后四句偈是：一切有为法，如梦幻泡影，如露亦如电，应作如是观。

陶潜说，嗨，概括起来就一句话：都是垃圾，别往心里去。

只有他明白唐教授的用意，中文系的这两朵奇葩，互相之间总是很懂。

22.

唐教授时常羞辱我们，但即便如此，他依旧是中文系里最受欢迎的教授。

人类还真是贱啊。

西方文学大课讲到维克多·雨果，唐教授说："雨果在法兰西火了整整一个世纪！他是那个时代法国文坛最耀眼的超级巨星。"

一直低头玩手机的樱子抬了下头。

唐教授："雨果的一生画了一个完美的圆，该经历的跌宕起伏，该品尝的苦辣酸甜，一样不缺，一样不落，最后还赢了生前身后名。"

樱子难得一次听得两眼发亮。

唐教授话锋一转："瞧瞧人家波澜壮阔的一生，再看看你们吧，简直就是一群乌合之众。"

樱子脑子都没过，年轻气盛，拍案而起，吓了我们所有人一大跳。

“您凭什么说我们不能波澜壮阔？！”樱子大声质问。

全班的目光都看向樱子，坐在她旁边的我尴尬地挪了挪。

唐教授看着樱子：“我记得你，虽然你很少来上课，但你长得漂亮，所以我记得你。”

23.

那时候的樱子，真的很少来上课。

她天天满北京城跑，混圈子，认识人，给自己赚生活费。

樱子的家庭条件很一般，父母很早离异，她打小被剽悍的樱妈剽悍地养大，情理之中滋生了要出人头地的野心，直至今日也未曾动摇。

在认识工体富少之前，樱子一直没有男朋友充当钱包，而她的花销又偏偏很大，所以拍平面拍淘宝，一天几百块的礼仪车展什么的，都经常能看到樱子的身影，反倒在课堂上，你极少能碰见她。

24.

唐教授站在高高的讲台上，看着下面的樱子：“你刚才说什么？”

樱子大声重复：“您凭什么说我们不能波澜壮阔！”

唐教授说：“雨果像你这么大的时候，出版了自己的诗集，受过路易十八的封赏。你呢？拿一咱学校的奖学金都费劲吧？你壮阔一个我看看啊。”

樱子毫不示弱：“等我将来壮阔的时候，您坐稳喽，别被吓着！”

唐教授开心地大笑，冲樱子挥挥手：“坐坐坐，咱们继续上课。”

25.

那时候每周三下午，中文系办公室，唐教授有固定的答疑时间。

但除了陶潜以外，从没有其他学生去过。

而陶潜是每周必去。

唐教授一见陶潜进来就摆出厌烦状——“你怎么又来了？”

嘴上这么说，但每次给陶潜讲起来，都是口沫横飞手舞足蹈，最后还拉着陶潜不许走。

陶潜极少问关于中文专业的问题，他那时像许多怪人们一样迷恋哲学，康德叔本华黑格尔尼采，恰好唐教授也有北大哲学硕士的学位。

“我若不是亚历山大，我愿成为第欧根尼。”

陶潜曾一度很喜欢这句话。

26.

后来樱子交了个小开男友，是常年混迹工体一带的富少，因为个子不高，长得很帅，所以樱子亲切地叫他“矮富帅”。

矮富帅一米七三左右，一米七的樱子穿上高跟鞋能高出他半个头去。但矮富帅从来不介意，他还特别喜欢樱子穿高跟鞋，越高越好。

协不协调般不般配有没有 CP 感都不重要，重要的是搂着个气场十足的高妹，在他眼里是件挺有面儿的事儿。

27.

樱子的生活终于不用那么紧张，即便她花销再大，每月月初，矮富帅也会像打工资一样给她打来远超过她花销范围的钱。

樱子渐渐有了大牌子的包包和鞋，都是矮富帅主动给她买来讨好她的——除了她手上那个上万的玉镯，她从没主动开口管矮富帅要过任何东西。

“女人应该有块像样儿的玉。”樱子有次对矮富帅这么说。

第二天，矮富帅就给她买了那个玉镯——她一直戴到今天都没离过身。

后来他们分手后，我问樱子戴着那玉会不会睹物思人。樱子说不会，她只是喜欢那玉，舍不得扔。

28.

在樱子和矮富帅交往的那段日子里，陶潜老先生每天一下课就泡在北某大的图书馆里看书，一直看到夜里闭馆。

他看文学、哲学、宗教等等不能当饭吃的东西，我完全不知道这厮毕业以后打算干什么。

樱子身上的奢侈品越来越多，陶潜肚子里的书也越来越多。

29.

小白也恋爱了，男友是校篮球队的，一米八五，肌肉发达，在篮球场上过人跳投的时候，浑身上下散发着浓浓的雄性魅力。

小白条件很好，中文系美女众多，小白也漂亮。

但她的漂亮不同于樱子的美，小白就算捯饬得再风尘也起不了那个范儿，你还是能一眼就看出来，这是一个家教良好的女大学生。

论家庭条件，小白完胜樱子一大截，她家是当今这个时代里最最典型的中产阶级，并且父母融洽，家庭和睦。

30.

“这样的姑娘好，比樱子好。”陶潜说，“樱子难成大气候，但也绝不是省油的灯。”

我说：“大家都在恋爱，连隔壁的矮穷丑，都找了一个土肥圆。”

陶潜说：“小白喜欢你，你可以把她从篮球队员手里抢过来。”

我问：“你怎么知道？”

陶潜说：“我就是知道。”

这是一个恋爱的季节，孤独的人是可耻的。

可耻的陶潜从我认识他一直到现在，从来不近女色，不仅没交过女朋友，我在他的电脑里连成人爱情动作小电影都找不到，这对于一个正值青春期的大男孩儿而言，很不科学。

我问他为什么会这样。

陶潜说：“牛顿也这样啊。”

我倒吸口凉气，心里暗想：你丫还真敢比。

31.

学校后门的烧烤摊，一侧坐着小白和她打篮球的男友，一侧坐着樱子和我。

樱子问我：“陶潜呢？”

一个小时前，陶潜躺在宿舍的床上，手里一本海德格尔的《康德与形而上学疑难》挡着脸。

我对他说：“走啊，撸串喝啤酒，樱子也去。”

那本长得就很晦涩的书后面传来一个极其轻蔑的冷笑："哼，俗人们浪费时间的项目，我怎么可能参与？"

我预料到是这结局，于是自己拿上烟默默出了门。

我把这件事讲出来后，篮球男一脸不可思议地看着我。

我解释说："没事儿，宿舍一哥们，脑子有病。"

篮球男表情更诧异了："什么病啊？"

樱子说："脑瘫，霾吸多了。"

小白在一旁乐得东倒西歪。

32.

篮球男显然很想在樱子面前表现自己，他不停说着并不好笑的网络段子，并且眼睛每隔几十秒就瞄一下樱子低胸短袖前露着的事业线。

樱子可能也有点儿喝多了，她乐呵呵地瞧着篮球男，问了一句："大吗？"

迟钝的小白不明所以。

篮球男尴尬地对樱子笑笑，从那之后，一直到大学毕业，他再也没有和樱子说过一句话。

33.

后来，篮球男搂着小白先走了，我不知道他们是不是去开房了。

樱子看着两人的背影，摇摇头："回头我就得撺掇小白分手。"

我说："宁拆一座庙，不破一桩婚啊。"

樱子："还没婚呢。况且这样的傻大个儿，用用还行，在一起就算了。”

用用还行……

我说：“咱们接着喝酒吧。”

那天，我和樱子喝完酒要走的时候，一只黑猫步伐优雅地溜达过来，往樱子脚边一蹲，安静地瞧着她。

面相虽有几分凶悍，但那两只猫眼睛，简直又水又灵。

樱子和它对视了几秒钟，当即就下定决心，排除万难也要收养它。

这只黑猫后来被樱子一直养到了现在，因为它真的很黑，所以樱子采纳了我的建议，给它取名叫张飞。

34.

陶潜说：“黑猫是极具象征意味的东西，预知灾劫不在话下。”

樱子摸着怀里的张飞对他说：“你读书读傻了吧？”

张飞是被樱子藏在矮富帅送她的Prada杀手包包里带进女生宿舍楼的。通过宿管大妈传达室的整个过程中，张飞一声不吭一动不动，配合极了。可一进宿舍，它自己就扒拉开Prada，一跃跳上了樱子的床，快如一道黑色闪电。

真的像个从天而降的杀手。

屋里其他两个女生吓傻了，张飞不屑地扫了眼她们，高傲地昂起了头颅。

“你丫给我下来！”樱子在下面喊，“还没给你洗澡呢就他妈上我床！”

张飞不为所动，安静地坐在樱子的床上，好像它才是这张床的主人一样。

陶潜说：“身为中文系的学生，都没读过爱伦·坡的《黑猫》吗？”

“是公的，给它洗澡的时候我看了。”樱子不理陶潜，对我说，“你说它怎么知道哪张是我的床呢？一进去就往上跳？”

“蒙的吧。”我说。

“我刚才说的是真的，”陶潜又说，“黑猫很神的，你们真没文化。”

35.

世间所有的相遇，都是久别重逢。

张飞好像本来就是樱子的猫一样，只是在外面转了一大圈，如今又回到了她的身边。

她们俩的性子一样一样地烈。

一开始每天晚上张飞都要睡床，樱子不许，给它抱下去跳上来，抱下去跳上来，还硬要往樱子被窝里钻。

樱子火了，伸手要打它，可根本就打不着，张飞像训练有素的拳击手一样灵敏地闪躲腾挪，最后一跃跳上樱子的小桌，弄翻她所有化妆护肤的瓶瓶罐罐，并向她尖嚎一嗓子示威。

张飞生冷不忌。樱子吃什么，就给它多带一份回来，它从不挑食，而且饭量极大。

樱子是后来才听人说猫不能吃盐的，但在那之前她喂给张飞的食物里，油盐俱全，张飞照吃不误，身体也从来没出过毛病。

“硬实，打不倒，就跟我一样。”樱子得意地对我说。

36.

唐教授的大课。

樱子低头玩手机，很快玩没电了。她皱皱眉，从陶潜身前一大摞书里随便抽出来一本。

樱子说：“陶潜，这么多书你从哪弄来的？”

陶潜说：“学校图书馆，一个你从来没进去过的地方。”

樱子“切”了一声，翻着书，念了起来：

风暴，远路，寂寞的夜晚，

丢失，记忆，永续的时间，

所有科学不能去除的恐惧，

让我在你底怀里得到安憩。

樱子说：“印错字了吧？什么叫‘在你底怀里’呀？”

陶潜解释：“这是那个年代的语法，前词是名词代词的用‘底’，前词是形容词副词的用‘的’，老辈诗人都这么写。”

樱子眨巴着漂亮的大眼睛，茫然地看着陶潜：“没听懂，不过你也不用再给我讲了。”

说罢转身推我一下：“嘿！把你手机拿出来给老子玩玩。”

教室后方，小白把篮球男领进来了，两个人蜷在角落里腻歪，可还是没逃出唐教授的法眼。

唐教授说：“小白，你旁边坐着的那位男同学，看着眼生，是咱们系的吗？”

小白慌张地解释：“唐老师，他是我一朋友，特喜欢文学，今天专门过来听您上课的。”

唐教授：“那位同学，对，就说你呢，你喜欢文学？”

篮球男尴尬地点了点头。

唐教授：“你喜欢哪个作家？”

篮球男脸都憋红了，想了半天终于想起来一个，声若洪钟地说：“鲁迅！”

全班刹那静止，忽然默契地爆发哄堂大笑。

37.

陶潜没说错，黑猫真的很神。

那天晚上樱子要出去，张飞守在宿舍门口，一猫当关，玩了命似地冲她嚎，声音要多凄惨有多凄惨。

旁边几个宿舍的姑娘们都被引来了。樱子尴尬地跟人家抱歉，要去抱张飞，张飞抬爪就在她光滑的小臂上划了条血道子。

樱子急了："你丫梅超风啊？敢他妈挠我！"

说着上去蛮力抄起张飞，往自己床上一扔，然后飞快地出宿舍，撞门，这才算甩掉了张飞。

那天在宿舍里的小白，后来告诉我们，樱子走后，张飞在门前足足挠了十多分钟的门，又挠又嚎，她过去怎么哄都没用。

樱子打车去了簋街，找男友矮富帅参加一个局。打小没吃过亏的樱子，那天可吃了大亏。

38.

那几天陶潜天天拿着个铁勺子看，据说在研究念力。

我知道这位先生不着四六，但没料到他已经不着四六到这种程度了。

陶潜说："只要我发自内心地相信，我就可以把这把勺子看弯。"

我说："你是不是脑子真的有病啊？"

陶潜大吼："不要干扰我！本来进入潜意识就很难，嘘！别他妈说话！"

我已经懒得骂他了，真的。

然后我们就接到了电话，樱子的头被打破了，进了医院，要缝针。

我拉着陶潜火速赶往医院。

在出租车上，陶潜问我："你是不是喜欢樱子啊？"

39.

簋街某饭馆，矮富帅的朋友组了个局，七八位公子千金，除了樱子以外全是富二官二各种二，气焰嚣张得仿佛整个世界都是他们的。

一行人本来说是吃点儿东西就杀奔工体，结果夜店没去成，在饭馆里先打起来了。

原来矮富帅的前女友也来了，据说也是正儿八经的高干子弟、红色贵族，我们暂且称她为高干女。

高干女样貌身材均属芸芸众生水平，许是内心还对矮富帅念念不忘，所以看到肤白长腿、盘儿正条儿顺的樱子依偎在矮富帅身旁，自然怎么看怎么不爽，在内心暗骂了无数声"骚货""婊子""拜金女"之后，终于由暗转明，开始四处呛樱子的话，樱子说什么她都得跳出来堵两句，樱子不说话了她又说："妹妹怎么还腼腆上了？看你捯饬得这么花枝招展，也不像是个老实巴交的人啊。"

樱子哪受得了别人这么噎她，当时就拍桌子站起来急了。

高干女也真不是吃素的，二话没说直接把手边上的烟灰缸给甩过去了。

樱子大概也没料到高干女如此剽悍，上来就下狠手，于是躲闪不及，当时额头就被砸破，见了红。

樱子气急了，抄起手边的啤酒瓶："我他妈花了你！"

矮富帅这时拼了命似的抱着樱子就往外拖，樱子毕竟是女儿身，根本挣不开，她最后使尽力气把啤酒瓶扔了出去，可惜没打中高干女。

矮富帅就这么一路把樱子拖到饭馆外，樱子气得大骂："你他妈傻×啊？你拦我干吗？！"

矮富帅冲樱子大吼：“你不能打她！你打她就出事儿了！你根本斗不过她！”

樱子额头的血还在流，流到眼睛里，就杀红了眼，不顾一切地还要往饭馆里冲。

矮富帅的两只手像两个老虎钳子一样，死死抓着樱子柔弱的女儿身。

樱子大哭着挣扎，矮富帅就一把揽过来，紧紧地抱着，在樱子耳边不停地说着：“宝贝儿，咱们去医院吧？好吗？听话，去医院吧。”

40.

额头缝了四针。

我和陶潜赶到医院的时候，矮富帅已经走了。樱子头上缠着白纱布，一个人失魂落魄地坐在走廊里，像一只被遗弃的小野猫。

我问樱子：“他人呢？”

樱子抬起头，笑了一下：“我让他滚蛋了。”

我生气地：“让他滚他就滚？你在医院里包着纱布，他就放心你一个人？”

樱子说：“不是还有你嘛。哟，陶潜，你也来啦，我刚才都没看见你。”

41.

后来，樱子跟我说，这事儿不算完，她打小儿在北京南城长大，多凶险的江湖恶斗没见识过？自己在这座城市里生长了二十来年，还从没吃过这么大的亏，这事儿必须得找补回来。

我有点害怕，问她想干嘛。

“找几个人，也给她放点儿血！不然我咽不下这口气。高干子弟怎么了？神挡杀神，佛挡杀佛！”

我倒吸口凉气。

樱子想了想，又说：“不行，我要是找几个男的打一女的，这事儿传出去我还怎么在大北京混啊？”

我长舒一口气。

可是她马上又说：“既然都是女的，那就单挑吧，我跟男孩子打架都没输过，我能怕她？”

42.

第二天，矮富帅就带了一大袋子吃的喝的和一个大红包过来看望樱子。

红包撑得鼓鼓的，里面足足有两万块钱现金。

矮富帅说：“这是高干女托我带给你的，一是赔个礼，二是想息事宁人。”

樱子眯缝着眼睛，一脸狐疑。

“她能这么轻易跟我道歉？不会是你从中作梗吧？你说，这钱是不是你自己的？”

矮富帅说：“哪能啊？是她回去以后越想越觉得这事儿做得过分，自己又拉不下脸来当面跟你赔罪，就托我转交，希望这事儿能就这么过去。”

“过去你大爷！过不去！”

樱子把信封往矮富帅脸上一扔：“拿走！甭管这钱是你的还是她的，我都不要！”

矮富帅哭丧着脸问："那你还想干吗啊？"

樱子告诉了他她要单枪匹马堵高干女的事儿。

矮富帅听得脸都变了色："不行！不许去！你知道她家往上是干吗的吗？"

樱子："不就是红军老首长么？老首长的后代有三头六臂？不也俩胳膊俩腿儿嘛？一板儿砖拍下去照样找不着北！"

矮富帅说："你听我句劝，好吗？你斗不过她，真斗不过！你拿着钱，咱们以后不提这事儿了好吗？"

樱子说："你丫是他妈带把儿的吗？你女朋友让人这么欺负，你不帮忙出气也就算了，还让我跟你一块认尿！我实话告诉你，忍气吞声这事儿，我长这么大了还真就学不会！"

矮富帅说："我也实话告诉你，你要真把她给打了，她爸追究下来，别说我救不了你，搁谁都白搭！"

樱子反应过来："合着说了半天，是你自己怕受牵连啊？"

矮富帅说："我是不想看你自找麻烦，咱都是成年人了，理智点儿行吗？"

樱子说："要理智是吧？行，我现在理智地告诉你，让我不去拍她可以，除非咱俩现在就分手。"

矮富帅看着樱子，沉默了几秒，然后一脸无所谓的样子说："行啊，分吧。"

43.

陶潜的念力研究毫无进展，但他说在大学毕业前，他一定能看弯那把勺子。

别人聊考研聊就业，聊游戏聊足球，陶潜就一动不动地坐在床上看勺子，还不许我和他说话。

那时的我，深深地替他担忧着，等大学一毕业，这样一个怪咖该何去何从啊。

不过后来的事实证明，我的担心纯属多余。陶潜先生毕业后这几年所经历的事情，比那帮毕业后按部就班找工作的人，要精彩太多太多了。

44.

陶潜放下勺子，我对他说：“你不去安慰安慰樱子吗？她失恋了。”

陶潜说：“不去。”

其实我就多余问。

樱子说，矮富帅真的和她分手了，为了阻止她去找高干女的麻烦。也说不清是话赶话还是预谋已久终于等到了这样一个契机，反正矮富帅是真走了，樱子说她能感觉出来，这个人从此在她的生命里消失了。

我问：“为什么啊，他不爱你吗？”

樱子说：“显然不爱，他只爱他自己。”

45.

对于矮富帅而言，樱子的价值就像是一辆跑车。

平常带出去充充门面拉拉风还行，可一旦这辆跑车的刹车失灵了，无法控制并且很有可能给自己带来车祸危险时，就会果断弃之不要。

反正矮富帅有的是钱，随时都能换辆车。

46.

樱子后来到底也没去拍高干女一板儿砖。

樱子说矮富帅一跟她分手，她一下就泄了气，丧失了所有要去报仇的冲动。她说她突然觉得这一切都特没劲，她还说，冷静下来仔细一想，可能矮富帅说得对，自己真的斗不过高干女，而且大家都是成年人了，是该理智一点儿了。

“我认㞞了，”樱子说，“早知道就把那两万块钱收下了。”

47.

人越长大越㞞是亘古不变的道理，初生牛犊不怕虎同样是亘古不变的道理。这一点在黑社会的世界里体现得尤为清晰，老大们永远是被想上位的十八九岁小崽儿捅死，而很少会有老大与老大之间抡刀子火并。

从这点上说，樱子长大了，不再是那个出身于险恶环境却从不甘心吃亏的南城凶猛小牛犊了。

48.

在食堂吃饭的时候，小白告诉樱子：“那天晚上张飞那么闹，一定是预感到了你要出事，张飞有灵性啊。”

樱子听后，点了点头，立刻去打饭窗口多买了两只鸡腿。

张飞熟练地用小爪按着鸡腿，撕咬上面的肉。樱子在一旁抚摸着它的头，满眼怜爱地看着它，就像刚生育的妈妈在看自己的宝贝儿。

从那以后，张飞获得了和樱子睡一个被窝儿的特权，樱子再也没有赶它下去过。

49.

和矮富帅分手没几天，樱子就来找我和陶潜，她让陶潜给她列个书单，说自己要开始读书了。

我问她为什么。

她说她想通一件事儿，做女人要有深度，有深度才能更好地看清世界的本质，对那些让我们无可奈何的傻 × 人傻 × 事才能微微一笑，不窝心，不搓火，这是她理想的境界。

陶潜说："想要明心见性，看清世界的本原，靠的不是多读书，而是不生执念，不心存偏见。"

樱子说："别跟我说那有的没的，听不懂。我就知道，读书好，牛逼的人都爱读书，书读多了不用化妆，素颜都美。书中自有黄金屋，书中自有颜——颜什么来的？"

我说："颜如玉。"

樱子问："颜如玉是什么？"

我说："就是你。"

陶潜说："呵呵。"

最后陶潜给樱子写了普鲁斯特的《追忆似水年华》。

樱子问怎么才一本。

陶潜说："读书，从经典开始，你读完这本我再给你开下一本。"

50.

第二天樱子就事儿事儿地跑西单图书大厦把普鲁斯特买了回来，三大厚本，240 万字。樱子说当她看到这三大本摞在一起的厚度比她最高的高跟鞋还要高时，就已经不打算做个有深度的女人了。后来这三本书安静地躺在樱子的宿舍里好几年，接了不少灰。

我问陶潜为什么要首推这本。

陶潜说："因为长，而且读起来无聊，可以让她知难而退。"

我说："人家要求进步是好事，你干吗打消人家的积极性？"

陶潜说："一、樱子变不成个有深度的女人；二、就算变成了，那样的樱子还有意思吗？"

我想了想："没意思了，这就是孔子说的女子无才便是德吗？"

陶潜说："一、这话不是孔子说的；二、这话的意思被现代人歪曲了，原句根本不是你说那意思。"

我说："行吧，陶大明白。"

51.

樱子当然是打不倒的，她一向都是打不倒的。

所以没过多久，她就又交了个新男朋友，和矮富帅一样的有钱，不一样的是，这钱都是人家自己挣出来的。

这次是位人到中年的大叔，快五十了，浑身上下透着一股过来人的老流氓江湖气，总之在今天这个洛丽塔众多的年代，属于那种特别吃香的老男人。

为了方便称谓，我们就叫他"大叔"吧。

52.

大叔没结过婚，当然也没孩子，私生子有没有就不知道了，反正明面上他是钻石王老五。樱子也是人精，不可能莫名其妙当别人的小三，她用各种手段打听后得出最终结论：大叔是真的没结过婚，没骗她。

大叔也真不是一般人，在他和樱子正式交往的第一天，他就开诚布公地对樱子说："先讲清楚了，我是不会娶你的。"

樱子点了点头："我知道。"

53.

樱子很爱大叔，因为大叔真的很有魅力。

大叔也很爱樱子，因为樱子真的很美。

但他们都心照不宣地知道，他不会娶她，她也同样不会嫁他。爱情是爱情，婚姻是婚姻，两码事儿，两个聪明人都明白这个再简单不过的道理。

54.

小白不明白，她问樱子："不以结婚为目的的谈恋爱算怎么回事儿呢？"

樱子说："算耍流氓。"

小白想了想，又问："他都快五十了，还能耍得动流氓吗？"

樱子瞪大眼睛，点了点头："能啊，特能。"

对于樱子和大叔在一起这件事，我觉得一是她想尽快忘掉矮富帅，因为她向来自诩打不倒的大樱子；二是她父母很早离异，她从很小起就没有爸爸，长久以来严重缺失父爱。

陶潜告诉我，从心理学角度讲，女孩儿的俄狄浦斯情结如在成长期未完全消退，成年后就很可能会喜欢老男人。

我问："那还有的救吗？"

陶潜说：“有啊，反正大叔也不会娶她。”

55.

那时候，樱子每周固定会和大叔开一次房，然后第二天一早再被大叔开车送回北某大。

我问樱子：“为什么要去酒店开房，大叔没有豪宅吗？还是钱多到实在没地方花了，非要住四位数一晚上的酒店？”

“我没去过他家，他不提，我也不问。”

“你们这种谈恋爱的方式是不是从一开始就是奔着最后分手去的？”

“也许吧，没想过。”

“这都可以不想？”

“我觉得人活着吧，有些事儿就得逼着自己不去想。因为想了，你就感觉没法活；想活，你就不能想。”

我点点头，真心觉得这是樱子说过的少有的充满智慧的话。

56.

樱子跟着大叔穿梭四九城，整天吃喝玩乐；陶潜往返图书馆教学楼宿舍，终日神神叨叨。

两人谁也不去想明天。

我由衷佩服他们这种洒脱的人生态度，换一般人还真学不来。

57.

大四第一学期，有些学生开始准备考研，我问陶潜：“你考吗？”

陶潜说不考。

“为什么？”

“除了专业课，别的我都不想去背。”

的确，应试从来都不是陶潜的强项。虽然我发自内心地认为他是个天才，但不愿意做的事，他一定不会逼自己去做。所以他长久以来严重偏科，能考上北某大已是奇迹，考研的话，胜算真心不大。

陶潜就是这样，喜欢的事情，可以达到绝对的沉浸——比如看弯勺子。而不喜欢的事情，一秒钟也不能忍。委曲求全、忍辱负重他永远都做不来，在他的世界里，哪怕战死沙场，也绝不玩曲线救国那一套。

我对樱子说：“陶潜以后，要么成为一个大人物，要么就死得很惨，平庸不了。”

樱子说：“要不是因为这个，我能跟这个傻 × 做这么久朋友？”

58.

2011 年 12 月 31 日，学校放了假，可我们仨都没回家。

樱子说：“咱们一起跨年吧，去王府井吃东来顺，我请客。”

我死拉硬拽才把陶潜从宿舍里弄下来。

樱子说：“冬天吃涮羊肉多爽啊！陶潜你丫吃请儿还他妈一脸不情愿！”

陶潜说：“涮羊肉爽？冬天在被窝里看书才爽好吧？”

我们仨裹着厚重的衣服，一路抖着出了北某大正门，拦出租。

然后大叔的黑色林肯车就停在了我们面前。

樱子吃惊地看着大叔下车，走到她面前。

大叔微笑，透着成熟男人特有的稳重。

“我正要给你打电话，你要出去吗？”

“你怎么来了？”

大叔凑近樱子，虽然他刻意压低了音量，但他说的话还是被我听得一清二楚。

大叔充满磁性的声音，就像是电台的播音员：

“我想你了，我在 Westin 订了晚餐和房间，我们一起跨年吧？”

樱子回头看着我，我什么话也没说。

就这样，樱子钻进了黑色林肯车。车开动时，她摇下窗子探出脑袋，冲我和陶潜边挥手边兴奋地大喊：“新年快乐！你们这俩傻 ×！”

车开远了，我和陶潜还站在原地。

陶潜问我：“还吃吗？不吃我回去看书了。”

我说：“吃，我请你。”

59.

那天我和陶潜在东来顺吃了很久，我们打车回北某大的时候，已经快要零点。

出租车里居然在放朴树的《生如夏花》，好老的歌啊。

我望向车窗外，夜北京高楼林立，灯火通明。

这时的樱子，是不是正在撩拨已经急不可耐的大叔，点燃他的欲望，等待着被他扑倒呢？我不知道，但我想起樱子的那副小样儿，就忍不住笑了一下。

樱子从小长在北京南城，独自把她养大的樱妈教会了她辛辣的京片子和剽悍的人生态度。待她长大，利嘴伶牙，貌美如花。

樱子说过：我想成名，想挣好多钱，想去看更大的世界。

外面有人放起了烟花，在深黑的天空上灿烂地爆炸。

"我是这耀眼的瞬间，是划过天边的刹那火焰。"

2011 年过去了，我到现在都很怀念它。

60.

大四第二学期，春天刚到，小白就和篮球男分手了。

小白没叫别人，只叫了我，陪她喝酒，可我们实际上并没有喝太多酒。

小白说："不喝了，我们去开房。"

我进入小白身体的时候，她睁着眼，看着我，好像要哭，但又忍住。深潭般的眼眸反射着黑暗的光，像匹温顺困倦的小马，像大海上灿烂的孤星。

完事后，我们赤裸地坐在床上，赤诚相见，奇怪的是并不感到尴尬。

我去拿烟抽。

"也给我一根吧。"

我吃惊地看着小白。

小白笑笑："我都被樱子带坏了。"

我们坐在如家雪白的大床两头，默默地抽着自己的烟，既像熟识已久的密友，又像形同陌路的生人。

你家我家，不如如家。

我终于鼓起勇气，开口问她："我做你男朋友吧？"

"不要。"小白答得斩钉截铁，"我知道你不是我的。"

小白掐掉烟："想当我男朋友，你早当了，只要你开口，我不会不答应。你什么都知道，但你一直在装傻，对不对？"

我不敢看她，岔开话题："你们为什么要分手？"

小白不理我，继续说着她的话：

“你有才华、肯努力，既不像陶潜那么出世，又不像樱子那么入世。所以你一定会成功，会走得很远很远，会长成参天大树。我追不上你，我抱不住你，我就是个普普通通的小姑娘。”

我反复在烟灰缸里碾着烟，以此遮掩我的不知所措。

小白释然地说：“现在，我觉得大学过得很圆满了。只是我还有个问题，一直想知道答案，你能告诉我吗？”

“什么？”

“你是不是喜欢樱子？”

61.

有一回，大叔受邀参加一位社会名流的生日晚宴，他带了樱子去充门面。

在一家普通老百姓连门都摸不着的私人会所，出身市井的樱子并没表现出任何不适，相反，她很享受这次上流社会的聚会，她后来告诉我们这可比在工体夜店里瞎蹦跶有意思多了。

我说：“没去过，不知道。”

陶潜说：“不过是膨胀的物欲与存在感之间换算的把戏，垃圾。”

那天，在聚会上，一位圈内名媛走过来拉着樱子的手，和她多聊了几句。樱子虽然长得大气，但开口没两句，名媛就大概摸到了她的底。

名媛：“妹妹，你知道吗？决定一个人社会地位的因素很多，有些是靠努力也得不到的，你觉得我说的对吗？”

樱子似懂非懂地点点头，不敢瞎答。

名媛：“阶级这东西，总是有的，有人就会有阶级，一个人想从上掉到下，轻而易举，但想从下爬到上，举步维艰。”

樱子听明白一些，忍不住回道：“姐姐，我只知道，人生在世，无论怎么样的活法，都艰辛，都不易，既然如此，索性折腾到底，我这人最不怕的，就是折腾。”

这时，越过名媛光滑的肩膀，樱子看到，头发梳得油光水滑的大叔，正在一片起哄声中，给一座巨型的香槟塔倒着香槟，他是如此的专注且小心，不用特写，也能看清他额头上细碎的汗珠。

名媛顺着樱子的目光望去，又微笑着转回来，对樱子说：“妹妹，你是聪明人，你看眼前这些光鲜的男人，他们自信又骄傲。可是，你真的觉得你懂他们吗？”

樱子嘴巴从来都硬，她点点头，说：“我懂。”

名媛于是没再多说什么，只是友善地拍了拍樱子的手，友善地笑了笑，然后友善地起身走掉了。

62.

樱子后来告诉我，在那一刻，她望着名媛窈窕的背影，忽然感到巨大的失落感如同海水一般将她彻底吞没。她说她突然之间真切地明白过来一个道理：小家小户或名门望族确实都能出凤凰，但胡同里飞出来的凤凰，和金蛋里孵出来的凤凰，终究还是两个品种。

63.

2012 年 4 月，毕业越来越近。

樱子给我介绍了个活，那是我的第一份编剧工作：一个低成本网络电影剧本，九十分钟的成片长度，五千块稿酬。

樱子说，原来的编剧写了一半写不下去了，制片方着急要，最多一周必须完稿。

于是我把自己关在宿舍里，同时写剧本和修改毕业论文，天气越来越热，我的烟也越抽越多。

大四没了课，其他舍友都出去上班实习了。每天在宿舍里陪我的只有陶潜，他看会儿书，看会儿勺子，偶尔抽支烟，反正不下床。

看书还好，但他看勺子的时候，我总觉得有只勇吉拉坐在我的身后，随时要对我发动念力攻击。

我究竟是如何跟这厮混到一起的呢？

我点支烟，想起第一次见陶潜的画面，那是 2005 年，夏天。

那时的陶潜十六岁，眉清目秀，白衣少年。

高中报到第一天，班主任让大家轮番站起来作自我介绍，还要说自己的兴趣爱好。十五六岁的男生女生，有说喜欢动漫的，有说喜欢周杰伦的，有说喜欢打篮球的，有说喜欢打游戏的。结尾千篇一律的一句：希望能跟大家成为好朋友。

轮到陶潜，他站起来说：

“我叫陶潜，我喜欢博尔赫斯和卡尔维诺。我没指望跟大家做朋友，你们别来烦我就好。”

当时我就觉得，这个酷翻了的白衣少年，一定是我乐于结交的那种可爱怪咖。

64.

自打那次和名媛聊过以后，樱子的心里就慌慌的，她到底还是没忍住，她想求个答案。

她向陶潜咨询，这事能不能在云雨之后说。

陶潜说："不能，拉丁文里有句谚语，'交配之后，一切动物都忧愁'，所以你要等一等。"

于是在一个微凉的春夜，云雨结束后，樱子按陶潜说的，计算着时间，差不多半个小时，男人高潮后的"贤者时间"会彻底退去。

这时，樱子开口问大叔："你真的不会娶我吗？"

大叔先是一愣，但究竟是见过大世面的人，不到半秒时间就恢复了镇定自若的微笑。他问樱子："我们现在这样不好吗？"

"好，但再继续下去就该不好了。"

"为什么呢？"

"我怕爱上你，然后你伤害我。我现在逃命还来得及。"

"现在就能全身而退吗？"

"悬，但起码不至于粉身碎骨。当然，如果你想抓住我，我会乖乖束手就擒。"

大叔看着樱子，思考了几秒钟，然后他说：

"不，我不结婚的。"

樱子点点头，默默地站起来穿衣服，收拾包。

大叔叹口气："何必要这样呢？"

樱子不说话。

大叔又问："要我送你回学校吗？这么晚了，还能进宿舍吗？"

樱子说："不要你送，能进。"

后来，熬夜写剧本的我接到了樱子的电话，她只说了一句："来学校正门接我。"

65.

回来的路上，樱子坐在出租车里，眼前反复浮现出那次聚会时，那位名媛窈窕的背影，就像笼罩在北京城上空的巨大雾霾一样，挥之不去。

在北某大正门，从出租车下来的樱子一把抱住了我，在我不够宽厚的肩膀上，她号啕大哭，撕心裂肺。

66.

第二天，樱子要喝大酒。

我着急赶剧本，陪不了她，只好让陶潜去。

你们知道的，陶潜一百二十个不情愿，后来我差点儿跟他急了他才终于答应。

陶潜说:“应无所住而生其心，更何况还是失恋这种小事，垃圾。”

我叮嘱他：“你什么话都不用说，就听樱子说，当好聆听者。”

陶潜问：“那我能带本书去吗？她说她的，我看我的。”

我说：“不能，快滚。”

我们谁都没料到，那天晚上发生的事，彻底改变了陶潜后来的人生轨迹。

到今天我也时常会想，如果那天晚上我不逼着他去陪樱子喝大酒，现在的陶潜，又会是个什么样儿呢？

67.

那晚的事不只樱子，我也有愧疚。

那天樱子理所当然地喝高了，然后就和邻桌几个年轻男女吵了起来，陶潜在一旁看着，默不作声。

本来以为就是街边排档的普通嘴架，两边骂几句操你妈就偃旗息鼓了，结果对面一个女的非要小题大做，抄起了酒瓶子。

打小在南城里长大，这种场面见识过太多，樱子当时就乐了，她对那女的说："你丫瞎比画什么啊？你以为砸核桃呢？我脑袋就伸这儿不挪窝儿，你敢砸吗？来，你倒是砸呀。"

女的还真㞞了，僵在那里不知所措。

"不砸啊？不砸就甭装 ×！"

樱子也喝大了，顺势从那女的手里夺过酒瓶子，往地上一摔。

听了响儿，旁边几个男人都有点儿急了。一个黄毛儿没出息，真对樱子动了手，过去一把掐住了她的脖子。樱子是什么人物？从小跟男孩子打到大的主儿，街斗经验丰富，当即抡起大长腿，朝着黄毛儿裆部就踢过去一脚。

黄毛儿双手捂裆，整个人瘫软在地。

其他人见状一拥而上，干脆也就都不客气了，有扯樱子头发的，有拽樱子胳膊的，反正是双拳难敌四手，恶虎难斗群狼，樱子再有能耐也经不起这帮人这么折腾，三下五除二就被按倒在了地上。

樱子说她被按倒的时候，余光瞥见陶潜早已没了踪影，于是她心底飘过一阵绝望与悲伤。她当然没指望文弱的陶潜能救她，但作为一个男人，还是朋友，即使明知打不过，这时候也该挺身而出啊！怎么能就把一个姑娘放在这儿，自己一声不吭地溜之大吉呢？

樱子当时在心中大骂：真他妈百无一用是书生啊！

可事实证明，樱子真的看扁了陶潜。

就在樱子抱头护脸，准备任人宰割的时候，身后突然传来"砰"的一声巨响。

是的，你们没猜错，陶潜抡起酒瓶子，从背后爆了那个按着樱子的黄毛儿的头。

黑红色的鲜血很快就流满了那个黄毛儿的脑袋，他重重地倒在了地上。

陶潜表情凝重，手里握着半截酒瓶子，玻璃碴儿锋利而反光，就像一把匕首。

没人敢再动了，陶潜默不作声地扶起了目瞪口呆的樱子，两人在众目睽睽之下，快步返回了北某大。

68.

老话有讲：蔫儿人出豹子。

反正樱子当时是完完全全地蒙了，直到陶潜把她送到女生宿舍楼下她才回过神来。

她简直不敢相信儒雅文弱的陶潜竟敢抄起酒瓶子往别人脑袋上招呼，在她的人生经验里，这都是街面上心狠手辣的主儿才敢干的事情，没十几次街斗经验的根本免谈。

在女生宿舍楼下，樱子结结巴巴地对陶潜说："你丫可真够横的。"

陶潜看着樱子，欲言又止了半天，最后十分扭捏地说出来一句："别难过了，失恋了还可以再找。"

他不会安慰人，但一旦出口安慰，就能把你整个人都融化。

樱子反应了一下，顿时双手捂住嘴巴，眼泪唰的一下就掉了下来。

69.

事情当然没那么容易了结，在这个法律系统与监控设施都日益完善的现代社会，逞一时之快者多半难有好下场。

那个被陶潜开瓢的黄毛儿，在一众小伙伴的陪同下，头缠白纱布找到了学校。

餐馆有摄像头，抵赖不得。

陶潜也没想抵赖。

北某大对于学生打架这件事看得非常严重——我们也搞不懂为什么会这么严重，反正一经发现，立刻开除，很难讲关系。

更何况陶潜也没关系。

据说唐教授私底下帮着陶潜说了不少好话，但是没用。

陶潜真的就这么被学校给开除了，在大四的下学期，陶潜连毕设一辩都答完了。

樱子幸免于难，可能因为她那招“撩阴脚”并没给黄毛儿带来什么实质伤害，不像陶潜，给人家脑门顶上开了个大口子，还打出了脑震荡，内外兼修，真够狠的。

70.

后来陶潜的爸妈都来学校了，那是我第一次见他爸妈。

这里有必要交代一下陶潜的家庭背景。你们一定好奇怎样的家庭能生养出这么一朵奇葩，但事实是，一个非常非常普通的家庭。

陶潜的爸妈都是工人，连白领都不是，文化水平不高，在如今这个年代，还固执地坚信只要考上大学就能改变命运。陶潜的家庭条件在北京城里充其量算中等偏下，所幸他从小到大的花销都很小：不要名牌球鞋、智能手机，也不充钱打网游，他只买书——而书，恰恰是这个年代里最廉价的奢侈品。

陶妈无法接受儿子在行将毕业时被劝退，她在校长室大哭大闹，哀求校长给陶潜个机会。陶爸也急了，为表悔恨，脱下鞋子就要抽陶潜，校长拉都拉不住。

当然，这些都无济于事。我们都觉得学校太过绝情，毕竟再有两个月，陶潜就要从这里毕业了。

樱子和我各种央求老师，找教务处，找各路领导，但都没有效果。

甚至有个领导竟然对樱子说："你就别再折腾了，到时候再把你也给开了。"

71.

我终于赶工完成了剧本，心里也不是很有底地给制片人发了过去。

樱子跑来男生宿舍楼下找我。

我说："完稿了，但我没什么把握。"

樱子说："都怪我，害了陶潜，还把你折腾得心神不宁，没法安心写作。"

我说："不怪你，世事本就难料。"

樱子说她觉得特别对不起陶潜，但不知道该怎么对他说。

我也不知道。

陶潜一直没对这件事发表任何看法，也没表现出任何失落。

仿佛一切都没发生过。

72.

唐教授给陶潜发信息，让他来办公室一趟。

那天是陶潜最后一次去见唐教授，他们俩在中文系办公室里，从傍晚聊至深夜。

唐教授对陶潜说："从今天起，你离开学校，去行万里路。社会远比预料的复杂，江湖远比想象的险恶，但是不要怕，我知道你不会是个平庸的人。我读书应该已经破了万卷，也见识过大善大恶之人，如今生命已到不惑，我毕生所学与所见，都让我无比笃信四个字——现在，我要你记住这四个字，并且发自内心地相信它，它就一定能够帮助到你。”

深夜，在宿舍里，我急切地追问着陶潜：“这四个字到底是什么啊？”

陶潜缓缓地说：“功不唐捐。”

73.

功不唐捐。

脱胎自佛教的经典《法华经》。意思是：所有的功德和努力从来不会白白付出，必定会有回报。

据说胡适先生在为他人题字时，也总爱写这句“功不唐捐”。

如今，唐教授把这四个字送给了陶潜，他告诉他：世上从不曾有“徒劳”二字，你若看不到回报，那是因为故事还没有走到结局。

74.

陶潜收拾行李离开宿舍那天，我支走了所有舍友。我总觉得，那么多人看着他，他会不自在。

在走廊窗口，我看到陶潜的爸妈在宿舍楼下等他。

老两口显得年迈而憔悴。陶爸在抽烟，陶妈不知望着什么在发呆，两人一句话也不说，眼神一样的迷茫无助。

天气渐热起来，姑娘们穿上热裤露出白花花的大腿，说笑着从陶潜爸妈身旁穿过，她们的青春气息与他们的衰老无力所形成的反差，勾勒出的画面让人特别心酸。

樱子之前曾向我提议，在陶潜走之前一起吃个饭。我说算了吧，他不喜欢那样。

我计算着时间，差不多了，于是返回宿舍。

宿舍里空无一人，陶潜的床铺行李都已消失，倍显凄凉。

我掏出烟，还没点，突然发现桌上摆着一把铁勺子，弯的！

我惊呆了，手忙脚乱地掏出手机给陶潜打电话。

他给挂了，我猜是因为爸妈在旁边不方便讲话。

我难以置信地拿起勺子反复端详，简直不敢相信自己的眼睛。

这时陶潜发来一条信息：我用手掰的。

75.

陶潜就这么结束了自己的大学时代，没拿到文凭，听说家里还给对方赔了不少医药费。

我和樱子当时都很担心，也替他忧虑。这样一个终日泡在书本里，神神叨叨的怪咖，一个不小心掉进了社会的大染缸，他会被染成什么样子？他又该何去何从？

两年后，在澳门豪奢巨大的威尼斯人酒店，樱子不会想到，她匆匆一瞥，就瞧见西装革履的陶潜跟着一众西装革履的男人，从她面前匆匆走过。她不知道那是些什么人，更不知道陶潜跟着他们在干什么，可她分明能感觉到，那伙人的派头，就好像急着要去拯救世界。

76.

我的剧本顺利通过了，拿到了五千块稿酬。

当时樱子刚失了恋，陶潜又被学校开除，我无法把全部心力用于写作，那样一种状态下赶工出来的剧本，居然一稿通过，据说后来剧组开机直接就拿着拍了。

后来我做编剧的时日里，绞尽脑汁精工细作出来的每个剧本，从没有一稿通过的。一般在对方各种不靠谱的要求下，改三稿都算少的。

所以这个世界的规律，我等凡夫俗子永远也摸不透。

陶潜不是凡夫俗子。唐教授后来私底下对我说：是块大材，但不知机缘如何。不过大材终究是大材，机缘再差，落个惨死，也绝不会随波逐流，变得平庸。

77.

我拿了稿酬想请陶潜吃饭，和樱子商量着去他家找他。

陶潜在电话里说：“没什么事就别来了，我在读赫尔曼·黑塞的《悉达多》，你们读过没有？哦，你们当然没读过。好好看。”

樱子问我：“还去吗？”

我说：“算了，看来他过得还行。”

78.

开始几天，陶潜过得确实还行。

他终日躲在自己的小房间里读书，从大经大典，到怪力乱神，无所不看。

他爸妈整天忙着上班讨生活，一天也见不着陶潜几面，见他总把自己关在房间里，还以为他在面壁思过。

陶潜当然不会悔过，自打认识他以来，我就没见他为什么事后悔过。

反正人生一往无前，后悔都是浪费时间。

79.

我要说的是，极大的阅读量与独立思考的能力，使得那时的陶潜，拥有了远远领先于同龄人的眼光和见解，他眼中的世界与普通人眼中的世界，早已经是两个模样。

就像诗人的眼睛，总能看到普通人看不到的东西。

所以远的不说，就说和他共同生活在五环外这间不到五十平米房子里的他的父母，不要说共同语言，陶潜和他们连语言都快没有了。

80.

后来陶潜用他读万卷书的资本去行万里路，在那场长达两年的冒险之旅里，虽然也有狼狈和崎岖，但总体而言，他走得很漂亮。

所以说，知识就是力量——这句话是真理，如果你怀疑这句话，那说明你的知识还远远不够呢。

81.

临近毕业的那段时间，樱子频繁地出去拍片站车展，试图用忙碌来稀释对大叔的感情和对陶潜的歉疚。

我则几乎包揽了她的全部毕业论文。

事实上文凭对樱子一点都不重要，她当时向往的与她后来从事的，都与一纸文凭没有半点关系，她大可以潇洒地和陶潜一起甩手离去，但她没有。

我是说，她是个需要结果的人，四年大学都混过来了，文凭再没用，也是一个结果。

82.

小白，还有我的小白。

小白对我说："毕业后，咱们别联系了，现在这样，我还有把握忘了你。"

我说："好。"

小白就哭了，在学校咖啡厅的角落里，在所有人都看不到的角落里，她攥着我的手，轻轻柔柔，痛入心肺，再讲不出话来，只是眼泪啪嗒啪嗒地往下掉。

像一颗颗小太阳，坠入无边的海洋。

83.

后来，小白真的和我断了联系。听樱子讲，毕业后托家里关系，小白去了她爸朋友开的公司上班，做前台。每天，小白略施粉黛，穿修身职业装，被公司里单身或不单身的男同事们关注，像这个时代绝大多数平凡的姑娘一样，关心美食、旅行、减肥、韩剧，偶尔读两本伪文艺的书犯犯忧愁，简单而幸福。

我再见她时，已是几年之后——那天她嫁作人妻，我和樱子都去了，婚礼办得很好，我还与小白握了握手，轻轻柔柔。

我一直为她在心里留了一个位置，却始终没法给这个位置命名。

84.

说回当年，终极答辩。

最后一个同学下去后，唐教授走上讲台。

“同学们，这是我最后一次站在这里对你们讲话。作为一名老师，假如我没能教给你们多少学问，起码我要教给你们怎样做人。我只最后叮嘱你们三点，切记，不用记笔记，用心记。一、如果你想要成功，就别相信运气，成功的人靠的永远都不是运气；二、做一个善良的人，永远别心怀恶意，即使人善被人欺，也不要改变自己；三、不管你是谁，一生都注定苦大于乐，早点接受这个事实，可以活得更好。最后，我不祝你们富有，我祝你们自由。”

唐教授说完深深地鞠了一个躬，我们为他鼓了很久的掌。

85.

再后来，我们就毕业了。

毕业大酒那天，我叫了陶潜，但他不肯来。

据说平素滴酒不沾的唐教授，每年只有在送走毕业生的这个晚上，会喝得酩酊大醉。

大家都醉了，大家都哭了。

这个年代从来不是最好，从来也不是最坏，它只是太过炫目，一切都变化得太快，多数时候我们根本反应不过来，只是被推着向前，不走都不行。毕业之后，两脚踩社会，纵然心中无底，也要硬着头皮。

醉醺醺的唐教授拉过我来，问：“陶潜呢？”

我说：“他没来。”

唐教授含混不清地说着：“坚持，死撑。告诉他，别害怕。”

好吧。

青春到此落幕。

86.

毕业后，我做起了编剧的活儿。樱子不知怎么摇身一变，成了个四处接烂片的五线小演员。而陶潜，依旧每天窝在家里，读书、吃饭、睡觉。

那时托樱子的福，我认识了一个老编剧，她带我——说白了就是我做她的枪手，领稿酬，不署名。

老编剧后来给我安排的活儿，我还拉陶潜过来一起写过，然后他写了半集就因无法忍受庸俗的剧情而放弃了——这事之前讲过。

我虽可以宅在家里，不必朝九晚五，但日子也并不好过。

每天我写到凌晨四五点，通常是做台词本，偶尔做分场。等街上的早点摊陆续开工，团团白气在街面上升腾起来，我合上窗帘，洗漱睡觉，晨昏颠倒。

樱子在一些不知名的戏里频频出镜，多是网络电影或者院线一日游之类，她早期的角色也多以各种办公室骚狐狸夜店骚蜜老板骚小三为主，总之就是那种博男观众眼球惹女观众讨厌的角色——这一点其实和现实里的她，还真有点像。

至于陶潜，我不知道他每晚入睡前会不会思考未来，如果会，他会想些什么呢？我猜他多少也会有些迷茫吧。

87.

有次樱子在北京近郊拍戏，我去剧组探过一回班。

我给她买了全家桶，她几乎仅凭一己之力就全给吃完了。

她一直很能吃，但身材还是很好，气死别的女生不偿命那种。

她搂着我的脖子，拿起手机要自拍发微博。我说不好不好，等你以后火了还得销毁。她不理我，摆好表情就拍了一张。

剧组里人来人往，吵吵闹闹，没有人搭理我和樱子，我们坐在角落，仿佛置身事外。樱子告诉我，她只剩下最后一场戏，今天拍完，今天杀青。

她还告诉我，我今天能来探班她特别开心，因为在片场里，她一直感到孤独，很孤独。

樱子说："我不像是一个演员，我更像是一个活道具。"

88.

陶潜爸妈通过他们为数不多的一点小人脉，为陶潜谋了份工作：在一家小广告公司里做文案——说出去也是体面的办公室白领，实际挣的还没学校门口摊煎饼的多。

在饭桌上和陶潜提这事儿的时候，陶潜淡定地说了仨字："我不去。"

陶爸一拍筷子，怒目圆睁："你再说一遍！"

陶潜说："我不去。"

陶爸当时就掀了桌子，又脱了鞋要抽陶潜，陶妈死命地拦着他。

陶潜在一旁看了一会儿，叹了口气，默默地说了一句："吾不能为五斗米折腰，拳拳事乡里小人邪。"

陶爸陶妈停下动作，陶爸问："你说啥？"

陶潜说："出自《晋书·陶潜传》。"然后就转身出了家门。

89.

那晚，陶潜在公园里睡了一夜，所幸是九月，不算冷。我问他当时为何不给我打电话来找我，陶潜说他怕打扰我写剧本。

“再庸俗的剧本，也是要耗心血的。”陶潜说。

90.

樱子也跟樱妈大吵了一架。

因为黑猫张飞，因为樱子要当演员。两个剽悍的女人，操着一样纯熟的京片子，拉开阵势对骂一气。

樱妈不乐意樱子进军娱乐圈，婊子无情戏子无义，在她眼中，女演员就是又无情又无义。她更无法忍受张飞，家里一个活物还操心不过来，如今又添了个牲口，况且樱妈一点也不喜欢带毛的宠物，猫狗都不喜欢。

最后樱子收拾行李，抱着张飞，离开了家。

樱妈冲着樱子的背影大吼：“行！长行市了你！滚出去就甭回来，也算给你养出点儿尿性！”

樱子回头还一句：“还真用不着您撂狠话，要再回这小破胡同，我自己都嫌跌份儿，拜拜了您哪！”

91.

后来樱子就搬到了北京东边的后现代城，当时那里聚集着大批漂在北京的不入流的演员、模特、歌手，以及外围。

同是天涯沦落人，以后谁火不一定。

当时樱子手里还有不少闲钱，加上矮富帅和大叔留给她的一些名牌包包，应急的时候可以卖掉，所以樱子独租了一套房，房里的活物只有她和张飞。

是我帮她搬的家，她的行李多得惊人，最后我俩都累倒在了大床上。肩并肩躺着，我们抽烟，望天花板，很久很久没有说话。

我忽然想起顾城的诗来，这时候应该改成：我们躺着，不说话，就十分美好。

樱子转身掐灭了烟，她问我："你说，我能在这里挺多久？"

我没回答她，以后的事儿，谁又能给谁答案呢？

樱子说："一会儿请你去楼下吃饭吧，我看附近有大排档，挺不错的。"

我说："好。"

92.

等我们点好了烤串麻辣烫，碧绿的啤酒已经摆上了桌，樱子突然接到一个电话，然后她告诉我，她得走了。

我问去哪。

她说三里屯，有局。

"非得去吗？"

"对不起。他们叫我去，有几个老板也在，"樱子忽然有些扭捏，"我还挺想认识认识的。"

"不去可不可以？"

"我是小演员，不多认识点人怎么吃得开？"

"非要吃得开吗？吃不开行不行？"

"吃不开你养我啊？"

我们都笑了，这实在有点像周星驰电影里的那个经典桥段。

樱子说："我走了。"

我故作潇洒地挥了挥手。

望着樱子远去的背影，我喝着啤酒，怅然若失。

93.

一个礼拜后的一天下午，我和樱子分别接到了陶潜的电话，他告诉我们，他现在在北京南站，马上就要走了。

我不知当时樱子什么反应，而我居然没有多大惊讶，仿佛我早就隐隐预感到，陶潜注定是要离开北京的。

原来前一天晚上，陶爸喝多了，回来后看见陶潜又大门紧闭就一肚子的气，过去砸开了门对他大吼大叫。说他不去上班，整天看闲书，说他啃老，大学被开除，文凭都没拿下来。

最后问上帝：我老陶做了什么孽？生出这么个不争气的儿子来！

聪明的陶潜清楚地意识到，这个家他是彻底待不下去了，他要走，必须要走。

如唐教授所说，去行万里路。

如杰克·凯鲁亚克所说，我还年轻，我渴望远行。

陶潜绝不是因为承受不住家里的压力而选择出走的，那之于他只是很小的一方面，小菜一碟而已，他完全消化得了。只是那一刻，他清楚地意识到，是时候了，现在的他已经完全不是家里这座小庙能容得下的了，他要去看更大的世界，去翻更高的山，去蹚更深的水。

换句话说，金鳞岂是池中物？

陶潜在等他的风云，一遇风云便化龙。

94.

有的人一生会去很多地方，有的人一辈子都在原地打转。

说矫情点儿，这他妈才叫一场说走就走的旅行呢！

95.

陶潜给陶爸陶妈留了信，尽量用他们能理解并且能接受的语气说：我并没有想不开去寻死，只是想去外面的世界闯荡闯荡长长见识，不给家里添负担。请你们千万不要报警，也千万不要找我，我到每个地方都会给你们打电话报平安。我不再啃老，所以也不要给我打一分钱，打了我也会打回去。

陶潜后来告诉我，依陶爸的性格，宁愿他出来摔打，也不愿他赖在家里不去上班。所以有了那封信，他能解决所有后顾之忧。不然家里真的有可能会报警。

樱子说：我佩服他，这才像陶潜。

我说：从现在起，陶潜的故事，才算正式开始呢。

96.

你们一定猜陶潜去了个很远的地方，可事实是：他花了五十多块钱，坐着动车，去了天津站。

半小时的车程，还没从朝阳到石景山用时长。

之所以会把天津作为第一站，我猜是有两个原因：

一、陶潜这次出走带了约两千块现金——是的，就这么点儿，但这已是他当时的全部家当，都是从之前大学生活费里剩出来的钱。在他对这次旅途一无所知且毫无规划的前提下，他不敢在车票上花费太多。

二、他迫切地需要离开北京，躲开父母和从前的一切。在一座完全陌生的城市里，他要仔细思考接下来该何去何从。

显然，天津再合适不过。

97.

嗜书如命的陶潜，这次出走只带了一本书——《金刚经》。

陶潜不是佛教徒，但一直对佛教的智慧充满了敬畏。

他很少敬畏什么。

据说当年三毛曾想只携一本《金刚经》去远行。

如今，陶潜把这事做了。

98.

陶潜离开北京后，樱子在后现代城也逐渐安顿下来。

那段时间我稿债压力巨大，除了老编剧甩给我的电视剧，还有一个小成本网剧找我执笔。

最要命的是，两部戏都不是我喜欢的题材，都是只为赚钱的俗活儿，所以我毫无创作的快感，经常写到脑枯竭时就会变得暴躁易怒，恨不得立刻拉开窗子把笔记本摔出去。

这种时候，就总会想到陶潜。

如果换作他，肯定早就甩手不干了。

要是让我选一个词来概括陶潜性格的话，我不会选“古怪”，我会选“勇猛”。

99.

在我们这一代年轻人当中，拥有“勇猛”的人，几乎万里挑一。

假如真有面南墙挡住了去路，我们之中绝大多数人会改变自己的路线，想尽办法绕开，而陶潜会义无反顾地撞上去。

他心里很清楚：要么我撞得头破血流，要么我把南墙撞倒。

100.

别忘了勇猛。

101.

可是，陶潜来天津的第二天，手机就被偷了。

他穿越滨江道去看西开教堂。

教堂里，陶潜望着圣母和耶稣的神像，一摸兜里，就发现手机没了。

什么时候丢的都不知道。

没办法，如果失联，陶潜很清楚，家里不出三天准会报警，于是他花了五百块，买了一台崭新的老手机：除了短信、电话、日期时间和贪吃蛇外，再无其他多余功能。

陶潜也不需要什么多余功能。

有件事你们一定觉得难以置信，我的朋友陶潜从来不往手机通讯录里存号码，他本来就有过目不忘的本事，更何况他交际圈窄小，即便存，怕是也不过二十来个号码，他的大脑记住这些绰绰有余了。所以丢手机这事本身并没让他有多慌张，倒是他发现算上这两天的吃住和这五百元后，自己身上仅剩一千多块钱时，他平生第一次感到了来自生活的压力。

102.

穷学生们开房用的快捷酒店这时都显得太贵了，陶潜走断了腿，搬去了他当时所能找到的一个最烂最便宜的小旅馆。

可每天还是无事可做，眼瞅着身上的钱喂了房费饭费，也无能为力。毕竟就算是圣贤，也还得吃喝拉撒。

后来，他跟我轻描淡写地讲在津门度过的日子，即便他说得再轻再淡，我也能想象得出来，一个刚离家出走的浪子，面对眼前完全陌生环境时的那种不适感和面对未知未来的巨大茫然。

日子就这么晃过了两天，陶潜像个老人一样终日抽烟、发呆、溜到大街上晒太阳，到第三天时，陶潜发现不远处的一条小街上，有人在路边摆象棋残局，周围总是围满看客。

103.

摆棋局的是个中年男子，看不出来是不是本地人。

规则很简单，一百块一次，你要是能赢，他给你三百。

中年男子穿件开衫，瘦骨嶙峋，尖嘴猴腮，最显著的特点是留了副八字胡，我们暂且用“八字胡”称呼他。

不断有人交钱挑战八字胡，但几乎无一例外地三五步便败下阵来。

有点社会经验的人都知道，残局这种江湖把戏，即便是国手来破，也顶多杀个和棋。能吃这碗饭的人，都深谙自己所布之局的全部玄机。市井百姓想挣那三百块钱，难于上青天。

偏偏陶潜就是个毫无社会经验的人，而且他现在急需要钱。

104.

陶潜站在旁边聚精会神地看了俩小时，然后欣然交了一百块钱。

你知道的，不出五步，陶潜就输了。

陶潜怎么可能认输？他又交了一百，但是又输了。

到他连续输到五百时，他才意识到，自己现在身上已经只剩三四百块了。

于是陶潜不下了，改站到一旁观棋。他一直看到了晚上，一直到八字胡收了摊，他也溜达回小旅店。

陶潜告诉我，那天晚上，他躺在小旅店漆黑潮湿的房间里，眼前只有楚河汉界，只有那盘棋，别的，什么都没想，包括未来。

105.

次日下午，陶潜又来到那条街上，八字胡的棋局果然又在开张。

陶潜默默观棋，从下午到晚上，像根电线杆一样立在旁边一动不动，仿佛背景图。八字胡依旧保持全胜，满载而归。陶潜又回小旅馆琢磨了一晚上的棋——我要说的是，陶潜完全沉浸在棋局里，似乎忘了自己都已经快要续不起那间破旅馆的房费了。

真的，连这种事儿都要较劲到底的人，除了陶潜，我不认识第二个。

106.

可这世上的诸多奇迹，往往还就是这种神经病鼓捣出来的。

大概就在陶潜到达天津的第五六天吧，下午，他照例又去街面上观棋。八字胡依旧有条不紊地赢着钱，并不时瞟陶潜一眼，他不明白面前这位一动不动的少年为何一连数日这般执拗。

到了晚上，八字胡已经准备要收摊了，陶潜默默递过去一百块钱，说我想再试一次——除了零钱外，那已是当时陶潜身上最后的一张百元钞。

简直就是孤注一掷。

八字胡与周围仅剩的三四个年轻小伙迅速交流了一下眼神，虽然很短暂，但还是被陶潜捕捉到了。然后八字胡点了点头，说："好，坐吧。"

107.

这一盘棋，下了很久，下得八字胡满头大汗，而围在旁边的三四个年轻小伙，全都虎视眈眈地死盯着陶潜。

陶潜聚精会神，呼吸平稳，每次走棋都显得举重若轻，显然心中早就绘好了蓝图。

你来我往，陶潜越下越轻盈，八字胡脸上除了吃惊还是吃惊。

最终，二人和了棋。

陶潜释然地长出口气，对八字胡说："我想了这么久，能想到的最好结局就是和棋。现在把那一百块还我。"

几个年轻小伙立时目露凶光，摩拳擦掌。

聪明的陶潜当然知道他们都是八字胡的同伙，连续两天的观棋，他发现他们分别担任着托儿和放风的任务，是一支以八字胡为首脑组建的 team，分工明确，面面俱到。

这个时代还真是干什么都讲究团队啊，可一向与时代逆行的陶潜，从来都习惯单打独斗。

他一点也不害怕，擒贼先擒王，他定定地直视着八字胡的眼睛，心里便有了底。

果然，几个年轻小伙正要对陶潜施以拳脚暴力的时候，八字胡喝住了他们。

八字胡对他们说："给他钱，再多给他拿两个！"

一个平头小伙不服："大哥？！"

八字胡提高音量命令："拿钱！"

平头无奈，掏出三百块钱扔到陶潜身上。

陶潜说："我没有赢你，既然是和棋，我只拿走我的一百。"

八字胡笑了："小兄弟，我虽做这买卖，但骨子里也是爱棋之人，走江湖，就得守江湖的规矩。和棋就是破了残局，这规矩你难道不懂？"

陶潜点了点头，也不客气，揣起三百块钱起身就走。

还没走出几步，八字胡就在后面喊他："喂！小兄弟，你到底是干什么的？"

天色灰暗，陶潜停住脚步，背对着八字胡和他的爪牙们。

风吹过来，陶潜忽然少有地激动，血往上涌，于是，他说了句既下流又狂踟炫酷屌炸天的话：

"我是来干这个世界的！"

108.

你说陶潜是疯子吗？他是，不是疯子怎么会跟一个路边摆残局的死磕到底？你说陶潜是天才吗？他也是，不是天才怎么会短短几天就破了横行江湖多年的老把戏？

陶潜那突如其来的激动，绝不仅仅是因为他终于赢了棋，赢了三百块钱。事实上，津门的这场残局只是一种象征，他比我们任何人，都压抑得更久、更深。他的勇猛，终于得到了一次来自现实世界的、切实的承认。

109.

换说樱子。

樱子在后现代城安家落户后，一度陷入了沉寂。

这沉寂起初让樱子备感幸福：睡到自然醒、不用化妆、远离高跟鞋，每天在家披着一件宽大短T，和张飞一起窝在沙发上看肥皂剧或综艺，共享零食，清闲得像退了休。

但是很快，这沉寂就让樱子感到害怕了。

像所有无背景无靠山的小演员一样，樱子遇到了演艺事业上的第一个瓶颈期——她突然开始无戏可拍了。

110.

娱乐圈，不进则退，这是谁都明白的道理。在北京，几乎每天都有新戏在开机，几乎每天都有新剧组在筹建。不说江山代有才人出，但你稍一停滞，很快就会被其他人排挤出圈外。

在名利场上站稳脚跟从来不是件容易事，何况以樱子目前的段位，还停留在为入场券苦苦拼杀的过程当中。

樱子开始动用各路人脉，每天坐在电脑前给剧组发自己的照片资料，但就是接不到合适的角色。

那一年是网络电影的爆发年，无数低俗、色情、暴力的小成本电影如雨后春笋，过江之鲫。这类low戏，倒是有不少来找过樱子的，但都被她给拒绝了。

在她刚开始做演员时，她瞒着樱妈，曾拍过不少这类玩意儿，对这一类型的戏也已经轻车熟路，何况她放得开，别人找上门来她还能就势要要价。樱子之所以会拒绝，是因为现在的她已经非常清楚地意识到，演这种戏，对于野心勃勃的自己来讲，完全就是在浪费时间，除了给那些死宅们多一点打飞机的素材外，什么毛用也没有。

我是说，樱子有时候还挺有远见，在所有人都头脑发热地扎进网络电影的那一年，她反倒异常清醒。后来的事实也证明，低俗永远是低俗，即便短暂踩上过时代的浪尖，很快也会翻船。

后来的不到两年间，玩网络电影的哗啦啦死掉了一大片。

111.

如果说我的这两位朋友有什么共同点的话，我唯一能想到的就是——“不现实”。

而现实，从来都是梦想与野心的天敌。

娱乐圈里无背景无靠山最后混出位的人有吗?

有。

但这绝对不是一个现实的人会考虑的路。

陶潜也一样，他一直在用自己的方式反抗着来自成人世界的法则，不委曲求全，不明哲保身，不圆滑处世，不阿谀谄媚，他肚子里的万卷书和他骨子里的勇猛，就是他最好的武器。

脚踏实地，那是普通人的求生之道，陶潜和樱子，压根不需要。

112.

陶潜赢了三百块钱，还是太少了，即便是混小旅店，也混不长久。

离开津门的前一晚，陶潜曾沿着秀丽的海河一路行走了几个小时。海河波光粼粼，对岸有洋楼，天上有孔明灯，迷茫如海潮，孤独如黑夜。不知不觉间，他就走到了巨大的摩天轮面前，那是天津之眼。

才离家数日，身上的全部积蓄就已经所剩无几，即便如此，陶潜还是默默交了七十块钱，登上了摩天轮。

一截包厢，五个人，除陶潜之外，还有两对情侣。

也说不清当时是什么情绪驱使，陶潜就是突然想要往高处去。

摩天轮开始上升，海河在视野里愈见开阔。包厢里的两对情侣忙着依偎、拍照、发朋友圈。

陶潜坐在他们之间，显得孤独而多余。

当他看到坐在对面的一对情侣齐刷刷地瞪眼嘟嘴然后咔嚓自拍时，他下定决心，还是走吧，这里离北京，真的太近了。

113.

他从天津又辗转去了河北保定。

他在一点点地往外挪。

他告诉我说，保定是他闭着眼睛在地图上随便指出来的，他之前连指了好几次，然后发现竟没有一个地方的路费是他负担得起的。

只有保定。

114.

从保定车站出来，陶潜翻了翻兜里，刨去车费，就剩几十块钱了。

面前则是一片从未到过的，完全陌生的燕赵大地。

陶潜叹口气，事已至此，路已至此，怕不怕的也没什么所谓了。

爱谁谁吧，陶潜往地上一坐，点了根儿烟，还没来得及细细思考接下来该怎么办，旁边一位大娘就靠了过来。

你们知道的，就是在各个城市的火车站都经常能见到的那种大娘。

大娘操着一口并不标准的普通话对陶潜说："小伙子，小伙子，能借我十块钱吗？我回老家的车票钱不够了，就差十块。"

多经典的骗钱套路，然而你们知道的，陶潜又相信了。

陶潜深深地吸了口烟，把身上的几十块都拿了出来，然后一本正经地对大娘说："您看，钱，我有，但这不能叫'借'，因为借了是要还的，您回了老家也不可能再还我，没有还就不叫借，您说我说得对吗？"

大娘看着陶潜，当时整个人都傻了。

陶潜把几十块都塞给了大娘，说："拿着吧，说好了，不是借的，是我给你的，江湖救急。"

大娘愣了几秒钟，默默拿上钱，一句话没说，转身就走了。

而此刻，陶潜是真的身无分文了。

115.

你看，腹中有了万卷书，陶潜还是心性纯良，要是没有后来的这一趟万里路，陶潜也不会变成一匹狼。

116.

陶潜漫无目的，一个人背着背包，从保定站出来连续步行了好几个小时。

那一整天，他都还没有进食，刚出站时还不觉得饿，现在是越走越饿。

烟抽到只剩最后一根了，饥饿感逼迫他开始思考，如何在身无分文的情况下让旅程继续——他那时一定在想，如果还没出河北就打道回府回家认㞞的话，那可就真是太丢人了。

到天有些擦黑时，陶潜已经不知自己走到哪儿了。

然后，他就想到了对策。

117.

我得说，陶潜真不愧是陶潜，丫居然能想到这么个损招。

他走到街市，找到家规模不大的小烧烤店，然后大摇大摆地走进去，点了满满一桌子的东西。

那是陶潜几年旅行中吃得最香的一顿饭，肉串板筋鸡翅肥腰，伴着邻桌的酒瓶碰撞声和吹牛逼声，就着窗外的黑夜和明月，没有后路可退，只能大口吃肉。

据说杜甫当年被洪水围困，饿了九天，县令救回他后，请他吃烤牛肉喝烧白酒，然后他就把自己给撑死了。

想到这，陶潜停下来，发现自己已经饱得不能再饱，害怕撑死，于是慢条斯理地抹抹嘴巴，叫来了服务员。

讲话依旧那么有礼貌："您好，我想见一下老板，我有事找他。"

然后陶潜就见到了老米——这家小烧烤店的老板，一米七五的河北汉子，壮得像头牛，穿件跨栏背心，露着浑圆的三角肌和硕大的肱二头肌。

陶潜淡定地说："老板，我吃了您的东西，但我没钱。"

老米皱了皱眉，他打量着面前这个清瘦俊秀的少年，看这斯文的小脸和这儒雅的气质，怎么看也不像是个吃霸王餐的主儿啊。

陶潜接着说："所以，如果您缺个刷盘子的，我可以。"

118.

樱子仍旧接不到戏。

也真奇怪了，平常微信朋友圈里，那些演员副导演们，隔三岔五地就会发布找演员的信息，最近仿佛突然之间都默契地失了声。

演艺事业陷入停滞的樱子，开始频繁混迹工体和后海的夜场，参加各种半生不熟的朋友组的局，混圈子，找机会。

还有，樱子当时装了款很火的能搜附近人的社交软件，每天被将近一百个附近的男人约炮聊骚，一律不回。身处后现代城的她，本来企图通过这款社交软件扩充点圈中人脉，但很快她就发现，真正对她有用的人脉，都不会出现在社交软件里，这上面那些整天张牙舞爪的鱼鳖虾蟹，比自己还不入流。

也是，但凡在现实世界里成功的角儿，何必要在虚拟世界里搭台唱戏？

119.

在樱子收到的众多打招呼里，还有不少问她做不做商务的，也就是卖不卖，开价基本在一晚一万到三万之间。樱子有次实在闲得无聊，就回了一句：能多给点儿吗？小妹我急需用钱。

对方问：你要多少？

樱子说：一亿飘十亿。

对方直接就把她拉黑了。

120.

一个出身平平却拥有美貌的女人，在这世上应该去追求什么？我有时会替樱子思考这个问题。

樱子是这样的女人，但她从不会浪费时间思考这个问题。她非常清楚自己要追求什么，不管应不应该，反正必须追求，追求定了，死追到底。

这样，挺好。人不怕糊涂，就怕没目标。

121.

有时候，写剧本写烦了，脑子就开始胡思乱想，琢磨人世，又想不开，也找不到人喝酒，我就会给陶潜打电话，请陶大仙儿开示。

陶大仙儿说：你做什么，都对，也都错，因为这世上本没有对错。生命是一个走向平静的过程，所以活着的意义就是四个字——只求心安。

122.

我们说回陶大仙儿吧。

在河北保定，老米的小烧烤店，陶潜有了他人生中的第一份工作——刷盘子。

没办法，他就是这么的与众不同。

关于老米这个人，陶潜后来不止一次地对我感慨过，老米真是个好人。

老米是个好人，他当时没有揍陶潜，可能也因为，如果他真出手的话，陶潜不死也得半残。

保定民风尚武，这位老米不仅是位小老板，亦是个武痴。

早年老米曾拜师河北当地名家，学习八极拳，练就了一身好武艺。现在虽然年过四十，但时值壮年的小伙子，三五个根本近不了他的身。

陶潜是一介书生，不懂武术，但博览群书的他也看到过“文有太极安天下，武有八极定乾坤”的说法。

这一文一武的两个人，因一顿“霸王餐”而意外结识，后来居然气场相合，处得很来。而且说不清是不是因为这段经历的缘故，陶潜后来在广西和澳门才能屡渡难关，这些当然都是后话了。

123.

陶潜刷盘子，很累很累，每天下班后，胳膊打不了弯儿，双手被泡到脱皮。

他没抱怨过，甚至内心有一股子踏实，相比于他来保定第一天就被饿到去吃“霸王餐”，现在的生活起码给了他喘息的时间。

对于挨过饿的人来说，踏实感实在是大过天。

老米给他月薪八百，包他吃住。

其实真算起来，陶潜当初吃的那顿“霸王餐”不过一百左右，就算再刨去老米提供给他的食宿，他干上一个月也早能把钱还上了。

但陶潜在老米的店里待了两个月，第一个月刷盘子，第二个月当服务员。

可能因为和老米相处得好，陶潜并没有急于离开。

做饭馆生意的老米，见惯了市井江湖里的三教九流，所以陶潜的出现让他倍感新鲜。这个气质和谈吐都很不一般的男孩儿，让老米由衷地喜欢。

后来他们渐渐熟络，老米在听陶潜讲了自己的经历以后，感叹说：

“我就是一介武夫，粗人一个。你是高材生，在我这里，委屈了。”

124.

老米确实是个武夫，但绝不是个粗人。

老米的故事里，满满都是情与义：

他以前曾是国家公务员，挣得不多却是铁饭碗。后来教他拳的老师父生了重病，老师父膝下无子，老米便主动承担过来，四处借钱为师父瞧病，听说北京的医院好，他拉着师父跑过无数趟北京。医药费和日常开销都很大，老米为此欠下不少外债，最后自己媳妇儿都给气跑了，她说老米傻，为了个外人把自己的生活过得一团糟，但老米还是义无反顾。

师父怎么能说是外人呢？老米有他自己对情义的理解，有些事，就是不能袖手旁观。老米前胸后背一共六道大蜈蚣刀疤，是他当年见义勇为时留下的，据说街头一挑三，三个小偷一共砍了他六刀，他还是把他们都给撂翻了，霸气得不得了。是啊，对陌生的路人尚且不能袖手旁观，何况是对自己的师父呢？

老米后来把工作辞了，房子卖了，为了能多赚点钱，干起了这间小烧烤店。

他习武，所以爱看动作片，不大的烧烤店里挂了台电视机，总在放，香港的美国的，李小龙或者史泰龙。他最喜欢《洛奇》里的一段台词：重要的不是你能挥出多重的拳头，而是你能扛住多重的拳头，还继续向前。

所以，老米从不畏惧生活，他相信自己宽厚的双肩，扛得起所有的艰难困苦。他照顾师父，一照顾就是五六年，用那个弃他而去的媳妇儿的话讲，一个和你完全没有任何血缘关系的人，你凭啥要为他做到这般地步？老米说，师父就和爹一样，都要管，不管哪个都是不孝，做人不能不孝。

凭啥？凭的就是一种中国人特有的传统情感，八个字：

一日为师，终身为父。

125.

陶潜曾跟着老米一起去医院探望过一回老师父。

雪白的病床上，一个须发皆白的枯瘦老头，身子已经完全消瘦得不成样子，只有那双像鹰一样的眼睛，始终目光炯炯，似乎在提示着别人不要只看到他眼前的羸弱，要知道他也曾是河北当地一位颇具名望的八极拳名家。

去之前老米偷偷告诉陶潜，师父要不行了，估计最多半个月。

可他的眼睛依旧像鹰，那里面有气有神，没掺一丁点儿浑浊，这怎么可能是个大限将至的人的眼睛呢？

老米喂他喝炖鸡汤，他倔强地硬要坐直了身子，生气地从老米手中夺过碗勺："滚一边子去，用得着你喂我？"

老米笑吟吟地任他师父发脾气，也由了他自己喝汤。陶潜站在一旁，见老师父拿勺子的手抖个不停，舀一勺汤，甩出去多半，却仍颤抖着送进嘴里，不禁内心升起一阵敬佩——他明白，这是一名武士最后的尊严，任何时候，都绝不要受旁人半点可怜。

老师父喝过汤，这才唤陶潜过去，他颤颤巍巍地和陶潜握手，手上的劲儿依旧不小，然后就势抓着陶潜的手骨摸了几下，问他："不是练家子？"

陶潜说："我就是一文弱书生。"

腹有诗书气自华是真的，老师父上下打量了陶潜一番，鹰一样的眼睛里便流露出欣赏来："好小子，是个人物。"

126.

后来，老米告诉陶潜，师父是在硬撑，他能看得出来。

大限就要到了，但师父一辈子没低过头，生死是最后一关，他更不会低头。

陶潜打电话给我讲这些事时，忍不住跟我感叹：骄傲地活着，现在的人根本就不明白这件事有多么重要。

127.

陶潜待在保定的那段时间里，一个重要的男人出现在了樱子的生活中。

他叫文昇，后来熟了，我叫他“小文”。

他曾经和樱子做过一年的高中同学。

文昇家境殷实，在樱子所在的南城高中念完高一，就被家里送去了美国，实际上那所高中也只是他的一个临时中转站。

不久前，文昇回了国，回了北京。念完MBA，入五百强外企，走这个时代最光明的康庄大道。工作地点当然在国贸CBD，收入当然颇丰。

128.

樱子和文昇是在一次高中同学聚会上重新相见的，文昇才念过一年，但那天还是被大家叫去了。

文昇一米八的个子，文质彬彬，长得也精神，正儿八经的高富帅，浑身散发着前途无量的光芒。

同学聚会上，他很少说话，只是礼貌地听着大家讲话，然后配合地笑笑。

然而他的低调还是轻而易举地抢走了所有吹着牛逼的月薪五千块的男生们的风头。

他的目光几次在樱子身上掠过，都被敏锐的樱子悄无声息地捕捉到了。

许是樱子也对他心存好感——是啊，这样的男人，应该很少会有女人无动于衷吧——于是就与他多聊了两句，其实他们当年在学校都并不太熟。

129.

要说当年，樱子可是学校里的风云人物，和男孩子们拉帮结派、啸聚山林，而文昇只是个上课时坐得笔直的腼腆男孩，好好学习、天天向上。如今，男孩长成了男神，温文尔雅，其他的影子似乎都不复存在，只有那份腼腆依旧如初。

作为整个同学聚会上最光彩夺目的金童玉女，大家理所当然地开起了文昇和樱子的玩笑。樱子依旧斗嘴耍贫应付着，文昇只是笑笑，不说什么，但那清澈的眼眸，却时常在樱子身上驻留很久。

那天晚上，文昇送樱子回的家，两个人互相留了电话号码。

130.

陶潜那时住在老米给员工们弄的职工宿舍。

一间十多平米的平房，里面挤了不少生物：除了陶潜，三个在后厨做事的伙计，还有一些老鼠和蟑螂。

陶潜和那三个后厨伙计实在没有共同语言，而且那三人也都看他不爽，所以陶潜除了睡觉以外，其他时候从不回宿舍。

他喜欢去看老米练拳。

烧烤店的生意主要集中在晚上，所以老米通常白天练拳。

老米是如此痴迷拳术，每日练拳风雨无阻，活脱脱就是个武疯子。

平日里，他性格极好，脸上永远挂着和气的微笑——许是做生意后磨出来的，总之，从他身上，你嗅不到一丝一毫练家子的戾气。

但他打起拳来顿时改头换面，那身结实的肌肉就足够让人触目惊心，每次出拳时的吐纳呼吸，一股子杀气顿时就平地而起——尤其在沙石路上，陶潜坐在一旁，能看到飞沙走石，能听到拳脚带起的风。

老米给陶潜讲：在我们河北省，以沧州和保定为主，练家子遍地走，无论城市还是乡村，无论上班族还是庄稼汉，喜好拳脚的人数不胜数，所谓民风尚武，说的正是这片燕赵大地，这是流淌在我们骨子里的东西。

八极拳，朴实、刚猛、凶狠，是最典型的北方拳。陶潜虽不懂拳，但即便是看看，都觉得心魄在受震颤。

131.

我第一次见到文昇，是在鼓楼大街的一家饭馆。那天樱子叫了我俩，为我们互相介绍，还让我随她一样叫文昇“小文”。

见到小文第一眼，让我印象最深的是他的眼神，那是一种明显与绝大多数男人不一样的眼神——我的朋友陶潜同样拥有明显与绝大多数男人不一样的眼神，但陶潜和小文的眼神还不一样。

陶潜眼里有光，小文眼里有水。

陶潜眼里的光透着火焰般的锋芒，那是属于人杰的眼神；小文眼里的水，清澈温润，他看女孩子一眼，就能把女孩子的心看得融化掉。

我暗自思忖，这得是多么纯良的一朵男子啊，仿佛不染这世间的一丝尘埃。

小文真的很腼腆，话少，不像我和樱子侃起来没完没了，他只是坐在一旁，看着我们逗嘴耍贫，然后笑笑。

饭馆是做四川麻辣香锅的，樱子要最辣，变态辣。在美国生活多年的小文吃不惯，白白的小脸吃得通红，不断地喝水，不断地吃米饭。我们偶尔开他两句玩笑，他也受着，只是笑笑，从不还嘴。

这样可爱的一个男人，给我留下的第一印象是极好的，想必樱子也是。所以很快，差不多是我第三次见到他的时候，他就已经牵起了樱子的手，腼腆地朝我微笑着。

132.

陶潜每晚在那间十来平米的职工宿舍里过夜，能真切地听到老鼠的啃噬声、蟑螂的游走声、三个后厨伙计的鼾声、窗外的风声。

生活条件的困苦不是障碍，早在陶潜策划这次远行时他就做足了心理准备。有句老话说：没有人吃不了的苦，只有人享不了的福。陶潜身上带着《金刚经》，觉得生活难挨的时候就翻翻，蟑螂从枕边爬过的时候，老鼠与自己对视的时候，就默念几遍“凡所有相，皆是虚妄”。

133.

真正的障碍，是弥漫在内心的迷茫。

陶潜从一开始就迷茫，他不知道自己要什么，但却深知自己不要什么。所以他逃离了父母，逃离了北京。他只知道，要朝更远的地方走，却不知道，在那真正的远方，等待着他的将会是什么。

迷茫之所以令人恐惧，是因为它包含了太多未知。

这迷茫随时会诱惑他后退、屈服，纵然陶潜的内心远比我们都要强大得多，但他毕竟不是圣人，不是神佛，他仍需要对自己的内心“时时勤拂拭”。

134.

樱子和小文的恋爱，其实早在他们同学聚会那天起，彼此心里就都有了数。

后来我才知道，这竟然是小文的初恋。

小文牵樱子的手时，不敢看樱子，手也不敢使劲，只是和樱子五指相扣，脸上便有幸福满足的笑容。

樱子喜欢小文，有时候高兴了，亲他一口，或者大大咧咧地一勾他的脖子，也爱挽他的臂弯、捏他的脸。

总之，这两人的爱情美好得不得了。

135.

东直门簋街，一到夜里就燃烧，好像真有百鬼夜行，反正，连空气里都飘散着麻辣的鲜香，挥之不去。

小文给我讲他的工作，给我讲美国。

樱子捞着浸在辣椒油里的烤鱼，对我们的谈话内容毫无兴趣。

聊到专业方面，小文的话变得稍多起来，他像一位军师一样，大到指点江山小到排兵布阵，给我讲每场商战背后的运筹帷幄，给我讲他如何帮助企业生存或者壮大。也给我讲纽约，讲曼哈顿上开私人游艇的东欧大佬，讲华尔街上行色匆匆的商界精英，讲布鲁克林的帮派分子和说唱歌手。

他讲的东西我听得似懂非懂，簋街也到了最热闹的时候，樱子意兴阑珊地伸个懒腰，点一支烟，小文不紧不慢有条有理地侃侃而谈。我看着眼前这一切，恍惚间觉得又回到了北某大，只是面前那个讲着让我似懂非懂的话的男人，由陶潜变成了小文。

我忽然有些想念陶潜。这个家伙，这个怪咖，不给我们任何心理准备，收好细软买好车票，如此轻而易举地就逃离了一直困着我和樱子的大北京，真不知他现在过得怎么样。

樱子招呼我们碰杯，我看着坐在面前的小文，真的有些想念陶潜了。

136.

此刻，陶潜正端坐在医院长廊。

老米走过来，坐到他旁边，沉重地出了口气，说："师父走了。"

陶潜说不出来什么，你们知道的，他一向不会安慰人，当年樱子失恋喝大酒，他就连半句安慰的话也讲不出，何况现在坐在他身旁的，还是个比他大二十岁的中年男人。

老米也不需要人安慰，他从来都是个硬汉，无论面对人还是面对生活。

老米给陶潜讲，师父从小对他严厉，他练拳时，拍铁砂扎深马，手心手背肿到不能提物，大腿小腿酸到不能行走，身上更是常年青紫瘀伤，但就算这样，师父还是嫌他不够吃苦，只是骂他。到后来外出与人较技，即使一个照面就撂翻对家，师父也板着脸，不讲话。

在老米的记忆里，师父从来就没夸奖过他半句。

可师父临终前对老米说的最后一句话是：你是我的骄傲。

137.

那天晚上，我被樱子灌得迷迷糊糊，回家将要睡前，接到了陶潜从保定打来的电话，他给我讲这事儿，讲得仔仔细细。

陶潜心中有波澜，他告诉我说：经历一场生死离别，胜读十年大经大典。

138.

其实细细算来，小文和樱子的独处时间并不算多，可能还没我多，这是工作性质使然。

那时候，我独住在团结湖的一套老房子里。每天上班族们被闹钟或梦想叫醒的时候，我睡；而当他们吃完午饭忍着困意却不能睡的下午，我醒。写剧本，每天面对 Word 文档十小时以上，写一两万字，抽一整包中南海，喝两大瓶 1.5 升矿泉水。从不做饭，只去楼下小餐馆打包，每周洗一次衣服、收拾一次家务。

那时候，小文在大望路租了公寓，不必像绝大多数国贸工作者一样忍受拥挤的 1 号线或 10 号线。他九点按时上班，却很少二十二点之前离开办公室。工作再累，也不抽烟，办了健身卡却根本没时间去。每周总要飞去上海，再飞回来，偶尔也可能是香港。他只穿 Hugo Boss 或 Givenchy，定期会交给小区干洗店打理。

显然，樱子和我的作息更加合拍。她在工体或后海通宵达旦后，回家睡觉，然后几乎和我同一时间醒来。如果无事可做，她就会从后现代城坐着地铁来团结湖找我。我在卧室写字台前写剧本，她在客厅沙发上看 iPad，我们一整个下午不必交谈半句，只要彼此陪伴，就都不会感到孤单。

我说，小文知道你老和我在一起，会不高兴的。

樱子说，不会。

139.

到晚上，我和樱子出去觅食，随便找家快餐店，总能看到些下班后的上班族，独自一人守着窗户坐，桌上一碗面或一份饭，狼吞虎咽或心不在焉，有时看窗外，有时看手机。

北京就是这样，人再多，每个人也都孤独。

樱子会让老板打包两只卤蛋，那是黑猫张飞最爱吃的夜宵，然后小文的电话就打了过来。

小文说他在机场候机，和往常一样，要飞去上海客户那边。樱子说：行吧，祝你别遇上劫机的，要是你被劫去哪座小岛，咱俩八成要黄，知道为什么吗？因为我受不了异地恋！小文就哈哈笑，电话临挂之前，接受了多年西方教育的他总是不忘轻声地对樱子说上一句：“我爱你。”

樱子说：“知道啦！真酸！拜拜！”

我问樱子：这会不会就是真爱？

樱子说：别问我，我也在等着时间给我答案。

140.

河北保定，老米为师父操办后事。

按师父农村老家的规矩，子嗣要披麻戴孝守灵堂。老米说，我就是师父的孩子，我来。

于是乎，有那么几天，老米不在烧烤店，但生意照旧在做。陶潜不刷盘子了，当上了服务员，帮老米照看着店，每晚都在人间烟火里穿行直至凌晨。

141.

有人间烟火的地方，必有江湖恶斗。

有一天，来了一拨食客，四五个人，都光着膀子，都挺着浑圆的啤酒肚，脖子上都挂大金链，身上都纹虎头或鲤鱼，总之就是最最土鳖的混混扮相。

这拨人自始至终大呼小叫，存在感极高。

陶潜刚好服务这桌，被他们呼来唤去却也无可奈何。

临近零点，这拨人总算要结账走人。陶潜收了两张百元，拿回柜台一验，假钞。

陶潜赶紧追上去，把他们堵在了门口。

陶潜文质彬彬地说："几位先生，你们付的钱是假币。"

这拨人里领头那个，剃着青皮头，歪着个脑袋，对陶潜说："放屁，你说是假币就是假币？"

陶潜："柜台上就有验钞机，您要是不相信可以跟我过去验验。"

青皮头："验你妈！假的咋了？就给你假的了，收不收？"

陶潜："不收。"

青皮头看着陶潜，歪嘴笑了一下，背着手慢悠悠溜达回饭桌前坐下。其余几个家伙扯着陶潜胳膊把他拽到青皮头面前，并把他围在了中间。

哥儿几个酒足饭饱之后，该闹闹事儿发泄下过剩的精力了。

青皮头打量着陶潜：“你再说一遍，收不收？”

陶潜：“不收。”

青皮头拍着自己的青皮脑袋，准备发狠了。

青皮头：“行！那我要就是不给你钱呢？”

陶潜：“不给钱就不能走。”

陶潜话音刚落，青皮头一个大嘴巴子就扇过来了。陶潜毕竟是个瘦高瘦高的文弱书生，腿儿都还没人家胳膊粗，当时就被打得两眼发花，嘴里的血都淌出来了。

青皮头有些得意地看着陶潜的狼狈样，又问他:“这回能走了吗？”

陶潜抹了下嘴边的血，说：“不能。”

又是一个巴掌，打得陶潜几乎要跌倒。

店里其他几个伙计，这时就站在一旁看着，谁也不敢过来多管闲事——不只是不敢，他们平常也早就看怪咖陶潜不爽，这时候当然更没可能拔刀相助。

青皮头：“还跟我较劲吗？”

陶潜站稳，擦了擦嘴角，没说话。

青皮头提高音量，冲陶潜嚷嚷：“我问你话呢！还跟不跟我较劲了？”

陶潜慢条斯理地抹掉嘴角淌下的血，露出了一脸巨不耐烦的表情，他说：“别你妈逼逼了，赶紧结账！”

这话说出来，包括青皮头在内的所有人都为之一震。如今场面都闹成这样子了，这位少年还能有这样的底气说话，这方寸市井里的小民，居然还有个胆子长这么大号的。

青皮头倒要看看，这人的胆子到底有多大。

说时迟那时快，青皮头从裤腰里抽出把短刀，一声响，刀就狠狠地钉在了木制的饭桌上。

店里一个女服务员忍不住尖叫一声，又害怕地赶紧捂住了嘴巴。

青皮头面部的肌肉都在抽搐，他死死盯着面前的陶潜："你就是找死对吧？就他妈是找死！我最后再给你一次机会，你现在给我跪地上，认个错，咱们这事就算拉倒了。"

陶潜居然在这时笑了一下。"给你跪？"他的语气里，分明是骨子里对这帮地痞流氓的轻蔑，和那与生俱来的傲娇劲儿。

他高高扬起了头，用手一比画自己的脖子，如做割喉礼一般："捅别的地方就是你尿，有本事，你往这儿招呼，我也算瞧得起你。"

142.

局面白热化。

店里其他客人和服务员，早已经吓得连大气都不敢喘了。

老米要是在，就好了。

陶潜也真不是凡人，不但面无惧色，而且眼神里的轻蔑，藏都藏不住。

狼行千里吃肉，狗行千里吃屎，钱三强老爷子七十岁那年还敢上街和地痞流氓抡拳头挥膀子，更何况血气方刚正年少的陶潜？

他们都是狼。

谁说读书人里没有狼？

143.

青皮头到底还是被陶潜的气势给镇住了，他在这方寸市井里横行多年，也未见过这般的少年。于是他只能僵坐在那里，不知该不该去拔插在桌上的刀。

兔子急了尚且咬人，更何况混江湖最讲究面子，青皮头被陶潜这么将了一军，真横下心干出什么歹事也不是不可能。我后来问陶潜当时怕不怕，陶潜说怕，但怕也得上，或者说，正因为怕，所以才要上。

后来，青皮头旁边一个混混打破了僵局，一脚踹翻了椅子，冲上去就要揍陶潜，可意料之外的，青皮头竟然一把拉住了他。

青皮头两只眼睛始终凶狠地盯着陶潜，他心里明白，他们这伙人当然可以一拥而上，狠狠地揍陶潜一顿，但这只会让陶潜心里更加瞧不起他们。

混混的普遍心理是：最喜好当众逞威风，最讨厌被人瞧不起。

青皮头掏了两张百元真钞，狠狠甩到了陶潜的脸上，然后他扯着陶潜的衣领，凑近了他，狠狠地说："我记住你了，过几天我来找你。"

陶潜没说话，待这帮地痞离去，一个人默默弯下腰捡钱。

144.

北京鼓楼东大街，MAO Livehouse。

场子刚刚热起来，一支异常凶猛的云南乐队在舞台上撒野。樱子挤在最前排，我和小文坐在后面喝酒。

原始粗粝的 Grunge，咚咚咚，让人心跳加速，手心出汗。

小文不安地伸着脖子望向前排，像一头动作优雅的长颈鹿，他的眼睛紧跟着人群中的樱子，寸步不离。

我说："没事儿，她看现场就爱往前蹿，久经沙场了。"

小文点点头，可还是不安，喝一口酒，总要扭头去找樱子。

小文说："真吵啊，心脏都疼。"

我笑笑，不知该怎么答。

"以前你和她经常来听这种音乐吗？"

"是啊，念大学时总过来玩。"

"哦。"

小文并不喜欢凶猛粗糙的音乐，太大分贝的吉他失真过载会让他感到不安。在美国读书时，小文习惯在曼哈顿的小公寓里，就着下午的阳光，坐上摇椅，放Jazz或Blues来听，同时啃一些晦涩的商学书，即使去酒吧，也一定是听这类音乐。

小文又问我："她很喜欢热闹的，对吗？"

"她喜欢去热闹的地方。"

"她缺乏安全感。"

"我觉得咱们这代人，都多多少少有点儿缺乏安全感吧？"

小文笑笑，没回答。

"走吧，去前面玩玩。"

"我不去了，你去吧。"

我看着小文，他轻推了我一把："我真不去了，你去吧。"

于是我独自冲向混乱的前排，耳朵被音响轰炸，心脏被落地鼓敲击，我在烟味酒味汗味荷尔蒙味中往来穿梭，寻找樱子。我找到了她，她拉住了我的手，混沌之中，她就像黑夜里的精灵，鬼魅而动人，修长瘦削的身子毫不示弱地和周围每一个同样鲜活而年轻的肉体冲撞。

后方不远处，小文安静地坐在吧台，看着我们这边发生的一切，既像置身事外，又像身处其中。

145.

看完演出，我们去撸烤串喝啤酒。

樱子调戏小文，非要把嘴里的烟塞给小文，让他抽一口，小文躲不开，竟真从了，然后就被呛得直咳嗽。

樱子哈哈大笑。

小文也笑，边笑边摸樱子光滑如水的头发。

夜凉也如水。

樱子一杯接一杯，一瓶又一瓶，简直饮酒如水。

小文拦不住。

我知道她最近因为接不到戏而心里愁苦，可眼见着时间过了凌晨两点，也只好替小文解围："差不多撤了吧，人家小文明天还上班呢。"

"要走你走，"樱子瞪我一眼，"小文陪我。"

"我说你怎么不知道为别人考虑一下呢？"

小文慌忙拦我，然后又摸摸樱子的头，仿佛看穿她心事般："没事啊，不着急，可以慢慢来的。"

樱子放下酒杯，痛苦地摇了摇头："不可以，我这辈子唯一学不会的事儿，就是'慢慢来'。"

146.

"不行，你得走。"

操办完师父的后事，老米回来就听说了陶潜单枪匹马和一众地头蛇死磕到底的英勇事迹。

他无比坚决地对他说："你必须得走。"

"我走了，他们再来你这儿，怎么办？"陶潜问。

“你别管，你走你的。这种人我知道怎么应付。”老米说，“反倒是你，留在这儿，万一哪天走夜路被他们黑了，那这亏就吃得太大了。”

陶潜想了想，又问：“可我往哪走？”

“我想想，”老米思考了片刻，然后说，“你往南走，南下去杭州。”

“为什么是杭州？”

“陶潜，你见过我练拳，”老米说着一拍自己厚实的身板，“知道我前胸后背一共六道刀疤。”

“你和我讲过，街头一对三，挨了六刀，打翻了三个亡命的大贼。”

“对，这是十多年前的事了，就发生在当时的杭州。那年我去西湖玩，正巧遇到小偷扒窃。因为这事，我结交到一位朋友，就是当时被偷的那个人。”老米说，“他是南方人，后来在杭州做生意赚了一些钱，就在西湖边上开了个酒吧，听说规模还不小。你去投奔他，有这份交情在，不怕他不收留你，我现在就给他打电话。”

其实早在这事发生前，陶潜就已经动过了要走的念头，他在这小烧烤店已经做了快两个月的事，谁都知道，他这一趟出来远行，志绝不在此，离开是迟早的事。

所以陶潜考虑了一下，说：“好，那走之前，让我去给老师父上炷香吧。”

147.

乡下灵堂。

老师父的黑白相片摆得端正，精心擦过，不染一丝尘埃，相片里老师父目光炯炯，很有一代宗师的派头。

两边是白布挽联：难忘手泽，永忆天伦。继承遗志，克颂先芬。

老米告诉陶潜，这是村子里最有学问的一个老头儿给写的，是祭奠亡父用的联子。

陶潜恭敬地三鞠躬，上香。

陶潜说："前辈，尽管跟您只有一面之缘，但要走了，还是想着过来跟您道个别。我虽不懂拳，但却觉得它和我懂的一切都有共通之处。有人的地方就有江湖，您一定最懂江湖。我知道，您一生没低过头，刚好，我也不喜欢低头。现在，我要继续上路去寻找一些答案，它们对于我很重要。请您安息，再会。"

148.

第二天，陶潜就从乡下辗转来到石家庄，然后坐上了一列开往杭州的火车，身上有老米偷偷多塞给他的两千块钱——他上了车后才发现，都不知老米什么时候偷偷塞进了他的背包里。

老米在站台同他告别时，只说你一个人去了南方，人生地不熟，遇到麻烦，就问我那朋友，我嘱托他照应你了，或者你给我打电话。

老米还说：我知道你要强，不乐意麻烦别人，但别把我当别人。

匆忙别过，两个不善煽情的男人忘记了互道声珍重，只互相挥了挥手。

有缘，江湖再见。

在火车上，陶潜翻开背包时才看到那一把两千块钱现金，他侧头看着窗外，离开北京后第一次感到心头温暖。

路过高山，路过湖泊，列车载着陶潜，就这么一路开向了他从未到过的江南。

149.

樱子说她唯一学不会的，就是慢慢来。

她着急了，人一着急，就会不计代价地想求个答案。

在一次圈内人的饭局上，樱子从邻桌一个相识已久的经纪人口中听说了一位神婆，据说和娱乐圈有很深的交集，给好多如今正当红的鲜肉、小花都占算过。说谁能红，一定能红；说谁红不了，趁早改行别混娱乐圈。

铁口直断，一卦千金。

樱子将信将疑地问：有那么邪乎吗？

经纪人一脸嫌她没见过世面的样子，说我带的艺人谁谁谁上周刚找神婆算过，说半个月内必接大戏，红不红就看这一出。

“你猜怎样？”经纪人从背包里掏出一份演员合同来，“今天下午刚签的约，大 IP 改编，一线卫视黄金档，网台联动。”

经纪人讲完亲身经历，又向樱子一一列举了谁谁谁、谁谁谁，和那谁谁谁，都是没火之前曾找神婆断过，神婆点了头，后来事实证明，他们果然都有红的命。

“就因为接连算准了好几个现在正当红的艺人，她在娱乐圈里的名气慢慢大了起来，问卦的价钱也水涨船高。”

“得多少钱？”

“不便宜，问一卦事业，两万块钱。”

经纪人说着又拍拍桌上的合同：“别人信不信的，我反正信，我亲身经历了，人家说半个月内，就是准。”

樱子又问神婆在哪，怎么找她。

经纪人说要提前十天预约，神婆每天只算一人，现在找她算的，多是咱这行博名的小艺人。

“神婆住的地方可金贵，国子监旁边的独栋小院，你瞧瞧这气势。”

樱子点点头，陷入了沉思。

150.

十八个小时的硬座，陶潜从杭州站出来时，感觉自己的半条命都没了。

就他妈为了省这么点儿钱，陶潜往马路边一坐，感觉两条腿跟被油炸过似的都酥了，连着抽了好几根烟，才缓过一点儿神来。他暗暗对自己发誓：今生再不要坐硬座火车，宁肯把吃苦用在打工挣钱上，也绝不再吃苦坐这玩意儿了。

出了车站，富裕的杭城就在眼前。

陶潜抽完一根烟，就嗅到了桂花的香味儿。

这里是杭州，真正的江南，自古就被文人墨客、浪子游侠青睐。陶潜从书本里知道很多关于杭州的事——西湖、灵隐寺、钱塘江，还有苏轼和白居易，东南形胜，三吴都会。

151.

按照老米给的地址，陶潜找到了西湖边上的那间酒吧，找到了那位当年被老米出手相助的酒吧老板，说明身份后，老板点了点头，一路领着陶潜在酒吧里左拐右绕，来到最里面的一个房间。

酒吧在杭州城算很高档了，挨着西湖，地盘也大，整个场子的装修风格很有工业的冰冷感，就是那种装模作样、欲拒还迎的冷艳。

其实就和北京工体那些慢摇夜店一模一样，江南地区统称这类场所为酒吧。

老板用手一指："你先进去面试一下，看看我们这边的人事经理怎么说，好吧？”

陶潜虽初涉江湖不谙世事，但敏锐感还是有的，他明显能感觉到：老米所谓的嘱托，其实在酒吧老板这里并没有多少分量。

是啊，路见不平拔刀相助，那已是十几年前的旧事了，如今老板发达，经营着这么大一家酒吧，而老米平淡，靠一个小烧烤店讨生活，两人早已不在同一阶级，还能接你电话已经算是给了面子。

老板冷淡的态度其实已经把意思挑得明明白白：你自己去面试，通过了你就和别人一样干，通不过你就滚蛋吧，自生自灭。

陶潜早该想到，不是所有人都如老米那般重义，薄情才是这个时代的众生常态啊。

其实跟自己跑过来面试并没有什么分别，压根儿也没有“投奔”一说。

真的无所谓，陶潜千里都是独行，难道还会害怕落单吗？

无论何时，都只能靠自己，永远如此。

152.

人事经理让陶潜填了个表，然后上上下下打量了他一番。

“你以前干吗的？”

“刷盘子的。”

人事经理白了陶潜一眼：“也行，也算服务行业，能吃苦就行。”

这时候又进来个女人，浓妆大卷，短裙高跟，嘴里叼支烟。她漫不经心地和人事经理打了个招呼就坐到一边的沙发上，开始观察起陶潜来。

女人问人事经理：“来应聘的？”

人事经理：“对，服务生。”

女人目不转睛地盯着陶潜的脸看，陶潜不好意思与她对视，赶紧低头。

女人笑了："长得眉清目秀的，个头也高，当什么服务生啊，怪辛苦的，做男模呗。"

人事经理笑她逼良为娼，两人说笑起来。

陶潜在一旁默默站着，一副面无表情的扑克脸，他那时候还并不知道这女人嘴里所说的"男模"是什么意思。

153.

北京。

樱子焦虑地等待了整整十天。

她无心混酒局，无心跑组试戏，甚至连和小文谈恋爱也显得有些心不在焉。

她到底预约了神婆，十天之前。而今天，终于轮到她了。

她叫上了我，由小文开车，直奔安定门内国子监。

她坚持自己出这算卦的两万块钱，而不要小文替她付——实际上，长期无戏可拍，让她原本的积蓄已经捉襟见肘，这两万块钱，对她而言，几乎是最后的老本。

樱子说：这钱怎么着也得我自己出，算命都叫别人代付，那也太不心诚了，心诚才能灵。

我说：两万块钱算个卦，你是在炫富吗？

小文笑笑：开心就好，开心就好。

按地址找到国子监旁的独栋小院。接待我们的是一个十四五岁的男孩，五官还没脱稚气，但言谈举止却像极了成年人，他自称是神婆的弟子。

小院古色古香，在浮躁的北京城里，还真有点儿闹中取静的意味。

小弟子给我们奉了三碗热茶，樱子把红包递上，小弟子拆都没拆，只拿在手里捏了捏，就笑着说："你只能问一个问题。"

樱子点点头："一个足够。"

小弟子说："准备好了的话，三位就跟我一起进来吧。"

我和小文对视一眼，本以为神婆会要樱子单独进去，而小弟子会将我们挡在门外，没想到是一并放行——托樱子的福，我也能见见这位传说中的神婆，说实话，我心里多少还是有点儿好奇的。

154.

小院的正堂不大，里面摆满了各种带有宗教色彩的玩意儿：神龛、香案、菩萨、唐卡——有佛有道，五花八门，让人一时也分不清这神婆的来路。

而神婆本人，只是个看上去再普通不过的中年妇女，微胖，穿身纯色素衣，头发乌黑，耳垂圆润。总之，放到街上，绝对湮没在芸芸众生之中，你根本看不出她会有什么神通。

樱子坐到她正对面，和她隔着一道桌案，我和小文则分坐左右。

神婆开口了，声音很温和："小姑娘，你想问什么？"

樱子答："我是个艺人，问事业。"

神婆点点头，这时一旁的小弟子给樱子递上了白纸黑笔，要她写下自己的生辰八字。

樱子写好后，小弟子将白纸交给神婆。神婆这时抬眼看了一下对面樱子的脸，只是很快地一扫而过，然后便低下头翻着一本厚重的古籍，又在纸上演算着什么。

我能感觉出樱子的紧张来，她一动不动地看着神婆，仿佛自己的全部命运都被面前这个陌生的中年妇女捏在手里一般。

最终，神婆摇了摇头，淡淡地说："改行吧，你没红的命。"

樱子呆了两秒钟，然后竟回过头来望了我一眼——我永远都忘不了那个瞬间，在她苍白的脸上，是一种巨大的绝望与无力，那实在是我所见过的普天之下最悲伤的神情。

真的，我永远都忘不了她那时的样子，那幅画面永久地定格在了我的大脑里，不可能被抹去。

然后樱子转回头去，但她不敢看神婆的脸，她此刻显得手足无措。

她小心翼翼地，低声又问："那么，就没什么办法了吗？"

神婆摇了摇头，面无表情。

樱子这时才抬起她漂亮的大眼睛，像是乞求般看了神婆一眼："真的一点儿办法都没有吗？"

神婆露出个无奈的浅笑："小姑娘，我已经送了你一个问题了，你还想让我回答你的第三个问题吗？"

樱子尴尬地笑了一下，她站起身，对我和小文说："咱们走吧。"

155.

回去的路上，樱子坐在车的后排，一言不发。

我很想对她说点儿什么，但却一个字都讲不出来。小文安静地开着车，我想他也一样。

我们仨就这么默契地安静了一路。我那时心里在想，如果陶潜在，或许他会有拯救樱子的办法吧？不知道，我总是把希望寄托在陶潜身上，仿佛他是个万能的人，能解决世间的一切麻烦。

小文先送樱子回的家，樱子下车后，我俩把车停在路边，我摇下车窗，抽烟。

小文这时才开口，他说：我见惯了她活蹦乱跳的样子，见不得她这样悲伤。不管别人怎么说，只要她心里不愿放弃，我就永远做她最坚实的后盾，给她我能给她的一切。

我没回答他，我脑中反复回放着樱子回头望我的那一眼。

156.

对那时事业陷入最低谷的樱子来说，神婆的预言无疑是极具分量的一次打击。

人在对现实感到无力抵抗时，往往会想方设法地寄希望于神灵。

但假如连神灵都对你的命运目露凶光，你还有没有勇气跟随自己的内心？

神挡杀神，佛挡杀佛——话是这么说，但一般人根本就没有那么强大的心脏。

157.

很快，陶潜搬入了酒吧安排的职工宿舍。比在保定时的条件要好一点，但是男生集体宿舍，脏乱差是一定的，同样有老鼠蟑螂相伴，同样地，陶潜和舍友们毫无任何共同语言。

很快，陶潜的工作就上手了，他强大的记忆能力让他很快记熟了酒吧各个方位的所有台号、散台卡座或者包厢；各种烈酒及各种力娇，怎么掺怎么混，怎么给客人倒，配什么杯子等等细节。

带他的老服务生难以置信地问过他好几回：你以前真没干过酒吧？

陶潜说：我以前都没去过酒吧。

时常会有中年女人走入包厢深处，然后一众衣着光鲜的美男子就排着队鱼贯而入。老服务生告诉陶潜：这些就是咱们店里的男模队。

陶潜问：到底什么是男模啊？

老服务生一脸诧异地瞧着他说：就是鸭子啊。

陶潜这才明白过来。

老服务生叮嘱陶潜别去招惹他们，干好自己的事。还特意强调了一句：咱们和他们不一样。

其实在这种地方，陶潜和任何人都不一样，不是吗？

158.

樱子家楼下的火锅店，她约我喝酒。

不施粉黛，大T恤人字拖，这是她单独见我时的标配。

樱子说：喝酒只能想到你，小文不会喝，而且他什么事只会听我的，从不替我拿主意。

我说：别的女孩儿羡慕还来不及，又不管你，还宠你。

樱子一瓶接一瓶，速度是我的两倍。

火锅升腾的雾气和喝进体内的酒精，让她的眉眼在我的面前变得模糊起来。

樱子问我："我该继续吗？"

我反问她："那你想做别的吗？"

"不想，"她答得斩钉截铁，"但我害怕。"

我从没见过她这般没有士气的样子，我不习惯她这样跟我说话，我喜欢那个打不倒的大樱子。

于是我说："一个神婆就把你打倒了？你就这么点儿能耐？我看你也没红的命。"

意料之外的，一向不输口舌之争的樱子竟然没有还嘴。

太别扭了，这不是我们正常的相处节奏。见激她不成，借着酒劲儿，我鬼使神差地拨通了陶潜的电话。我也不知当时自己是怎么想的，也许是我实在不知道该如何同这样的一个樱子继续我们的对话。

我打开了免提，把手机放在我和樱子中间。

远在杭州的陶潜接起了电话，问我怎么了。

“陶潜，樱子完蛋了。”然后我就把樱子最近屡屡接不到戏，又被神婆审判了命运的事一五一十地说给了他听。

真的，别看千里之外，别看隔着电话，但另一头陶潜的那股子轻蔑劲儿，根本挡都挡不住。

他说：“垃圾啊，一个算命的中年妇女都能说得她怀疑人生？真没出息，这么脆弱就叫她赶紧去自杀吧。垃圾！呸！”

一旁的樱子忍不住了，大声骂道：“陶潜你大爷！”

电话那头沉默一阵，陶潜支支吾吾地说：“咦，原来你也在啊。”

“傻 ×！你骂我的话我全听见了！”

“哦——”陶潜又是一阵沉默，然后他说，“当年上学时，西方文学大课讲到雨果，你拍案而起和唐教授叫板的事，你不记得了？”

樱子一愣。

陶潜又说：“你当时敢质问唐教授：凭什么说我们的人生不能波澜壮阔？怎么换了个算命的你就软了？她说你不行，你为什么不上去给她一脚呢？”

樱子点了根烟，没有讲话。

陶潜临挂电话前，还不忘轻声补了一句“垃圾”，简直贱到不行。

樱子说：“对啊，我为什么不上去给她一脚呢？”

“圣贤尚且有犯错的时候，何况一个卜卦的神婆？”我说，“我认识的樱子，应该去大红大紫，然后打她的脸，砸她的招牌。”

樱子仍皱着眉头，但眼神却坚定了几分。她的热血在回温吗？

我不知道。见她不说话，我就接着说："说好了要去波澜壮阔呢，这样就回头，你自己也放不下吧？"

这时樱子的手机突然振动，她拿起来看，是陶潜发来的一条短信，只四个字：

功不唐捐。

樱子拿给我看，问我什么意思。我说陶潜被学校开除后，去见了唐教授最后一面，这四个字，是唐教授的临别赠言，也是他毕生笃信的大道。

"没有努力会白白浪费，这世上从来就没有'徒劳'二字。"

樱子点点头，然后喝下了好大的一口酒，她说："好，我信你，我信陶潜，我信唐教授，反正我也没的选，我去努力，我不信徒劳。"

159.

陶潜在酒吧做服务生，一转眼半个多月时间，已经从服务散台调到服务卡座了。

这意味着，他开始有更多的小费可拿了。

实在太累，晨昏颠倒，音乐又糟糕又吵。陶潜新添了胸口闷、心脏疼的毛病，而且明显感觉到自己的听力在下降。

他能学着别的服务生：客人杯子空了马上倒酒，酒只倒一半多一点；客人掏出烟，立刻护着火送上打火机——这些他都能学来，他不是书呆子，他明白，但其他服务生油腔滑调的模样和阿谀奉承的嘴脸，他始终学不来，也压根儿不想学。

他终是不合群的，在学校不合群，在小烧烤店不合群，在酒吧不合群，永远不合群。

其他服务生都觉得他古怪，渐渐地都在有意地疏离他。男模队更是连看都不会看他一眼。还有那位酒吧老板，经常看到他在场子里蹿来蹿去，要么对着手机大呼小叫，要么对着土豪客户点头哈腰，似乎永远都很忙。而他现在和陶潜面对面地走过时，甚至都不会有半点儿交流了。

陶潜甚至怀疑，他都已经忘记自己是谁了。

无非是孤独，陶潜最熟悉也最不害怕的孤独。好在酒吧管吃管住，陶潜也算在杭州城稳定下来了。

可是晚上太累，白天睡觉，都没有时间去好好逛一趟西湖。

160.

小文要去新加坡出差一个月，临行前请樱子吃大餐，还打了电话叫我。

我说："别别别，临别一餐，我去当电灯泡不合适。"

小文说："要来的，正因为临别一餐，所以你才要来，我们是朋友嘛。"

建国门外，老牌法餐，小文说这里的鹅肝和羊排都很棒。

有人演奏竖琴，这样优雅的环境，真的好适合小文这样的男人约会女朋友，我在一旁实在显得多余。

樱子说："要去一个月啊，那我想你了怎么办？"

小文温柔地抓着樱子的手，笑着。

我低头喝龙虾汤，尽量掩饰自己的存在，不想打扰他们的交流。

樱子又说："新加坡好玩吗？没去过。"

小文说："好玩也不能玩，我只是去工作。"

樱子说："我要彻底失业了，快两个月了，接不到一个合适的戏。"

小文说："没关系，不去工作也没关系。"

“不工作你养我啊？”

“我养你啊。”

樱子愣了一下，然后笑了：“傻瓜。”

我偷偷看了樱子一眼，发现她也在看我，然后我们默契地躲开彼此的目光。她一定和我一样，心照不宣地想到，这经典的周星驰电影桥段在我们之间也曾出现过，可当时我没能像小文这样，连半秒的犹豫都没有就脱口而出。

竖琴响着，如慕不如怨，如诉不如泣。

樱子逗小文：“我很贵的，你到底行不行啊？”

小文说：“行的，我很能挣的。”

161.

小文飞去新加坡后，樱子再次变成了孤身一人。存款的只出不入让她深感自己不能继续坐以待毙，要主动出击挽救事业，尽管她缺钱的话完全可以发一条微信，小文就会给她的卡上打来很多钱，但樱子并不是个只满足于从男人那里索要安全感的女人。也许从小父母离异的经历让她对男人多少有些不信任，她比更多女人都更早地明白一条真理：女人必须要有自己的事业。

162.

机会真的来了，而且在当时的樱子看来，这是一个大机会，很可能成为她未来演艺事业的一块重要跳板。

离后现代城不远，秀水街边上，一家圈内知名会所，一场圈内人的局。樱子的一位副导演朋友给她打电话，叫她过来一起玩，还特意强调，周导也在。

周导当然不姓周，我随便起的名字，因为他在圈内算挺有名的导演。

樱子接到电话后当场应了下来，以最快速度捯饬了一光鲜亮丽后，立刻下楼拦出租。

在车上，樱子难掩激动。第一，她本人很喜欢看周导的片子，她发自心底觉得周导有才华。第二，她已很久接不到戏，她渴望一个机会，而且她有强烈的预感，周导会喜欢她，会对她产生兴趣。

当然，樱子并非是抱着要去勾引周导的心态去的，人家是圈内大导演，多大的世面、多好看的美女没见过？再说周导在圈内也向来无好色之名。樱子只是单纯地想去结识他，最起码也要留个电话加个微信，如果再能给他留个深刻的好印象，那这一趟就真的不虚此行了。

娱乐圈潜规则当然是有的，但也没传的那么邪乎。事实上，又有哪个圈子不存在权色交易呢？谁也没比谁干净多少，只不过名利场更被聚光灯关注而已。

当然，我是说，樱子当时压根儿也没往那方面想，况且，她还有小文。

163.

会所巨大的包厢里，叫得上名儿的咖不少，会所老板也在作陪。

樱子的位子离周导有点儿远。她简单环视一番，除她之外，还有两个漂亮姑娘，应该也是不太出名但肯定要比自己出名的小演员。

两个女演员都十分擅于活跃气氛，一副训练有素的样子。樱子瞟周导一眼，周导坐得端正，偶尔对两个女演员说的段子笑笑，别人敬他他就喝，从不主动提杯。于是樱子觉得自己应该以静制动，这样的情景下，自己不能再出来和那两个女演员抢风头，周导显然不会喜欢那样的姑娘——起码当时樱子是这么觉得的。

那就沉默优雅、低调奢华吧。樱子刻意把目光久久放在周导身上，期待能与他的目光“不期而遇”地来上几次相撞。大家讲段子，无论荤素，都跟着笑笑，不插话，不评论。周导如果发表意见，就聚精会神作思考状，并不时点头表示赞同。周导只要喝酒，就也拿起杯子跟着喝。

樱子暂时只能想到这些。

164.

然而事情并未向期望的方向发展，樱子的刻意低调让她真的低调了。两个女演员越玩越 high，风生水起的，而樱子的存在感也就随之越降越低，如果不是屁股下还占着个位子，连樱子自己都要怀疑这个局里到底有没有她。没人主动和她说话，她已经沉默了大半天，这时也不好再主动和别人讲话。

樱子后来告诉我：那一刻的感觉，就像以前在剧组里拍戏，她在一旁看着别人表演，等着轮到她自己的戏份。有时候拍得慢，要等上大半天，她杵在一旁，不像演员，活像一个被静静搁置的、精美漂亮的道具。

然后局就要散了，樱子除了偶尔和周导有过几次目光相接外一无所获。眼看众人纷纷站起准备离席，樱子急了，机会来之不易，如果就这样空手而归，今晚樱子一定会后悔到失眠。

于是她心一横，借着酒劲儿，走上前去，拦住了周导的去路。

周导笑了，问樱子：“有事儿吗，姑娘？”

“有！”樱子前所未有地紧张，比她第一次试镜时还紧张，尽管她努力掩饰，但阅人无数的周导肯定还是一眼就能看穿。樱子说：“周老师，我能留个您的电话吗？咱们加个微信吧？”

樱子当时怕极了遭到拒绝，因为旁边都是圈里人，谁都明白她那点儿小心思。而之前她已经被忽略了快两个小时，这最后一击要再落了空，她会感觉无地自容。

周导先是愣了一下，随即一个仿佛看穿般的浅笑，又马上礼貌地收住。

这短暂的笑几乎就要把樱子击溃了。

好在周导最终点了点头，说：“可以啊。”

165.

局就这样散了，没有人送樱子回家。樱子一个人站在黑夜里，望着身旁冷漠的高楼大厦、琼楼玉宇，无论怎么想，也觉得不能就这样打车回家。如果就这么走了，樱子确信到下次她给周导发微信时，周导会连她是谁都想不起来。她突然有些懊悔刚才没像那两个女演员一样卖力表现，起码也能给在座的人留下个印象啊。

樱子掏出手机，翻到周导刚刚留给她的号码，犹豫片刻，她终于勇敢地按下了拨通键。

166.

陶潜曾说过，樱子难成大气候，但也绝不是省油的灯。

欲成大气候，必有时势相助。除此之外，自身也要达到一定高度，才借得动时势。时势这东西是天成，很难讨论，只说自身高度，樱子显然还差着不少，好在樱子也不想成大气候，她只想做个小明星，只想做好这盏不省油的灯，成就生前名，不管身后事。

樱子给周导打电话，说："周老师，刚才人太多了，我都没跟您好好聊聊电影，咱们可以续个摊儿吗？"

周导顿了一下，说："续摊儿就算了吧，我已经回酒店了，不想出去了。"

樱子觉得自己隐约间明白了什么，但她太渴望结识周导，所以没顾上多想就又跟了一句："没关系啊，您方便的话我可以去酒店找您，您——方便吗？"

周导说："姑娘，太晚了吧？明早我就要飞去上海了。"

这话虽然听上去的意思是怕打扰，但樱子总觉得周导的语气并不像是在拒绝她，于是樱子心一横，说："晚吗？干我们这行的，不应该都是夜猫子吗？"

周导在电话那头笑了，这个笑让樱子如释重负。樱子知道，这个机会她争取到了。

果然，周导说："那你过来吧，我在 ×× 酒店 ×××× 号，直接上来就好。前台要问你你就只说找人，别的不要多说，懂吗？"

樱子说："懂。"

167.

挂下电话后，樱子突然间就害怕了。

她感到北京的夜其实又黑又冷，深夜的风刮来的全是不安和焦虑，这偌大的北京城不言不语，睁着一双巨大的黑色眼睛，在上空漠然地看着她，看着发生在她身边的一切，洞穿通透。

樱子想镇定一下，她拿出烟，刚要点燃却又停下，她担心自己身上的烟味会惹周导反感。也就在樱子心慌意乱的时候，小文打来了电话。

小文的声音暖暖的，好听，他温柔地问着樱子：你在做什么？你今天过得好不好？

樱子说：我很好啊，刚在外面疯完，现在正准备打车回家。

他们又简单聊了几句，小文就说要睡了，在挂电话前照例不忘对樱子说上一声“我爱你”。樱子听得鼻头一酸，差点儿当场就哭了出来。

挂断电话，樱子深知，现在自己已经没法打退堂鼓了，无论如何，周导是一定要上去见的。于是她在心里立下誓言：一会儿进了酒店房间，只和周导聊天，绝不做任何出格的事情，绝不能对不起小文。况且，樱子相信，周导那种档次的男人，有深度，只要她不主动勾引，他绝不会对她动手动脚。

大不了就是扫他的兴，那也算给他留了个念想，不管好坏，人最怕没存在感——樱子也只能这么安慰自己。她心里不断默念着小文的名字：小文，小文。她不要伤害小文。

樱子把手机调成静音，不敢多想，走进了黑夜。

168.

周导把樱子迎进门来的时候，樱子打了个冷战，房间里的冷气开得很足。

周导给她冲了杯咖啡，并为自己点上根烟。

樱子怯生生地问：“我可以抽一根吗？”

周导不说话，把烟扔到樱子面前。

樱子点打火机的时候，手都在抖。

她低着头，抽烟，喝咖啡，不用看，也能真切地感觉到周导的一双眼睛始终在紧盯着她。

就像盯着猎物。

周导开口了："聊吧，聊什么？"

樱子说："聊您的电影吧。周老师，您拍的片子我都看过，都特喜欢，有些还看过不止一遍，我是您的铁粉啊，我——"樱子越说越没底气，自己都觉得这谈话别扭得根本进行不下去。

周导也乐了，他说："姑娘，你大半夜来这个地方见我，不会就是想和我聊电影吧？"

樱子呆住了，她完全不知道这句话该怎么接。

周导微笑着看她，仿佛一切尽在掌控之中。

那一刻，樱子觉得自己像是个被看穿了把戏的糟糕魔术师，根本表演不下去，她低着头，连看周导一眼的勇气都快没有了。

僵持片刻。

周导终于开口，揭开了最后的底牌："来，过来。"

樱子身体一颤，第一反应是拒绝，实际却根本说不出拒绝的话来。

"过来啊。"周导说这句话的语气，活像片场里的导演在对演员发号施令——这种语气樱子在片场听到过太多回，她抬起头来，那个在电视里看见过无数回的熟悉面孔，此刻就坐在自己的一米开外。

导演对演员，发号施令，顺理成章。

樱子真的站起了身，起身的那一刻她已知道自己在劫难逃，远在万里之外的小文和她刚刚在街上立下的誓言，在周导的发号施令面前竟然如此不堪一击。

樱子早该明白，哪有不吃腥的猫，何况自己还是主动送到了嘴边。周导能在深更半夜让她进自己的房间来，那是铁了心要发生点儿什么。

樱子只是恨自己，恨自己无力拒绝。

169.

有时候我会觉得，樱子真是个骨子里的坏女人。有时候我又会觉得，樱子真的好可怜。

可怜之人必有可恨之处，实在是不折不扣的真理。

完事后，樱子执意要走，不肯留宿，周导也不拦她。

在樱子穿衣服的时候，周导说了句话，瞬间就击垮了樱子的全部防线。

周导说："你不会是想上我的戏吧？先讲清楚了，这事儿不可能，因为我从来不用和我发生过关系的女演员。"

樱子默默穿着衣服，眼泪当时就流下来了，她好想转过身去，对着那个躺在床上正瞧着自己的全部狼狈的混蛋大骂一句"操你妈"，但她发现此刻她根本就没有力气说出一个字。

是啊，本来就是狼狈为奸，又有什么可说的呢？除了尽快逃离这个恶心的房间，樱子别的什么也不想做。

170.

也许故事讲到这里，你会开始讨厌樱子。

事实上，从我一开始写这个故事，就没打算把她塑造成正面角色，同样，我也没打算把她塑造成反面角色，我只是想把她讲给你听，写给你看。善恶功过，任君评说。

171.

陶潜第一次在酒吧见到莫小红时，曾经带他的老服务生告诉他，这是位大财神。

在酒吧工作了将近一个月，陶潜也见识到不少挥金如土的豪，土豪——尽管这些人和后来陶潜在澳门遇到的大人物相比，顶多算是鱼鳖虾蟹，但那是很久以后的后话，眼下，莫小红就是土豪中的最大。

她四十多岁的模样，很瘦，在找男模寻欢作乐的富婆们当中，年龄不算小。

大概因为清瘦和善于描画，至少她看上去不像有些富婆那么令男人望而生畏——我是说，只谈外形，她甚至还有那么点儿好看和韵味。

关键是，她给小费出手极大方。

所以酒吧里的男模们，一听说红姐来了，就会立马整衣服抓头发，排队被选的时候都一个劲儿地微笑耍帅站笔挺，就盼着红姐今晚能挑中自己。

在男模队里，他们管被莫小红选上叫作“中了头奖”。

那次莫小红是带着另外两个女人一起来的，三人在包厢里各挑了一个高大帅气的男孩子留下，其他人垂头丧气地滚了出来。

当时的行价是男模坐台费六百，小费单给，出台另算。

老服务生还告诉陶潜，莫小红从不带男孩子出台，她只把他们用作寻欢作乐时的陪衬。

陶潜其实对莫小红并无太多兴趣，当然，那一回，莫小红也压根儿就没有留意到陶潜。

172.

第二次见到莫小红，是在一个星期后。

这次她竟独身一人，而且没坐包厢，自己开了个卡座。

刚好就是陶潜服务的卡座。

男模们嬉皮笑脸地过来站队，纷纷期待着自己今晚能中头奖。

莫小红摆摆手：“滚蛋，都滚蛋。”

值班经理一路小跑过来：“红姐，红姐！不满意？不满意咱换一批，帅哥我们这里太多了！”

莫小红说：“今天我就自己喝，除了服务生，让其他人都滚蛋。”

经理热脸贴了冷屁股，尴尬片刻，扭头看了眼站在一旁的陶潜，正色说：“好好服务，听见没有？没把红姐伺候好你就也滚蛋吧。”

陶潜面无表情，没说话，也没点头。

众人悻悻散去，只剩下陶潜和莫小红。

其实陶潜心里，从来也没把这位头牌财神莫小红当回事儿，该怎么服务怎么服务呗，该倒酒倒酒，该点烟点烟，多余的话陶潜一句也懒得讲。

你们知道的，他骨子里骄傲，不卑不亢都已经算是克制。

恰好今天莫小红心情不好，就烦别人叽叽喳喳地围着她，见这次的服务生意外地安静，莫小红倒是心里高兴，仔细看看陶潜，清秀干净的一张小脸上，那眼神儿可真真不一般。

见过太多人的莫小红，最会看人。陶潜身上透着的儒雅气质，即使在这喧嚣的酒吧里也难以掩盖，他分明就不是个混夜场的人，太他妈的格格不入了。尤其是那双眼睛，深邃，明亮，有东西。

绝对有东西。

正当莫小红想和陶潜说句话时，一个不识趣的男人走过来打断了她。

173.

就是酒吧里的那种搭讪。

莫小红笑了，酒吧里那么多年轻漂亮大胸长腿的小姑娘你不聊，跟我一个老女人瞎聊什么？

男人倒也坦率：就好这口儿，就喜欢熟女。

莫小红心情不好，说："滚滚滚，我不想跟你聊，你看着都还没我大。"

男人死缠烂打，就是赖在卡座上不走。

"你说吧，你就说你怎么样才愿意和我喝杯酒？钱我有的是，年轻小姑娘早都玩腻了。你别躲，我就看上你了，今天你没地方跑。"

莫小红听了这话，可来脾气了，她跷着腿，笑呵呵地说："那咱俩就来玩个游戏，你要能赢我，我陪你喝到死。"

男人一拍桌子："痛快！你说吧，怎么玩？"

莫小红吩咐陶潜："去，叫经理滚过来，让他把你们店里所有藏着的礼炮都搬出来。"

男人问："拼酒？"

莫小红："俗气，那是粗人们干的事。"

男人一皱眉："那你想怎么玩？"

莫小红："你不说你有的是钱吗？那咱们就比开炮，我开一瓶，你开一瓶，让经理看着。谁开不起了就认输。我输了，陪你喝到死，今晚跟你走；你输了，当着所有人，叫声奶奶，认个错，响响亮亮的，大大方方的。"

男人不阴不阳地笑了两声："行，不就是玩嘛，搬酒去！"

174.

酒全上来了，男人的桌上八瓶，莫小红的桌上八瓶。

莫小红跷着二郎腿，掏出支烟，陶潜慌忙给点上。

莫小红对陶潜说：开。

男人也示意他的服务生：开。

莫小红的脸上自始至终挂着轻蔑的笑，完全像是这场游戏的主宰。男人同样一脸的无所谓，似乎还很享受这烧钱的游戏。

陶潜明白，输人不输阵，起码在表面上，谁都不会示弱。这两人都是城府极深的人，陶潜也看不出来到底谁心里有底，谁心里没底。

开。

开。

开。

开。

到两人各开到第五瓶时，周围已经围满了看客。经理这下可高兴坏了，男模们纷纷举起手机拍照发朋友圈，散客们个个看得目瞪口呆。

莫小红对陶潜说："接着开，他那边只要不停，你就别停。"

男人的脸色已经有些难看了，但他还是跟了一轮。

莫小红这边挥挥手，陶潜又开了一瓶。

莫小红叫经理："去，再拿十瓶过来！"

经理哈巴狗一样谄媚地哈着腰："红姐，红姐，您是大佛，我这儿庙小，没那么多炮了，12 年的行吗？"

莫小红拍桌子大骂："我他妈要礼炮！ 12 年的你糊弄刚工作的小白领呢？！滚！给我找礼炮！炮！"

简直气势如虹。

经理的头点得跟啄木鸟似的，吓得一个劲儿答应"是是是"。

这时，对面的男人终于摆手了。

他撑不住了。

175.

男人真的站上了桌子，莫小红让经理把酒吧所有音乐都停了。

男人也真是条汉子，大大方方地扯着嗓子喊："奶奶！孙子错了，您别跟孙子一般见识。孙子在这儿，恭祝您老今天喝好！玩好！心情好！"

"牛逼！"不知下面谁喊了一句，继而就是阵阵的叫好声和雷鸣般的掌声。

然后震耳欲聋的音乐声再度响起。

场面那叫一个欢腾。

莫小红让把自己桌上所有开了的酒都散给酒吧里的人喝，不管认识的不认识的，不管是客人还是服务人员。

这壮举，还真有大宴天下的豪迈劲儿！

她也就理所当然地成了这一晚酒吧里的绝对主角，四面八方的人潮水般涌过来敬酒，这时的她哈哈大笑，倒是也一点儿不烦别人来吵她了。她和每个认识的不认识的人碰杯、喝酒、跳舞、大笑、大闹、勾肩搭背，好像大家都是兄弟姐妹，好像大家都是好友至交。

激烈的电子乐和高频率闪动的灯光简直快要把人逼到失聪和目眩的边缘，陶潜隔着这一切，仍能清晰地看到，连那空气里，都流动着人类的欲望。

真真是灯红酒绿，真真是纸醉金迷。

莫小红，就是今晚的女王！

176.

夜晚，北京，百子湾。

那天我赶稿，但樱子硬要拉我和她喝酒，我问她怎么了她死也不说。

我反正从来都拗不过她。

驻唱歌手唱着慢吞吞的民谣，樱子的酒却喝得飞快，我跟不上，她也不催我，只自顾自地喝。

我看出来了，她今儿明摆着是故意来找醉的，拉都拉不住那种。

难得有一轮停下来，樱子看着我，认真地问我：

“要是有一天你特别特别讨厌我，会不会就再也不理我了？”

“我现在就特别特别讨厌你，但是我甩不掉你啊。”

“你说正经的。”

“哎呀，我不会讨厌你的。”

“万一呢？”

“没万一。”

“我遇上事儿了。”

“我知道你遇上事儿了，说吧。”

樱子看着我，脸上的表情突然有点儿发慌。平常她挟风带电，遇着什么事儿都不吝，仿佛天塌下来，也懒得抬眼皮多甩一眼。可是此刻，她慌乱地看着我，像是一个彻底没了主意的小姑娘。

我当时就有不好的预感，可我没料到有这么不好。

“真的，这事儿不能让我一个人憋着，我受不了，会憋坏的。我想来想去，如果一定要告诉谁的话，”樱子认真地看着我，“除了你，我真想不到别人。”

我有点儿急了：“你到底怎么了啊？”

之后，樱子又喝了很多很多酒，才给我完整地讲了她和周导之间发生的一切。

我听得目瞪口呆。

177.

那天，我头回面对着樱子，感到无话可说。

樱子讲完了，也无话可说。

我们一起沉默，耳旁所有的声音都来自酒吧里的驻唱歌手，他真会挑歌，周云蓬，《不会说话的爱情》。

只一把木琴和一把烟熏嗓，已足够让每个人都心碎：

绣花绣得累了吧，牛羊也下山了。

我们烧自己的房子和身体，生起火来。

解开你红肚带，撒一床雪花白，

普天下所有的水，都在你眼中荡开。

没有窗亮着灯，没有人在途中，

我们的木床唱起歌，说幸福它走了。

我最亲爱的妹呦，我最亲爱的姐，

我最可怜的皇后，我屋旁的小白菜。

日子快到头了，果子也熟透了。

我们最后一次收割对方，从此仇深似海。

178.

我拽着喝高了的樱子，一路把她往家里拖的时候，她几次想往街上飞驰着的车上冲，像是在故意吓我，又不像是在吓我。

但我还是被她吓了个半死。

樱子又要往街上冲，这次我一把死死地抱住了她，把她的头按在我的肩膀上。迎面驶来的车灯照亮我们，晃得我睁不开眼。樱子身上的香味烟味酒味混合着冲进我的鼻腔，发酵成一股心碎的味道。我抱着她，她在我怀里，总算不挣了。天并不冷，可她的身子一直都在发抖。

那辆车鸣着笛，几乎与我们擦肩而过。

我们都喘着粗气，仿佛死里逃生。

我抱她抱得很紧，她抱我抱得更紧。

我的眼前，再次浮现出在国子监的那栋小院里，当神婆告诉了樱子结果后，她回过头来望我的那一眼，普天之下最悲伤的那一眼。

我心疼她，忍不住问她："一定要成名吗？"

天上是无尽的黑夜，星星掉落在凡间。樱子在我怀里泪如雨下，像是个被抢走了心爱玩具的小可怜。

179.

大酒醒后，樱子感到怅然若失。

周导的话让她绝望，她觉得自己吃了大亏，还是哑巴亏，自己傻里傻气送上门去，简直连小姐都不如。

小姐起码还能挣上一个钟的钱，可自己除了通讯录里周导留下的那串号码以外，一无所获。自己的身体，就只换来了那冰冷而陌生的十一个数字。

况且樱子再也不好意思拨打那个号码。

那段时间，她频频来我团结湖的家里找我。

每次见到，她都是素颜，浓重的黑眼圈，憔悴得吓人。

她找我，待着。我在卧室写剧本，她在客厅沙发抽烟，我们一整个下午，都不必交谈一句。

180.

我的剧本写作遇到了前所未有的麻烦，每集都要改上四五遍才能通过，我已被折磨得心力交瘁。更危险的是，这部戏我没和老编剧签订任何合同，全凭一份信任。每集通过后，她当天就打给我五千块稿酬，尽管十几集都这么下来了，但她随时都可以罢了我的工，不再付我稿酬，我完全没有还手之力。

文娱圈从来如此，上层光鲜得不真实，下层滚打者如我和樱子，何时能熬出头全然是个未知数。

在北京这个中国文娱的最核心处，有着成百上千像我们一样的编剧、演员。有趣的是：才华横溢却默默无闻者很多，本事平平却浪得虚名者很少。

换句话说，你有本事，不一定出得来；你没本事，绝对别想靠运气一夜成名。

我想起唐教授毕业时送我们的那三言告诫，果然真实不虚。

181.

浙江，杭州，西湖旁的夜场。

莫小红带两个富婆一起来的，开了一间大大的包厢。

两个富婆都挑好了男模，就剩莫小红，换了一拨又一拨，就是看不上眼。

经理说：“红姐您这眼光太高了，要不我去隔壁的店，叫几个小伙子过来给您看看？”

莫小红忽然想了起来："上回我来，给我开酒的服务生，那个高高瘦瘦的男孩儿呢？"

经理顿了片刻，立刻冲到前厅，扯着嗓子大喊："陶潜！！！"

陶潜说："我是服务生，不是鸭子。"

经理说："你别讲话那么难听，什么鸭子不鸭子的，男模，懂吗？男模！"

陶潜说："懂，就是鸭子。"

经理说："别他妈废话！活儿很简单，就是陪她喝喝酒，调调情，玩玩骰子，聊天你会吧？聊天你总会吧？"

经理还真是不了解陶潜啊，他最不会的就是聊天了。

这次倒真是名副其实的"赶鸭子上架"了。

陶潜被硬按在了莫小红身边，端着杯酒，完全不知道该说什么不该说什么。

182.

几杯红茶威士忌下肚，莫小红的话就多了起来。陶潜呢？你们知道的，他坐在那里，莫小红问什么，他答什么，多一句废话也没有。

莫小红问："那你以前是干什么的呀？"

陶潜说："刷盘子的。"

莫小红被逗笑了："别闹，你说正经的。"

陶潜说："我真是刷盘子的。"

"你大学毕业，去刷盘子？现在又跑来酒吧当服务生？"

"不是毕业，我是被开除的。"

"为什么？"

"打架。"

“看你长这么斯文，你还会打架呢？你为什么打架？”

“为朋友。”

“女朋友？”

“不，朋友。”

在轰隆隆的电子乐笼罩之下，莫小红和陶潜一问一答，几乎是互相用喊的，讲完了陶潜的故事。

另外两对已经陷在沙发里又亲又摸了，可莫小红和陶潜谁也没碰谁。

陶潜在酒量上明显不是莫小红的对手，强跟了几轮，这时候已经被灌得有些晕了。

莫小红看得出来，就不再灌他，自己倒了满满一整杯酒，一饮而尽，然后把酒杯重重地放在台子上。

她白皙的脸蛋这时红彤彤的，似乎显得格外开心。

她说：好！我果然没有看错。

183.

后来，小文回来了。

小文从新加坡飞回北京的当晚，樱子叫我陪她一起去接机。

我说：“小文一不是明星，二不是小孩，犯得上咱们去两个人接机吗？”樱子说：“犯得上，因为你得陪我，我一个人在机场等太闷。”

其实我知道，樱子最近都很害怕一个人待着。

还好他们俩没当着我的面来个拥吻什么的，不然我都不知道该看还是不该看。

小文说：“走，我请你们去吃夜宵。”

晚上十点半，樱子这次意外地顺从了小文的意，没去撸串喝酒，而是乖乖跟着去喝潮汕砂锅粥。

我和小文聊新加坡与北京、工作与生活，樱子不说话，低着头一勺一勺舀粥喝，不紧不慢，像是心里在琢磨着什么。

樱子的沉默让我们这顿夜宵早早收场，出门后，樱子对小文说："你送我回家吧？"

我插嘴："人家刚下飞机，累得半死，你就不能体贴一回？"

樱子说："起开，不要你管。"

小文笑着点头："好啊好啊。"

我感叹："你早晚把她宠坏了。"

184.

我不知道，樱子有她自己的打算。

那晚，小文把樱子送到家后，樱子就没让小文走。

樱子把自己给了小文，让她的大男孩变成了一个男人。

不仅要了他的初恋，还要了他的初夜。

樱子有她奇怪的逻辑，她认为，只有和小文发生过关系，他们的男女朋友身份才算正式确凿，无可抵赖。从此作为小文的女人，她应对他忠诚，无论肉体还是灵魂。而之前的一切都只是之前，理应既往不咎。

她是在开脱自己与周导的那件事。

这个逻辑还真是混蛋啊，不过樱子倒也向来不以好女孩自居。

小文初恋和初夜的女主角都是樱子，你可以想象事后他有多么地爱樱子，无法自拔。

爱情真是凶险。

樱子对我说，以后她再不做傻事儿了，要一心一意爱小文，对小文好，让小文开心。

我说：你最好这样，不然我都不饶你。

185.

陶潜和莫小红越混越熟，以至于后来莫小红每次来，都点名要陶潜陪她喝酒。

平常时候，陶潜依旧做他的服务生，莫小红来了，经理就会立刻安排人接下陶潜的手头工作，然后把他丢进莫小红的包厢里。

陶潜从莫小红手里赚了不少钱。

莫小红发自内心地喜欢这个男孩子，他和酒吧男模队里那些英俊高大的男人不一样，他是如此的不一样。莫小红从没想过，在这寻欢作乐的风月场，竟能遇见这样一个奇人。

后来我问陶潜：你都和富婆聊什么啊，能有共同话题吗？

陶潜说：能，因为众生皆有困惑，命运何曾放过任何人？

我说：好好说话，别整虚头巴脑的。

陶潜说：她最近一直在犹豫，要不要皈依做个居士，信佛。

我说：都要信佛了，还去那种地方找男人？

陶潜说：你不懂。

好吧，我不懂。

反正陶潜这回是彻底把男模们的大财神给抢走了，那帮整天打着发蜡，穿着紧身裤，系着或真或假爱马仕腰带的男模，心里都烦透了这个平时对谁都爱搭不理的怪咖陶潜。

他们计划着，要给陶潜点儿苦头吃。

186.

有天晚上，生意稀薄。

男模队的几个人围坐在一张卡座前，从吧台拿了好几瓶酒来。

其中一个叫阿奇的，干这行有三四年，是男模队里的头牌，很有地位，陶潜来之前，莫小红还找过他几次。

阿奇瞧见陶潜此刻也正闲着，就招呼他过来。

陶潜问什么事。

阿奇说："你坐下，咱们喝点酒，聊聊。"

陶潜说现在是工作时间，经理不许服务生喝酒。

阿奇有些不高兴，语气重了起来："你坐下，经理要问你你就说我让你喝的。能怎么着啊？"

旁边几个男模帮腔:"对啊,经理怎么了？奇哥的面子他也得给。"

陶潜没办法，几乎是被众人按着肩膀硬逼着坐了下来。一个男模立刻就给他面前的杯子里倒满了酒。

阿奇说:"你来了快俩月了吧？也没跟我们喝过一顿酒,合适吗？"

陶潜没说话。

"我说你啊，混关系不能这么混，平常跟谁都不说话，你觉得自己很特殊是吗？"

"我听说你还是大学毕业呢，北京的？那你来这里干吗啊？体验生活呢？玩呢？"

"小红姐挺喜欢你的是吧？你平常跟我们一句话不说，怎么换了小红姐，你话就变得那么多了呢？"

"你以前干吗的啊？混过夜场吗？"

几个男模问这问那，陶潜低着头，一言不发。

"你不主动，那我们就主动点儿呗。今天我给你一个机会，"阿奇发话了，"跟兄弟几个喝顿酒，咱们熟悉熟悉。出门在外靠朋友，今天你也算正式跟大家认识认识。”

陶潜说：“我做我的事，你们做你们的事，大家相安无事，最好。”

阿奇点支烟，挑衅般把烟吐在陶潜脸上：“可你现在把我们的事给抢了啊，小红姐只要一来就找你，你不就是个服务生吗？轮得到你进包厢里面喝酒玩骰子吗？”

陶潜沉默了几秒，似乎经过了短暂的思考，他咽了口气，对阿奇说：“你说得对，这件事，的确是我做了你们的事。”说着他端起面前的杯子对众人：“我今天敬大家一个，别和我计较，对不住大家，以后请多多关照。”

阿奇笑了：“敬大家？你这是道歉的态度吗？拿出点儿诚意来吧，一个人一杯酒，轮着打圈敬。”

旁边一个男模立刻站起来，招呼酒吧里其他男模都过来。没两分钟，卡座周围呼啦啦地围了十几个男人，都在等着看陶潜的好戏。

聪明的陶潜当然明白自己眼前的处境，显然这帮人今天就是想往死里灌他，之后还说不定有什么招数等着整他。

阿奇见陶潜按兵不动，把脸凑过来说：“怎么？想反悔？那咱们这朋友可没法交了！以后你在这场子混，要是遇到什么麻烦，可别怪我没给过你机会。”

陶潜抬起眼皮，语气轻蔑地说：“反悔？我这辈子就没反悔过。”

说着他拿起桌上一整瓶的SKYY VODKA，对众人说：“一杯杯敬，太浪费大家时间了。”言罢，拧开酒瓶，对阿奇说：“我说我要敬大家，就要敬大家。”

然后他直接仰起了脖子，对瓶开吹。

750ml，伏特加，一口气，三十秒左右。

男模们看得目瞪口呆。

陶潜喝完，把酒瓶重重往桌上一放，站起来摇摇晃晃地往外走，那浑身上下散发出来的气势根本就是势不可当。

男模们自觉地给他让了条路，包括阿奇在内，所有人，全都不说话了。

陶潜回到自己的卡座前，想找水喝，但找不到。

他重重地倒在了沙发上，从口腔到肺腑，似乎已经有火要燃烧起来了。

那炽烈的感觉，简直如遭火刑。

陶潜当时的第一反应就是：这回搞不好真的要死人了。

再然后，他就两眼一黑，什么都不知道了。

187.

陶潜醒来的时候，在医院的一间病房里。

守在他床边的人，是莫小红。

莫小红说："你差点儿死了，你知道吗？"

陶潜摇了摇头。

莫小红："酒吧里的人把你送来医院的，你一直在跟医生背我的手机号码。"

陶潜点了点头。

莫小红："又没那酒量，瞎逞什么能？不过你也真挺厉害，都喝成那样了还背得出来我的手机号码。"

陶潜有些虚弱地说："我在杭州没有朋友，你说过，遇到事情，就找你。"

莫小红："对，找我，找我就对了。那帮小兔崽子灌你酒是吧？我下次让他们好好喝个够。"

"算了吧。"

“算了？为什么？”

“其实他们说得对，我的确抢了他们的事做。”

莫小红愣了几秒钟，然后心疼地摸了摸陶潜的额头：

“你啊你，你究竟是怎样的一个人啊？”

188.

陶潜究竟是怎样的一个人？

在樱子眼里，他是不通人情世故的怪咖、书呆子。但樱子永远忘不了，陶潜在街面上为了她，用啤酒瓶子打爆了别人的脑袋。

在我眼里，他不屑成人世界的经验与法则，只忠于自己内心的信条，寸步不让，勇猛无比。但我也永远忘不了，十六岁初见陶潜第一眼，眉清目秀，白衣少年。

在莫小红眼里，这个年轻的男孩儿眼神明亮、身材修长，无论气质还是谈吐，都不像是能混夜场的人。所以莫小红决定，管他是福还是劫，反正这一次，她要把陶潜从夜场里带走。

“你刚洗过胃，身体要调养。”莫小红说，“不要回那破地方上班了，从明天开始，你来我家住。”

陶潜有些茫然地看着莫小红。

“听我的，我一个人住，没意思，你当陪陪我。”

就这样，陶潜搬到了莫小红在西湖边上的一栋宅子里。

189.

我和陶潜通电话，听他讲这段不可思议的经历。

我对他一口气吹掉一整瓶伏特加的事儿丝毫不感到惊讶，因为这厮做起事来一向不计后果。

我倒是挺好奇他如今和莫小红的关系。

我问陶潜："你这算是被富婆包养了吗？"

陶潜说："当然不算，你可真庸俗。"

"少得了便宜卖乖，这不算包养算什么？"

"算到朋友家暂住，我不也经常去你家住吗？"

莫小红对陶潜，是真好。

许是成熟女人身上的母性发作。

每天都唤厨子来，用小米炖辽参，用人参熬乌鸡，给陶潜养胃。

给陶潜的房间，也是整栋宅子里最好的：二层，外面连着一个大阳台，能一边喝着上好的龙井，一边看大片大片的西湖。

陶潜从来不跟莫小红客气，莫小红给什么，他就接什么，但从不主动要什么。

我问他："一下子从肮脏的职工宿舍搬到了奢华的独栋别墅，有何感受？"

他说："没什么感受，反正这些之于我，都只是个临时安居之处。"

是啊，他永远心怀远方，哪里会有地方能让他的心驻留呢？他可是陶潜啊。

他顿了顿，又说："你看，杭州古时候的名字，不就叫'临安'吗？"

190.

没过多久，樱子莫名其妙接到个电话，通知她下礼拜去试戏，还把她邮箱要走了，说是给她发剧本。

樱子翻了自己发的所有邮件，没给拍摄这部戏的剧组发过演员资料啊，怪事儿，天上掉下来的角儿？

但不管怎样，这是好事儿，尤其当樱子百度了这部戏的演员阵容后，惊喜地发现男一女一都是正当红的鲜肉小花，主创耀眼，IP也大，了不得，大制作哦。

樱子简直不敢相信这是真的，她给我打电话，问我天上真能掉馅饼吗？

我说：能，比如买彩票中了几百万。

之后几天，樱子做足了这个角色的功课，每天对着镜子反复排演，还拉我给她指导。

我说：我就一写字的，不懂表演，我觉得你演得挺好。

樱子说：你别糊弄我，编剧还有定角儿权呢，你认真点儿。

对事业，樱子一向出奇地认真。

她渴望成名，不怕吃苦，脑子还算灵，硬件也不赖，怎么看都觉得应该前途无量才对。

我问小文：神婆是不是真算错了？

小文说：我学理的，从来不信怪力乱神。

我说：要是樱子以后真成明星了，你们俩的日子可怎么过啊？

小文笑笑：还这样过呗。

191.

樱子去试镜那天，信心满满，她感觉自己已经彻底进入了那个角色，举手投足，无一不像。

结果演员副导演直喊：卡卡卡，你演的什么东西？

“学过表演吗？你这样儿的也能出来演戏？”

晴天霹雳。

樱子不甘心，问：“我哪演得不好？”

“哪不好？哪都不好！这角色是个白富美，你对着镜子瞧瞧你自己，你哪像个白富美？”

樱子受不了这侮辱，尤其还当着那么多圈里人，陌生人，圈里的陌生人。

她瞥见这部戏的女主——一个正当红的小花旦，正坐在远处，跷着二郎腿，微笑地望着自己这边。

像在看戏。

不知为什么，之前大叔曾带她去的那场上流人士的宴会上，那位名媛优雅的背影，又一次清晰地浮现在她眼前，挥之不去。

这背影一出现，樱子所有的斗志就瞬间崩塌了，每双正看着她的眼睛，都像是要杀死她。

她感到无地自容。

另一个不知是干什么的男人拉了拉那位副导演，示意他话说重了，又友善地对樱子说：“要不你再来一次？我们再看看。”

樱子恍惚地摇了摇头，说：“不了。”

还想再多说点什么，却发现什么也说不出来。

如鲠在喉。

她默默收拾好包，穿上外套，逃离了片场。

在回家的地铁上，她感到委屈极了，从前她觉得这世上终究还是好人多，如今她发现，其实恶人也不少。

192.

在这样一个圈子里闯荡，羞辱冷眼嘲笑之类，实在是家常便饭。

那时的樱子，还太嫩了。

而让我深感不解的是，这个剧组当初为什么会莫名其妙地叫樱子去试戏。

樱子那天逃得匆忙，竟然都忘记了打听这事。

193.

陶潜搬到莫小红的宅子里后，发现了一件不可思议的事儿：

这个强大的女人似乎从来都不用睡觉的。

偶有几次晚睡、早醒、起夜，总能看见莫小红独自一人，坐在一楼客厅宽大的沙发上，喝酒，看电影或者听歌剧，每晚皆是如此。

陶潜甚至从没见她回过自己的卧室。

终于有一天，陶潜忍不住在凌晨两点下了楼，整个客厅弥漫着浓浓的威士忌味道，巨型的组合音响正在用极小的音量播放着音乐。

莫小红见陶潜下了楼来，很是意外，她说："是不是吵到你睡觉了？我已经把音量调到最小了。"

陶潜说："没有，我是特意下来的。我想问问你，你是怎么做到每晚都不睡觉的？"

莫小红笑了："怎么？你想学？"

陶潜认真地点了点头："你这个本事好，睡觉又耽误时间又无聊。"

"我可不这么想，我现在最想要的，就是能好好睡一觉。"

莫小红说着对陶潜苦笑了一下，陶潜这时才猛然发觉，莫小红浑浊的眼睛里布满密集的血丝，而周围乌黑浓重的眼圈，简直像是涂了过分夸张的烟熏妆。

她平素气场太强，陶潜只记得她是大宴八方的女豪杰，全然没注意过她的憔悴不堪。

莫小红笑容惨淡地说："你不知道，我得病了。"

194.

最寻常的病，也是最奇怪的病。

莫小红告诉陶潜，到今天为止，她已经快三个月没有睡过一觉了。

连浅睡都没有。

一个四十岁的女人，三个月来没有睡眠，可每天早上依旧能妆容精致地准时出现在自己的办公室里，处理大小事宜，隔三岔五还要周旋在那些复杂而微妙的商务宴请或社交场合，去赚一笔又一笔其实早已花不完的钱。

莫小红说，就好像睡眠突然抛弃了她，她甚至担心自己将永远无法入睡，并且过不了多久，就会因为严重缺失睡眠而死去。

能试的法子都试了：大量甚至过量的运动后，身子再疲惫也睡不着；中药调理至今还在坚持，但毫无起色；安眠药的用量越加越大，她不敢再加了，怕再加会直接吃死人；找催眠师也试过，无济于事。她最近琢磨着抽时间去报个灵修班，但她悲观地估计也不会有什么效果。

所以这段没有睡眠的日子里，她开始频繁出入夜场打发夜晚的光阴，也就是在那里，她结识了陶潜。

莫小红说这失眠突如其来，没有任何征兆，三个月前的某一天夜里，她突然就辗转反侧，从此再没尝到过入睡的滋味。

这并不像是普通意义上的失眠，而更像是一种叫“不眠症”的怪病。

那是不治之症，全世界也没几个案例。

195.

那次试镜的事儿，让樱子消沉了好几天。

我去她家看她，结果和她大吵了一架。

我受不了她消沉的样子，我说过，我喜欢她活蹦乱跳，没心没肺。

我说："这世界就是这样，有人喜欢你就有人讨厌你，要连这么点儿打击都受不了你也趁早别混这圈儿了，踏踏实实跟着小文，相夫教子。以后比这难听的话多了去了，你听不了就去死啊。"

樱子也红了眼，站起来冲我大吼大叫："你那天不在片场，你根本就什么都他妈不知道！"

我说："不就是一副导演说了两句你不爱听的话吗？你以为全天下的人都得粉你爱你顺着你啊？哪个腕儿成名前没遭过羞辱？你瞧瞧你现在失魂落魄的德性。"

樱子嚷："你根本就他妈不知道！我是因为听不了那几句话吗？我告诉你，那天在片场，我逃跑的样子，就和那天晚上我从那个导演的房间里逃跑的样子一模一样！我受不了这种感觉！一模一样！除了被羞辱以外，我什么都没得到！"

樱子嚷得撕心裂肺，如果现在手边有什么东西，我确信她一定会抓起来摔个粉碎。

我渐渐镇定下来，我说你干吗啊，还提这事儿干吗。

樱子坐在沙发上开始哭，她说：

"因为我忘不了，我什么都能付出，我就是不能输！"

196.

我什么都能付出，我就是不能输。

我可怜的大樱子。

197.

她真的没输。

我们俩吵完第二天，她突然给我打来电话，告诉了我一个惊人的消息。

也终于解开了我之前的困惑。

原来这一切都是因为周导。

樱子之所以接到这个剧组莫名其妙的试镜邀请，其实是周导安排的，周导和剧组导演打了招呼，说我这儿有个小演员资质不错，就把樱子推荐了过去。可导演忘记跟那位副导演打好招呼，而樱子饰演的那个角色，其实早被一个带资进组的女演员给订了下来。于是事先没被沟通好的副导演才会在片场上故意对樱子恶言相向，他是故意要赶她走的，才没在乎她的演技。

昨天晚上，周导给樱子打了个电话，樱子吓坏了，受宠若惊又诚惶诚恐地接了起来，周导问她角色定下来没，问得樱子一头雾水。周导说之前太忙了，都忘记跟她打声招呼，其实是他把樱子推荐给剧组的。

周导在电话那头笑了："你那天晚上干吗走了啊？我说不用你上我的戏，又没说不会给你安排别的戏。我混这圈儿也这么多年了，朋友多少还是有一些的吧？"

樱子尴尬极了，无比别扭地说了声"谢谢周导"，然后又问："那现在这事儿，该怎么办啊？"

周导说："我一会儿给导演打个电话，你明天就去剧组找他，我会让他给你安排好的。"

说白了，就是大家都太忙，沟通不畅而已。

我问樱子："那你明天还真的打算再去那个剧组吗？"

樱子说："当然要去，这是我争取来的机会。"

我冷笑："现在这一切真的变成一笔交易了。"

樱子在电话那头沉默几秒，然后她说："你别装清高，我现在不想跟你吵，一切等明天我去剧组找过导演再说。"

然后她就挂了电话。

我怅然若失。

198.

第二天樱子去了剧组，见了导演，那位副导演也在。

副导演向樱子赔罪，那阿谀谄媚的样子纵然让樱子再心生厌恶，她也只能对他微笑，并说："没事没事，老师您太客气了。"

因为之前樱子试镜的那个角色已经签了合同，演员又是带资进组，没办法，最终协调的结果是：由樱子出演另外一个戏份同样重要的角色。

塞翁失马，焉知非福？

更何况樱子的情况也谈不上"失马"。

但她真的很有福。

因为，那部戏后来播火了。

199.

我们先把时间轴往后推推，说一些后话。

那部戏开播以后，我就经常能通过地铁里的白领们手捧的 iPad 屏幕看到我的大樱子，她的演技简直让我吃惊，不知非科班出身的她背地里究竟下了多少苦功夫，才换来了演技上的突飞猛进。

到底是从什么时候开始，她变得这么会演戏了呢？

另外，樱子饰演的角色人气也颇高，远比她最初试镜的那个“白富美”角色要风光得多。

樱子真的向前迈了一大步，虽然这一步迈得格外艰辛，但真的是好大好大的一步。

至于值不值当，她心里自有衡量。

我记得后来的那段日子：樱子告别了小文，告别了我，一头扎进剧组，从开机到杀青，不多不少，刚好一百零八天。

樱子有多拼，认识她的人都知道。无论正路还是旁门，她都在很努力很努力地拼，她什么都能付出，她也时刻在对自己说：我就是不能输。

200.

因为生意上的缘故，莫小红要出差去一趟苏州。

她要陶潜陪她一起。

“去过苏杭，才算下过江南啊。”莫小红说，“不然你自己待在家里也怪无聊的。”

于是陶潜就跟着莫小红来到了苏州，下榻好酒店，白天莫小红出去忙自己的生意，陶潜就一个人满苏州城瞎溜达。

苏州大概是陶潜离开北京上路以来，第一个让他没有任何生存压力的陌生城市，他不再需要自己去寻找最便宜的旅店，更不用去打工或为生计发愁，有了莫小红，他只剩下游山玩水。

乌鹊桥上自拍的男女、海红坊里静谧的斜阳、钮家巷的古书店、桃花坞的旧时光，拙政园里人太多了，苏州评弹一个字也没听懂。反正水巷小桥多，人家尽枕河，夜里沿山塘街一路水行，斑驳的灯影和青瓦白墙间隐没着星巴克，让人迷离又恍惚。

一个人闲逛了几天下来，其实也怪无聊的。

毕竟陶潜行这趟万里路，为的不是看山看水。

201.

北京。

樱子进组后，她的黑猫张飞寄宿在了我家。小文工作太忙，而我这种宅在家里工作的人，最适合替她饲养张飞。

张飞有多傲娇？快赶上陶潜了。

中午我叫了外卖，它就蹦到餐桌上直接动爪跟我抢食，给它把食物扔到地上，不行，叼起来跳上餐桌，坐在我旁边吃，反正就是要平等，就是要共享餐桌，连吃的东西也要和我一样。

尽管张飞神出鬼没的上蹿下跳和不顾一切的乱抓乱咬，给我的写作和帆布鞋都带来了无尽的灾难，但我还是很爱它。

它的名字是我起的，它是连接我和樱子的小生灵。

小文工作再忙，每周也要抽一个时间，开车去剧组探班，给樱子送好吃的。樱子说：我知道你想我，但你也不用每周都来。小文说：我怕你在这里吃不好嘛。

有时候，我也跟着小文去。

剧组里的樱子，和每一个演职人员轻车熟路地打招呼或开玩笑，每个人见到她都点头或问好。樱子一向很会混关系，只要你给她机会，她可以融进任何圈子，和任何人打成一片。还有她下了苦功夫的演技，以及最少的 NG 次数，赢得了剧组所有人的肯定与尊重，她终于不再是当年那个无人问津的活道具了。

如果张飞得到我的一只袜子，它会紧紧抓住，任何人也别想从它手里夺走。同样，如果樱子得到上天的一个机会，她会紧紧抓住，任何人也别想从她手里夺走。

202.

有次在从剧组回去的路上，我问小文："说心里话，你愿意她成为明星吗？"

小文开着车，目视前方，他说："这是她的梦想，我应该尊重，没什么愿意不愿意，这不是我的事，是她的事。"

我不知说什么，扭头望着车窗外发呆。

小文见我不说话，又说："还记得那位神婆的预言吗？"

我说："当然。"

小文："当时我说，只要她心里不愿放弃，我就永远做她最坚实的后盾，给她我能给她的一切。但其实我也有偷偷想过，假如有一天她真的拼累了，放弃了，至少，我还能给她优质的生活和爱，让她知道，没有了那些东西，起码，她还有我。"

203.

苏州观前街，松鹤楼。

莫小红请陶潜吃晚饭，她心情极好，显然是生意上的事有了大进展。她点了满满一桌子菜，两个人绝没可能吃完，当然还少不了酒。

莫小红不管陶潜，自斟自饮，酒精作用让她的话逐渐多了起来。她告诉陶潜，事办成了，接下来她打算陪陶潜在苏州玩上三五天，再回杭州，也当是大胜过后，奖励自己休个短假。

陶潜说："不用了，这几天我已经把苏州能逛的地方都逛了。"

莫小红说："我想休个短假你还不给面子。"

陶潜问："你这么久没睡觉，脑子还能高速运转吗？生意还能像以前一样谈下来吗？"

莫小红说能，在她的公司里，每天起码需要她做出一百个决断，她感觉自己清醒得不得了，二十四小时全清醒，三个月来全清醒，清醒得让自己都害怕。

陶潜又问："做生意好玩吗？"

莫小红说："好不好玩也要做，由奢入俭难，我过惯了富裕日子，绝不能让自己的生活再掉下去，我得一直赚钱，账上的数字才最能给人安全感。"

"你从小就过富奢的日子？"

"不，我小时候家境很一般，父母都是老实本分的小百姓。"

"所以今天的一切都是你自己赚来的？"

"不能这么说。"莫小红犹豫了一下，想了想，"其实也能这么说。"她饮下一小杯白酒，见陶潜望着她，便笑了。

"好吧，告诉你，我今天公司的创业本金，是和我前夫离婚时从他手上要到的。我要了很大很大一笔钱，瞧准项目，投资置业。"莫小红的脸上浮现出一丝得意，"事实证明我很有浙商的优良基因，学做生意，手到擒来。"

陶潜问："你们因为什么离的婚？"

"我不说的，你别问。"莫小红看着陶潜，"你还真是个不会聊天的小孩儿。"

陶潜默不作声了。

莫小红给陶潜夹了一大筷子松鼠桂鱼："吃鱼，说是这里的最正宗。"

204.

那晚，莫小红喝多了。

回到酒店，还拉着陶潜在她的房间里不许走，又开了瓶红酒，还要再喝。

陶潜说别喝了。

莫小红醉眼迷离，双手勾着陶潜的脖子，她说，年轻的男孩子，真好啊。

她虽不年轻，但身材仍旧极好，眉眼间也依稀可辨江南女人的清俊，再加上酒精催发，更是妩媚得不得了。

陶潜正襟危坐，像个入定的和尚。

莫小红抚着他的脸，过去吻他的脖子。

陶潜推开她，站了起来。

莫小红望着陶潜的背影:"你想干吗？还从来没有男人拒绝过我。"

莫小红的语气已经不对了，陶潜的举动让作为一个自视甚高的女人的她，有了恼羞成怒的感觉。

"我对这些没兴趣。"

"因为我老了吗？如果现在摆在你面前的是一个十八九岁的小姑娘，你敢说你没兴趣？"

"我还是没兴趣。"

其实陶潜说的是大实话。

莫小红冷笑，她说："陶潜，别以为你自己很特殊！你怎么想的我不知道吗？放长线钓大鱼，你现在故意不碰我，是想告诉我你和我从前遇到的那些臭男人都不一样。你想让我觉得你不一般，对你产生更大的好感，我说得对吗？"

陶潜回过身来，居高临下地看着沙发上的莫小红："我为何要博取你的好感？"

“每一个和我在一起的男孩子，都变着花样地想博取我的好感！他们怕我，却又讨好我，希望我喜欢他们，每个人都一样！你以为自己很与众不同？告诉你，我见得多了，比你会玩、比你手段高明的人有的是！”

陶潜脸上的表情也变了，他说：“你拿我和那些鸭子比？”

“不然你算什么！你要不是鸭子，那我每次去酒吧给你的那些小费，又他妈算什么？！”莫小红突然难以抑制地激动起来，“陶潜，你有什么权利拒绝我？”

205.

“我若不是亚历山大，我愿成为第欧根尼。”

之前提到过，读书时，陶潜曾一度很喜欢过这句话。而如今他和莫小红的对峙状态，其实很有些亚历山大与第欧根尼的味道。莫小红尽管拥有着财富与成功，但在陶潜心里，自始至终他也没拿她的这些东西当回事，主流社会所认可的财富与成功，在骄傲的陶潜先生眼里一文不值，一如亚历山大的丰功伟绩在第欧根尼眼中毫无意义。

陶潜问莫小红：“所以你就觉得，我做的一切都是为了讨好你？”

莫小红讥讽的语气：“是呀，留在我这儿多好啊，吃香喝辣住豪宅，还不用工作。离开我，你想接着回那破酒吧里挨欺负去吗？上次怎么没喝死你！”

陶潜摇了摇头：“这世上，就是因为有太多人像你这样以己度人，才会有那么多的误解和伤害呀。”

陶潜说完转身就出了门。

“你今天要是出了这个门，就他妈再也别回来找我！永远都别回来！”

莫小红在他身后大声喊着。

206.

陶潜只身出了酒店，一个人走进苏州的夜晚。

这月份的江南，已经很冷了，又湿又冷，如果就这样在外面走上一夜，不死也得没半条命。

可陶潜漫无目的。

他裹紧大衣，寒风却仍旧入骨。

我猜想，那一刻，这个读过万卷书的少年，内心一定笼罩着巨大的迷茫。几个月前的夏天，他从北京毅然上路，试图在路上找寻关于人生的种种答案，可如今他却愈发感到困惑，他被抛弃在苏州的夜晚，一无所有，未来，一无所知。

207.

陶潜走后，莫小红委屈地放声大哭，哭完，酒醒了好多，冷静了好多。

刚才她故意想要激怒陶潜，因为陶潜的拒绝让她颜面尽失。哪有男人会拒绝送到嘴边的女人？如果她不贬低他，那么她会感到自己所有的骄傲全部都化为乌有。也真是怪了，自己平常在生意场或风月场，何时不是个主宰一切的女强人？怎么面对这个男孩儿，她就不行了呢？陶潜的身上，隐隐约约透着的那股子高傲劲儿，并不是装模作样能装得出来的，那不是盲目的自负，而是一种与他完美贴合、由内而外的气质。

在他的面前，莫小红完全无法掌控游戏。

她小心翼翼地去敲他的房门，没有动静，她唤酒店服务生帮她刷卡开了门，却发现陶潜根本不在房间里，他随身背的包也不见了。

给他打电话，根本不接。这下莫小红有些害怕了，她深知陶潜的秉性，他如果现在跑去苏州站买上一张车票，很可能这辈子她就再也无法见到他了。

到那一刻，莫小红才吃惊地发现，她心里竟然根本放不下陶潜。说不清那是怎样的一种感情，肯定不是爱情，但也肯定不是友情。

208.

那天晚上，莫小红打着出租车，转了大半个苏州城，终于在一条街上找到了陶潜。

莫小红摇下车窗，对陶潜说："你上车。"

陶潜看着莫小红，无动于衷。

莫小红的眼睛红红的，她的语气里带着乞求，她说："对不起，你上车好吗？"

陶潜看着莫小红，这是她第一次放下身段对他说"对不起"。

同是骄傲的人，陶潜深知这三个字已能代表她最大的歉意，他当然不可能要求她再把自己放得更低。

于是他默默拉开车门，上了车。

209.

他们在 24 小时便利店里买了烟和酒，就在古运河旁边坐着，各抽各的烟，各饮各的酒。

莫小红说:“别离我那么远,最起码,借我个肩膀靠靠总可以吧?”

陶潜没说什么，往她身旁挪了挪。

莫小红靠着陶潜，靠得很轻。

烟雾和夜色笼罩着她的脸，模糊不清。

他们都沉默，像深夜里的古运河。

陶潜先开了口：

“我没骗你，我真的对男女之事没兴趣。”

“难道你是 gay 吗？”

两个人都笑了。

莫小红说：“好吧，我承认，在我遇到的男孩子里，你的确很与众不同。我为什么生气？因为从没有男人拒绝过我，主动送到嘴边上都拒绝，你让我好没面子。你不仅让我没面子，还让我害怕。”

“你怕什么？”

“我怕是因为我老了，不好看了，再没有男人会喜欢我了。陶潜，我害怕变老，我害怕死。”

“你并不老，你才过了半生。”

“半生。”莫小红用唏嘘的语气重复着，“晚上吃饭时，你问我，我和我前夫因为什么离的婚。”

她再给自己点了支烟，眼眸忧愁得惹人怜。

“你想听听我的故事吗？”

210.

莫小红生于杭州。

她是真正的江南女子，年轻时又水又灵，美得不可方物。

二十来岁，机缘巧合遇了个男人，山西煤老板，财很大，气很粗。

男人对莫小红极好，多大的钱，也肯给她花，只要红颜笑，一掷千金不叫事。莫小红跟着他，真真长了不少世面，也理所当然地被他搞上了手。

男人有妻小，莫小红知道，但莫小红有手腕儿，生生让男人抛了妻弃了子，娶了自己。

山西煤改前，男人手上有两座矿，每天不顾及工人死活地疯狂挖煤，地下有的是煤，地上有的是人，他赚钱的速度堪比印钞机。煤改后，领到了大笔退偿金，账上八百辈子都花不完的钱，开始转投文化产业。

讲到这，莫小红给陶潜说了个笑话：一个煤老板开着宝马进城，被人鄙视后，以他的理解能力，立刻回去恶狠狠地换了辆兰博基尼再度进城。

莫小红说她的男人虽没悲哀到这种程度，但也没好多少。以前就怕别人笑话他文化少，后来国家不许挖煤了，他立刻就去投资做文化。说白了，还是骨子里的自卑使然。

莫小红最初挺迷这个山西汉子，那时的她，觉得他就像个霸王，没有他摆不平的事，浑身上下散发着一股糙粝的男人味儿。至于有没有文化，莫小红并不那么在乎，没所谓，反正这世上有文化的臭流氓不胜枚举，没所谓，反正他对她足够好，肯给她花足够多的钱，这就足够了。

结婚后，男人当然不会老实，依旧在外面玩女人。莫小红抓到过好几次，最初还吵还闹，后来心都累了，想想，其实也没什么大不了。

是啊，自己当初不也就是他在外面玩的女人嘛。只要他这次别再抛妻弃子，就好。

后来，上天跟莫小红开了个玩笑。

男人说你是我老婆了，给我生个儿子吧。

生！可两人折腾了快一年，就是不见起色。结果一检查，莫小红竟然是先天不孕。

这下男人可炸了锅，我当初为你抛弃妻子，如今你是我法律意义上的妻子了，却不能给我生儿子，这他妈哪行？这他妈绝对不行！

两人开始不停地吵架打架。莫小红是何等聪明的女子，她心里清楚得很，如今以自己的处境，想赖上这男人当一辈子富太太，没可能了。

于是离婚，莫小红用尽手段，从男人身上最后榨了一大笔钱，很大很大一笔。

后来的事情莫小红之前讲过，她用这笔钱建立了自己如今的事业，并且做得异常出色。

虽富有，却注定是孤家寡人。

211.

莫小红看着陶潜。

"佛教讲因果，我坏了别人家庭，是作恶，得不到爱情没有儿女，是报应。我信因果。"

"福祸相依，你又因此得到了自己的事业，再也不用靠男人。大修行之人不昧因果，我们是普通人，看不穿它，说不明它。"

莫小红苦笑，再点支烟。

"我的故事还没说完。"

"我的前夫是个混蛋，和我离婚后，他又回去找他的前妻。他前妻是农村里那种老实本分的女人，很早就嫁给了他，在他一无所有时就嫁给了他。他们有一个儿子，那是他唯一的血脉。糟糠之妻嘛，多少得有些旧情。他前妻有气节，离婚时，竟然一分钱都没有要，只要了他们的儿子。他就翻回去，想和他前妻复婚，其实就是想要抢回儿子。他前妻不肯，软硬兼施，都不肯，最后情况愈演愈烈，他天天找人上他前妻家里闹，逼她。谁都知道那个女人老实本分，但谁都不知道她性子那么刚烈，被逼急了，竟然就自己上了吊。”

莫小红长叹：“那女人可怜，那孩子更可怜，而这一切都是因为我。”

陶潜沉默地抽烟，望着远处古运河上的灯火，不知该说些什么。

“这三个月来，我想过很多次，也许是果报又来了，罚我再不能入睡。你知道每天不能入睡的感觉有多恐怖吗？而且这恐怖会随着时间一天天的积累而一点点地加剧，我一直在用自己多年以来养成的理性和冷静同它对抗，不然我一定早就疯掉了，就算不死也会疯掉。陶潜，我怕死，真的怕死啊，你知道吗？人类连续十一天没有睡眠会进入无意识状态，然后很快就会死去。我已经快要一百天了，我觉得自己随时都可能会死。你知道吗？我甚至想象过，也许有一天我突然睡了过去，然后就再也无法醒来了。”

“也许不会。”陶潜说，“正常人十来天就会死的话，你现在的情况已经是个异象。异象的结局，往往会出人意料。”

“还能怎么出人意料呢？我想不到。”

“想得到就不叫出人意料了。”

莫小红苦笑：“好吧，就算挨过了这一劫，又能怎么样呢？我不能生育，而爱情，我也早不指望了。事业除了安全感以外什么都不能给我，到头来我后继无人，事业做再大又能怎么样呢？”她说着深深地吸了口烟，叹一句：

“最后还不是落得一个结局，老无所依。”

212.

老无所依，有时候想想，世上最悲凉的词汇排行榜里，一定有这个词的一席之地。

在没有失去睡眠之前，莫小红一直在用工作上的忙碌，对抗这让人难过得想哭的生活。

陶潜告诉我，他后来经常会想起那个夜晚，在酒吧里，莫小红和陌生男子斗气开酒，一掷千金，大宴天下，无数的人簇拥着她，向她敬酒，为她欢呼。烈酒、音浪、红男绿女，一切的一切，全部都围绕着她。

若你曾看到过这些，你就能理解她所说的孤独。

“我想起她，总会想起一本书的名字，仅仅是书名而已。凯鲁亚克的小说，你知道我说的是哪本吗？”

有次在电话里，陶潜这么对我说。

“《孤独天使》？”

“对，她就像是一个孤独天使。”

213.

第二天，姑苏城外寒山寺。

莫小红和陶潜双双跪倒在大殿的佛前。

佛端庄威仪，不言不语。

陶潜跪倒在蒲团上的瞬间，余光清楚地瞥见，莫小红望着佛的双眼闪着光芒，热泪盈眶。

214.

当天晚上，他们回了杭州。

在莫小红家，她心情愉悦地告诉陶潜，今天在寒山寺见了佛祖，她觉得心里敞亮、舒坦，她甚至有预感，已经丢失近百日的睡眠，很可能会在今晚回来。

陶潜说好，你若还睡不着，可以过来叫醒我陪你。

莫小红对他笑笑：你终于变得会聊天了。

215.

深夜两点，伏在床头默读《金刚经》的陶潜，被突如其来的女人哭声打断。

他反应了一下，顿感不妙，于是连书都没顾上搁下就一路冲到了莫小红的卧室里。

他闯进去时，莫小红已经哭得撕心裂肺。

他第一次见到她穿睡衣的样子，她实在太瘦，多小的睡衣，估计也是眼前这副松松垮垮的效果。

她独坐床头，哭得像个少女，要多伤心有多伤心。

陶潜慌了，赶忙坐到她身边，她也赶忙就势抱住了陶潜。

她的身子热得发烫，眼泪很快便打湿了陶潜的脖颈和肩膀。

陶潜轻声问她：怎么了？怎么了？

莫小红哭着说：我梦到他们了！我梦到过去了！

莫小红今天果真睡着了，她做了个长长的梦，梦见了二十岁时的自己，梦见了 1992 年的杭州，梦见了那个嗓门嘹亮、财大气粗的男人，梦见了他的前妻和儿子，梦见了自己与那男人激烈争吵时，男人扼住自己喉咙的粗糙大手，梦见了男人前妻上吊时，她可怜的儿子就站在一旁，亲眼目睹着自己的妈妈把脖子缓缓伸入那致命的绳圈——莫小红在梦里看得何其真切，她甚至能清晰地看见那个结实的农村女人因窒息而扭曲的面部肌肉和脖子上每一根暴起的青筋血脉，她挥舞的双臂和绷紧了的小腿肌肉，以及死后她吐出来的、长得有些夸张的红色舌头。

莫小红一下子就被吓醒了。

昨日如梦。

昨日就是梦。

陶潜伸手摸了摸莫小红的额头，烫得吓人："坏了，你发烧了。"

陶潜笨手笨脚地翻箱倒柜，给莫小红找了强效退烧药。莫小红说："你再给我五片安眠药，我一起吃。"

瞧着她吞下那一大把药片，脸颊全湿透了，也分不清是泪还是汗。

陶潜说："我去给你弄一条湿毛巾来。"刚要走，莫小红一把抓住了他的胳膊，声音虚弱地说："别走，我不想一个人待着。"她目不转睛地看着陶潜，忽然笑了，"原来你还会照顾人啊。"

"上次我喝到酒精中毒，是你照顾的我，这回该轮到我照顾你了。"

莫小红努力地笑着，笑得要多虚弱有多虚弱。

陶潜感觉情况不妙，提议要送她去医院。

莫小红很坚决地拒绝："你听我的，我睡一觉就全好了。"

"你还能睡得着吗？"

"能。"莫小红的目光望向陶潜手里拿着的《金刚经》，她愣了几秒钟的神儿，然后指着《金刚经》对陶潜说："可以读给我听听吗？我想听。"

陶潜长叹了口气，说："好。"

他照顾着莫小红，帮她躺好，给她裹严实了被子，自己就坐在床边的椅子上，就着昏黄的床头灯，轻声地为她读起经来。

无上甚深微妙法，百千万劫难遭遇，我今见闻得受持，愿解如来真实义。

216.

有些事情，真的说不清，道不明。

莫小红终于下定了之前迟迟未下的决心，在杭州一处不算出名的小道场里皈依，成了一名居士。

生意还得照做，生活还得继续，只是从此有了信仰，但愿能有些不一样。

这些都是半个月之后的事了。

在陶潜为莫小红读经的那个夜晚，她被汗浸透了的身子如渡一场大劫般，在忽冷忽热之中交替辗转，她从没有像那一晚一样渴望黑夜尽早过去。每一刹那都像百年那么久远，在睡眠的边际线上，莫小红已经完全没有了时间的概念，只有漫无边际，漫无边际的漫无边际。她动弹不得，求生求死都不得，在承受了巨大苦痛的身体折磨之后，她的呼吸终于由急促逐渐转缓，最后变得均匀平稳。

到陶潜念完最后一个字时，莫小红早已经安然入睡。

你永远无法说得清，究竟是那些退烧药加安眠药起了作用，还是佛祖显了一回灵，是的，反正从那天以后，莫小红重新找回了她丢失百日的睡眠。

她的面色重新变得红润，她的内心重新变得安稳，一切仿佛都回到了一百天前的正轨——一百天前，她还不认识眼前这位古怪的陶潜先生呢。

看上去，她似乎是跨过了这道坎儿。

莫小红问陶潜：我这算是放下了吗？连我自己都不知道。

217.

其实放不下是苦海，放下也是苦海，人生不就是在无边的苦海中独自漂流吗？佛不渡人，他只站在彼岸，端庄威仪，不言不语。你得自己渡自己呀，你得自己渡自己。

218.

陶潜意识到，是时候再次上路了。

莫小红问他接下来有何打算。

陶潜说离开北京之后，他先后去了天津、保定、杭州、苏州，都是城市，接下来不想再去城市了，每座城市都是监狱，都关着很多人。

莫小红告诉陶潜，几年前她曾在云南的大山沟里捐建了一所希望小学，如果他感兴趣，她可以介绍他过去教书，包吃包住，条件虽不算好，但日子纯净，只有孩子和蓝天。

陶潜考虑了两天后，答复莫小红：“好，我想去。”

西湖边上，莫小红问陶潜：“如果以后有机会，你还会不会回来看我？无论我在哪儿。”

陶潜望着波光粼粼的西湖，又看看身旁的这个女人，她瘦削而安静，妆容精致却难掩岁月斑痕。

是啊，从不谙世事的江南女子生长成精明强势的女浙商，纵使天生有心机又会耍手段，自己也一定早被伤得千疮百孔、遍体鳞伤，躲不掉。

命运何曾放过任何人？

见陶潜半天没应她，莫小红尴尬地转移开话题：

“你看，西湖这么美，真的舍得走吗？”

陶潜并没有想转移开话题，他认真地看着莫小红，如一位骑士承诺般郑重，并难得地说了句温暖人心的话。

“我会回来看你的，有我在，你就不会老无所依。”

莫小红看着陶潜，她的眼泪当时就流了下来。

219.

几天后，陶潜动身离开江南，他要飞往昆明，再先后辗转火车、长途大巴、马车，去往大山沟里的小学校。

220.

我们把故事说回樱子。

樱子的戏杀青后，她回到家里大睡了三天，然后叫我和小文出来，说要请我们吃饭。

那部戏，她的片酬打包算价，赚了八万块。

吃辣，最辣，喝酒，到吐，小文快被我们折磨死了，但樱子只要举杯，他就喝。趁樱子上厕所的空当，小文对我说，其实他一直觉得，我和樱子才最像一类人：都能吃辣，都爱喝酒，都昼伏夜出，都混一个圈子，都从小在北京城里长大，都是他最最要好的朋友。

我搂着小文：你喝多了吧？

小文点了点头：我喝多了。

北京的夜晚流光溢彩，令人目眩。远在云南的陶潜曾经告诉我，在大山里的夜晚，抬头能看见满天繁星。其实，北京的夜晚也有繁星，不在天上，在地上，这里的每一盏灯、每一个人，都像一颗星。

樱子倒在小文身上，她喝多了，要吐不吐的，嘴里还在念叨：早晚我会是最明亮的那颗星——我不知道自己是不是听错了，反正我也喝多了。

小文的眼睛温澈如水，像碧绿啤酒瓶底的碧绿，像明黄月亮的明黄，他就这样款款地望着倒在自己怀里的樱子，眼神寸步不离，深情寸步不移。我叹了口气，想不明白，为什么看着他和樱子这般相爱，我却还能和他处得这么好？

221.

樱子的好运，真的来了。

那部片子在做后期的时候，一位圈内大咖给樱子打了电话。

这位大咖的来头可不小，是圈内一家知名影视娱乐公司的高层，手握重权的那种。而这家公司的艺人经纪部，主签年轻的偶像演员，有曾经很红的小花旦，也有如今正当红的小鲜肉——总之就是很对樱子路子的那种。

这位老总亲自给樱子打的电话，说他在片场看过她的戏，当时就印象深刻，如今他在参与这部戏的后期监制，从素材镜头上再一瞧，愈发觉得樱子的资质很好，打算签她进公司来发展。

樱子跟我说，她第一次和这位老总通完电话后竟然都没有兴奋，因为她总觉得这一切都是假的。

她始终相信凭努力，自己终会得到想要的，所以她过度偏向于努力，而不太相信运气。

唐教授毕业前的三言劝诫多少有些作用，樱子的脑海里刻下了那句话：要想成功，永远也别相信运气。

可这次好运真的眷顾了她。

或者说是她的努力终于得到了回报。

功不唐捐，不是吗?

樱子和那家大公司签了经纪约，当时公司下面四五十个艺人，除了七八个红过或正红的以外，其余都是如樱子这般名不见经传的小艺人，但能签进这家公司，本身就已经意味着：即使是小艺人，也和外面那些不入流的小艺人不一样了。

背靠大树好乘凉。

樱子有了经纪人，有了宣传团队，尽管经纪人同时还要兼顾另外几个小艺人，尽管宣传团队也并不是只为她一个人服务，但这些配备让樱子信心倍增，她觉得折腾了这么久，这次可算有点儿“上道儿”的感觉了。

她的百度百科有人打理了，她的微博粉丝数也比从前好看多了，尽管在公众平台上还是不会有太多人刻意去搜索她，但她起码在这庞大的人类信息网上留下了自己的身影，那感觉，就像是终于给这个冷漠的世界，留下了那么一丁点儿痕迹：

樱子，出生于北京，中国内地女演员。

222.

陶潜先生抵达云南大山沟里的希望小学后，成为了一名光荣的支教老师。

我想着，由奢入俭难，他在江南见识了那么多灯红酒绿纸醉金迷，一下子给他丢进大山沟沟，他待不了多久的。

我果然又小瞧了这朵奇葩，真心没料到这厮居然钻进大山沟里就不出来了。

后来算算，他竟然在大山里一待就待了整整一年。

223.

希望小学在地理位置上离香格里拉不远，所以绿草蓝天花儿朵朵，但诸事不便，尤以交通和购物为甚。

陶潜刚开始只教语文，后来当校长发现他的数学比数学老师好，英语比英语老师好，连画画都比美术老师好后，他就成了多面手，什么课临时需要替补，都让他上。

希望小学六个年级，不到两百名学生，几乎都来自附近的各个大山村落。支教老师不到二十人，从全国各地而来，北京人，只有陶潜一个。

物质条件当然很糟糕，光是没有网络这一点，估计就能逼疯不少城里人。此外，经常性的停电停水也叫人抓狂，大冬天洗个凉水澡并不是什么稀罕事。学校的伙食，少油，常年难见肉，倒是不缺新鲜的野菜和山菌。最难是购物，想买点儿什么，翻山越岭一小时，到附近一个村子上的小超市，然而那里的货物并不齐全，如果买不到需要的东西，则要再步行半小时找到一条二级公路，伸手搭车去县城里买，小轿车、大货车、拖拉机、马车，能搭上哪个，全凭运气。

陶潜在杭州时从莫小红手里挣了不少钱，可如今在这个地方，根本花不出去。

也不全那么糟糕，让陶潜惊喜的是：教师的职工宿舍居然都是单人间，在北京最稀缺的土地资源在这里成了最廉价也最充足的东西，对于最烦别人打扰又最不畏惧孤独的陶潜先生来讲，这里简直就是天堂——尽管天堂里有很多大跳蚤，总在他瘦弱的身上留下难以去除的咬痕。

224.

另一件烦心事是：山里的孩子太淘气，太难管。

陶潜上课时，整个班又吵又闹，欢脱得仿佛他不存在。

于是他只能放下粉笔，往讲台桌上一坐，不讲了，就盯着那帮熊孩子看。孩子们很快不说话了，陶潜跳下讲台继续讲，但超不过五分钟，熊孩子们就又欢脱起来。

万能的陶潜对此也束手无策。

他给他们讲白居易的《忆江南》，日出江花红胜火，春来江水绿如蓝，能不忆江南？熊孩子们问：老师老师，江南在哪里？离我们远不远？

他说：远。

熊孩子们又问：有多远？

他愣了一下，想到了苏州夜晚的古运河，想到了波光粼粼的西湖，还有那个如他一样孤独的女人莫小红，于是他叹了口气，说：很远。

225.

虽然没有网络，但好歹有信号覆盖，打电话是全没问题的。

所以那段日子里，我接到了不少陶潜的电话。

许是他多少也有些寂寞吧。

陶潜问我：北京还有雾霾吗？樱子还在演露胸露大腿的网剧吗？你还在写婆媳战争的烂剧本吗？

我说：北京的雾霾更严重了；樱子签大公司了，开始在很专业的剧组里拍戏了，不用露胸露大腿，还交了个男朋友，男孩儿人很好；我还在写婆媳战争的烂剧本，我还要照顾张飞。

陶潜说：你们真垃圾。瞧瞧我，我都混到云南的大山沟里啦！

我说：您真棒！

许是那段日子总体而言还算清闲，许是和天真的熊娃娃玩久了，我感觉在云南大山里的那一年，陶潜的性格稍稍变得开朗了点儿。

只是稍稍。

另外，陶潜还给我讲了一件有意思的事，他说自打那件事之后，班里的熊娃娃就谁也不敢再在他的课堂上放肆捣蛋了。他们都觉得这位古怪的老师，可能有点儿不好惹。

废话，陶潜当然不好惹了！

226.

那时陶潜带的三年级班里，有个小霸王，叫小刚，上课就敢扒女生裤子，课间弄条绿油油的大肉虫子往女生文具盒里放，要么就是抢男生的新球鞋往树林子里扔，小小年纪还懂得拉帮结派啸聚山林之道，并自封为王，终日以飞扬跋扈欺负乖学生为乐，可谓无恶不作。

另有个乖乖的小男生，叫小明，个子小小的，衣服虽旧却难得地干净。平时话少，听讲认真，成绩在班里总是前三名，但性格实在太过懦弱，于是理所当然地成了班里最受小刚迫害的小可怜，经常被小刚一伙欺负得鼻涕一把眼泪一把，坐在黄土地上号啕大哭。

如果小刚一天没找小明麻烦，全班都会觉得今天缺了点儿什么。

有天午休，陶潜坐在操场上抽烟，又看见小刚一伙把小明按在地上打，小刚骑在小明身上，耀武扬威的，活脱脱就是个小土匪山大王。

陶潜坐在那儿，边抽烟边乐呵呵地看着。

这时一位女老师走了过来，责备陶潜：“怎么不上去管管，你一个老师，就看着自己班的学生挨欺负吗？有这么当老师的吗？”

陶潜轻描淡写地一笑：“没事儿，小孩子打架不要紧的。”

女老师白陶潜一眼，愤愤不平地走上前去，一把拉开小刚：“你怎么又淘气？老师跟你讲过多少遍，欺负同学是不对的！”

小刚说：“我就是爱打小明。”

女老师说：“小刚，你要是再打架，我就找你的家长来。”

小刚说：“我就是爱打小明。”

女老师说：“小刚！换位思考一下吧！老师问你，如果是你天天被同学们欺负，你会开心吗？”

小刚沉默几秒，想了想后又说：“我就是爱打小明。”

女老师愤怒地驱散了小刚的手下，揪着小刚去了校长室。空空的小操场上，只剩小明孤零零坐在地上哇哇大哭，阳光打在他身上，他浑身是黄土和鞋印，简直就像是这个美丽世界的孤儿。

陶潜掐了烟，招呼小明：“嘿！你，对，就说你呢！过来过来。”

小明爬起来，掸掸衣服，抹抹眼泪，走到陶潜身边。

陶潜拉过小明，语重心长地问他：“小明，小刚他每天都欺负你，是不是？”

小明可怜巴巴地点了点头。

陶潜：“那你抽他呀，往死里抽呀！”

小明看着陶潜，一脸的茫然。

“往死里抽听不懂？”陶潜说，“这样，回头老师帮你和小刚约个架，你们俩单挑怎么样？”

小明呆呆地看了陶潜好半天，然后被吓得“哇”一声就又哭了出来。

227.

想想陶潜老师的老师——唐教授，你就不会觉得陶潜把老师当成这个样子有什么奇怪的了。

当天下午的语文课上，陶潜当着全班小孩的面，替小明向小刚约架。

“你说你丢不丢人？你每回都带一帮人欺负小明，这叫本事吗？这不叫本事，真有本事的话，你就跟他单练，一对一，别人谁都不许帮忙。”

小刚也茫然了，看着陶潜眨巴眨巴大眼睛。

“别的同学有什么异议吗？”

全班都茫然了。

“行，都没异议那咱就这么定了，今天放学后小操场，不见不散，你们俩打个痛快，今儿个还必须分出高下来。好了，现在咱们开始上课。”

听到这儿，我真是服了陶潜，我说：你作为一名人民教师，非但不制止学生打架，还帮学生约架，你能给我个说得过去的理由吗？

陶潜说：因为我是他们的老师，我不仅要教会他们知识，还要教会他们做人。

这话唐教授也说过。

撺掇学生打架都能上升到做人的高度，我也真是不知道说什么好了。

陶潜说小明可真尿啊，课间就跑过来拉住他，求他：“陶老师，我不想打架，我真的不会打架。”

陶潜说：“你不和他打，他就会一直欺负你。”

小明说：“可我打不过小刚，他力气比我大！”

陶潜拉过小明来，语重心长地说：“小明，咱们的战术是这样的，他只要打你一下，你就要还他一下，绝不许他打你的次数比你打他的次数多，他打你哪里，你就还他哪里，每一下都要用出你最大的力气，听明白了吗？”

小明低着头，想了想，还是怯懦地说：“陶老师，我真的不行。”

陶潜蹲下来，双手扳着小明的肩膀，郑重其事地对他说：“记住，男人，不能说不行。”

228.

后来这俩熊孩子在陶老师的撺掇下，真他妈在小操场上撕巴起来了。

每次小明被小刚打倒在地，陶潜都扯着嗓子冲他大喊：“站起来！还手！”

陶潜疯狂的样子，把围观的熊孩子们全给吓着了。

我迫不及待地问陶潜，最后小明赢了吗？赢了吗赢了吗？

“小孩子打架哪分什么输赢，最后全累趴下了。”陶潜说，“不过小明表现很好，气势上一点儿没输。”

因为这件事，陶潜被校长叫去办公室骂了整整一下午——也只能骂，支教老师本来也没工资可扣；也只能骂，陶潜是这里文化水平最高的老师，堪称希望小学的台柱子，校长也不愿赶他走。

陶潜说，打那以后，小刚再也不欺负小明了，他们俩后来甚至成了好哥们儿。

不打不相识，古人总结得多好。

陶潜还说，那一次，他的学生小明学会了面对恐惧，学会了即使害怕得浑身发抖，也要用力地捏紧拳头。人，一定要被这么逼一次，不然永远不知道该怎么为自己赢得尊重，怎么高傲地昂起头。

我说：好吧，你说什么都对。

229.

后来樱子去上海的影视基地拍戏了。

她签约的那家大公司，给她安排上了一部自家投拍的戏。

演女一的闺蜜之类的角色，反正不轻不重的。

好在如今总算不用为接不到戏而发愁了。

樱子签好乱七八糟的合同之后，就收拾行李飞去了上海，张飞自然又送到了我家。

有天我在家赶稿，订了麦当劳外卖，然后写投入了忘了吃，再去看时，外卖袋已被撕得支离破碎，我最爱的麦香鱼，居然只剩下两片面包，这厮居然把中间那块炸鱼给刨出来吃了。

我真想跟它坐下来好好谈谈。

樱子养它真不容易，这猫又野又灵，我相信就算把它重新丢回大自然里，它也一样能成为一片地界上的猫王，欺男霸女无恶不作的那种。

没办法，天生骄傲。

230.

大约在樱子去上海后的一个月左右，张飞的行为举止突然变得异常起来。

起初是老爱往窗台上跳，望着窗外可以一整个下午一动不动，两只金黄的眼睛直勾勾地瞄向远方，谁也不知远方究竟有什么吸引着它。后来情况愈演愈烈，它开始挠窗户，并伴以尖厉的嚎叫，害得我每天不得不检查好几遍窗户有没有锁好，生怕它挠开了窗子，纵身一跃。

我们都见识过这只黑猫预测灾劫的能力，所以它的异常举动让一向敬畏命运的我深感不安。

我给樱子打电话，向她汇报此事。

电话那边，樱子显然是在忙，有些心不在焉地应付着我，最后她匆匆地说：你看好它，没事儿，再过两周我的戏就杀青了，一切等我回了北京再说。

算算日子，之前周导帮樱子上的那部戏已经快到宣发期了，我估摸着她就算回了北京，也得跟着片方四处跑宣传、赶通告，不会有多少闲暇时间。

我从窗台上把张飞抱到怀里，我说：你要是能说人话该多好啊。

231.

云南虽有四季如春的说法，但在滇西北高原一带，冬天还是存在的。

就在樱子去上海拍戏的那段时间里，远在云南大山沟里的陶潜，熬过了难挨的寒冬，熬过了第一个孤身在外的春节，熬过了从城市到大山的一切不适。后来，天气回暖，万物复苏，陶潜告诉我，他近来愈发觉得学校里的这帮子熊娃可爱，他与这些黑瘦矮小、衣服和脸永远也洗不干净的山里小孩，于不知不觉间建立起了感情，这让从不担忧未来的他，有些担忧未来有一天与他们分别时，他会受不了。

毕竟，他终归是要走的，他志不在此。

232.

后来有一天，班上一个叫小花的女娃娃，和同学们做游戏的时候，不小心被绊了一跤，崴了脚，疼得坐在地上哇哇大哭。

陶潜背着小花去了校医务室，除去鞋袜，小花的脚踝肿得像馒头，赤脚医生弄来弄去，弄不好，小花哭得更厉害了。

眼看就要放学，陶潜问小花回家要走多久，小花说要翻过一座大山，她家就在山后的村子里，走路差不多两个小时。

显然，现在的小花根本就没法下地走路。陶潜想了想，坚定地说："走，我背你回家。"

233.

他们上了路，走进大山。

小花很轻，八九岁的女孩子，瘦瘦小小，能有多沉？可山路难行，再加上陶潜实在是个文弱书生，背着小花翻山越岭，每隔十几分钟，就得坐下来休息一会儿。

小花懂事，那么大点儿的小女孩，知道用自己的手帕给陶老师擦汗，还主动让陶老师多多喝水。

两小时的山路，陶潜背着小花走走停停，足足折腾了三个多小时，把小花送到村子里时，小花的父母执意要留陶潜过夜，因为那时已经临近傍晚，太阳眼瞅着就要下山。

陶潜到底还是推托了，他觉得时间还好，只要自己加快脚步，就能赶在天不太黑前，回到山那头的教职工宿舍。

然后意外就发生了。

234.

陶潜在山间走着走着，突然就感到脚脖子一凉，然后便是钻心般的剧痛。

实在太疼了，陶潜忍不住一个踉跄跌倒在地，他回头一看，顿时惊出了一身冷汗：一条黑黄相间的巨大花蛇，正吐着芯，双目紧紧地盯着他。

陶潜说，他当时感觉自己已经无法站起来逃命，就只能倒在那里，与那条花蛇四目相对，他也完全忘了什么“打蛇打七寸”的要领，只是在内心里暗暗发了狠：只要那条蛇敢再扑过来咬他，他就狠狠掐住它的脑袋，然后用手指把它的眼珠子抠出来。

我真觉得，虽是文弱书生出身，但陶潜有时候可真像个十足的莽夫。

陶潜也记不清他与那条花蛇对视了多久，不幸中的万幸，那条蛇最终悻悻地自己爬走了，没再找陶潜什么麻烦。

陶潜额头上全是豆大的汗珠，紧张和疼痛共同催发出的汗珠，小腿这时全麻了，甚至快没了知觉。他坐在那里大喘了半天的粗气，才努力站了起来。

荒山野岭，天色渐暗，陶潜心慌意乱中，走错了方向。

235.

拖着受伤的腿，也不知究竟走了多久，陶潜渐渐发现眼前的场景都非常非常陌生，这才惊恐地意识到，自己可能走错了山路。

可如今，太阳下山，在这山林里，他再也无法辨别出正确的方向。

他完全是凭着感觉，又往前走了一小段，眼前居然出现了一座寺庙。

那寺不大，点着灯火。陶潜想着寺里肯定有人，于是赶紧拖着受伤的腿走进寺里求助。

他进了寺庙，大喊了几嗓子，没有人应，那氛围实在让人有点儿心神不宁。他跌倒在大殿之前，抬头就看见面前巨大庄严的佛像。

还没来得及多看佛几眼，忽然感觉身后有异动，陶潜回头一看——这次不是惊出一身冷汗的问题了，陶潜直接不敢相信自己的眼睛了，因为他居然看到了一头熊！

没错，一头熊，一头棕色的熊，算不上体形巨大，但弄死三五个人类，根本不成问题。

陶潜后来告诉我，看到熊的那一刻，虽然他难以相信自己的眼睛，但他觉得这次他可能真的是要完蛋了。

一、如果那熊是真的，完蛋了。

二、如果那熊不是真的，那说明自己产生了幻觉，刚刚咬自己的是条花蛇，虽然不懂蛇，但陶潜也听说过有鲜艳花纹的蛇通常有毒，大概那毒液能致幻，也完蛋了。

阿弥陀佛，如果这荒山野岭里的寺庙不是幻觉，那最后就这般死在佛祖面前，这旅程的终点也实在太有意味了点儿。陶潜浑身瘫软，看着那头棕熊缓缓朝自己爬来，这次是真的不打算——也完全没有力气反抗了。

236.

然后，一个穿着宽大僧袍的老喇嘛，就从大殿后堂走了出来，慈眉善目地出现在陶潜面前。

老喇嘛瘦得有些干瘪，但面色是红润的，而且一派气定神闲的样子，不紧不慢地微笑着，用并不太标准的普通话问陶潜：“小伙子，你这是怎么了呀？”

陶潜看看老喇嘛，又扭头看看那头棕熊——这时离他们已经不到五米了——吓得话都说不出来了，直用手比画那熊。

老喇嘛脸上依旧堆着和气的笑，他居然径直走向那头棕熊，过去抚了抚，完全像是在摸自家宠物一样，完全像是樱子在摸张飞一样。

“小伙子你别害怕，它食素，不伤人的。”老喇嘛摸了摸那比他还略高一点的棕熊，那熊就听话地坐在了陶潜面前，一脸好奇地看着陶潜。

“你看，它也是寺里的一员呢，没事的。”

陶潜惊魂未定地长出了一口气：“我去。”

老喇嘛瞧见陶潜小腿在往外淌血，忙俯下身查看。

陶潜解释说：“师父，我在山上迷了路，被蛇咬了。”

老喇嘛点点头：“嗯——问题不大。来，我帮你处理一下。”

老喇嘛搀起陶潜，回头看看那熊：“个头儿是太大了，该关进笼子里养了，不然难免会吓到客人。”

237.

老喇嘛帮陶潜敷了药，包扎好伤口，告诉陶潜没事，蛇没毒——不是所有的花蛇都有毒的。

当时天色已晚，老喇嘛就要陶潜今夜留宿在寺里的客房，陶潜看看受伤的腿，也只好如此了。

老喇嘛很热情，招呼陶潜和他一起用了斋饭。

陶潜好奇地问老喇嘛：这寺里难道就只有您和那熊一起住吗？

老喇嘛说寺里还有几个小徒弟的，今天都下山去县城里采购物资了，明天才能回来。至于那熊，是寺里几个小沙弥从山里捡来的，捡来时还是个熊崽子，然后就在寺里被僧人们一点点养大，可能是因为跟着僧人一起吃素的缘故，这熊秉性极温顺，从不伤人。

斋饭清汤寡水，比希望小学里的伙食可能还要不如。一盘焯白菜，一盘蘑菇，一碟小咸菜，老喇嘛手里一块白馍馍，还掰了一半分给陶潜，一脸歉疚地说：委屈你了小伙子，和我一起吃这粗茶淡饭。

陶潜慌忙回说没有没有，看着手里这半块白馍，觉得自己把老人家本就不多的饭食还夺了一半，害得老人家吃不饱饭，他心里倒是有点儿过意不去。

老喇嘛告诉陶潜，他平常很少待在这间寺里，正巧这两天回来处理些事务，就遇上了陶潜，说明他们有缘。

这位年长的老喇嘛面相如此和善，与他相处极其舒服——陶潜甚至觉得，这是他从小到大遇到过的所有人里，最让他有亲切感的一个。于是一向不爱主动和别人交谈太多的陶潜，那天破天荒地和老喇嘛聊了许多事，他给老喇嘛讲他的经历，讲我，讲樱子，讲他被学校开除后，独行千里，路上的每一个人每一桩事，讲他如此地敬畏佛教智慧，只带了一本《金刚经》傍身。

老喇嘛给他沏了茶，安静地听他说他的故事。两个人相谈甚欢，一直聊到深夜，老喇嘛还给陶潜讲了《金刚经》和一小部分《楞严经》。陶潜可不是对佛学一无所知的门外汉，一般的讲经根本不会让他有多大触动，可那天，陶潜真的有被老喇嘛的讲经深深打动。他告诉我，听老喇嘛讲经时让他想到了一个人——中文系的唐教授，他们一样的渊博与深刻，只是讲课方式上一个心平气和，一个剑拔弩张，但都很好，都能让他感到受益匪浅。

虽然腿上的伤口不时隐隐作痛，但那一晚，陶潜的内心充盈着喜乐。

238.

这事儿发生后一个礼拜，陶潜的腿伤还没好利落呢，有天在校长家吃晚饭时，无意间瞧见了墙上挂着的一张照片。

照片是校长和一个穿僧袍的喇嘛的合影，陶潜定睛一看，这喇嘛不就是上次在寺庙里给自己讲经的那个老喇嘛吗？

陶潜慌忙向校长询问老喇嘛的事。

校长告诉陶潜，这位可不是一般人哩，他是云南一带很有名气的一位活佛。

“活佛？”

“对呀，你见过他了？”

陶潜点了点头。

“那你运气蛮好的哩，他这几年行踪不定的，在云贵一带四处游走，很难碰上的。”

校长告诉陶潜：这位活佛可不是那些在大城市里招摇撞骗、四处圈钱的假仁波切，他是位真正的活佛，不只是活佛，还是位神医，看疑难杂症很是厉害。十几年前他在云南的一座大寺里定居，每天都有百里之外慕名而来的村民找他瞧病，他分文不收，还药到病除，大家都说他是真正的活菩萨在世。

“最厉害的一次呀，有个女娃娃肚子里长了瘤，到云南几家大医院里都瞧不好，把家中的钱几乎都花光了，结果送到他那里，居然就被他给治好了，这事在当时都传开了。你说神不神呀？”

239.

第二天，陶潜就找别的老师代了他的课，他只身一人走进大山，凭借上次的记忆，又找到了那座隐没在山林中间的小寺院。

寺院门口不知何时竖起了一个大铁笼，那头棕熊已经被关到笼子里面去了，一个僧人正在笼边给它喂食。

陶潜慌忙走上前去，问那僧人，寺里的老师父今天在不在。

僧人说寺里没有老师父呀。

陶潜哑然。

僧人又问："你是说活佛吧？他前两天刚刚离寺了。"

"他去哪了？"

"活佛闭关去了，我们也不知道他现在在哪儿。"

陶潜一阵失望，他知道，这种活佛的闭关，最短也要两三年，长的终生闭关的都有。他叹了口气，这回怕是再难遇上那个老喇嘛了。

正当他悻悻地转身欲离去时，寺里一个小沙弥快步跑出来，叫住了他。

"请问您是陶先生吗？"

陶潜惊讶地点了点头。

"真的是您呀！陶先生，活佛就说您一定还会再回来的。"小沙弥走到陶潜面前，从僧袍里掏出一串念珠递给陶潜，"活佛让我把这串佛珠交给您，他说和您缘分一场，送您件小礼留作纪念。"

陶潜赶忙恭敬地接过佛珠。

小沙弥又说："活佛让我转告您，他说您是与佛有缘之人，虽然您身上灵气满满，但戾气却也同样深重。您此行万里路，见天地，见众生，实在是难得的好修行，请您千万不要放弃。四海五湖皆是道场，只要你想，总能看到莲花。"

陶潜点了点头，心里默默记下小沙弥说的一字一句，不敢有半点遗漏。

小沙弥："活佛还说了，不要害怕走弯路，因为这世上没有弯路。他让我告诉您，要时刻记得'功不唐捐'，这四个字脱胎自《法华经》，意为世间一切的功德和努力都不会白白荒废。他祝您早日找到答案。”

陶潜的记忆猛然退回到2012年的那个夏天，他被学校开除后与唐教授见的最后一面——这一刻，陶潜的内心感受到了巨大的震撼，他一时说不出话来，只能恭敬地双手合十，对着小沙弥和他背后的寺庙，行了一个庄重的佛礼。

小沙弥还礼，然后便转身回了寺里。

240.

不要害怕走弯路，因为这世上没有弯路。

241.

北京。

樱子家真的出事儿了。

张飞的异常举动果然不是空穴来风。

我和小文一早去机场接下樱子，连家都没顾上回就直奔了医院。

之前樱子还在上海时，医院的人就给她打了电话，说樱妈要做个手术，问她能不能过来签个字。

樱子这回是真吓坏了，在小文的车上，她一路没讲一句话，两眼直直的，心神不宁。

她当初赌气离家，从生养自己的小胡同搬到后现代城，几乎和陶潜离开北京时是同一时间，如今算算也已有多半年了。

这多半年里，她没跟樱妈通过一次电话，不是她有多心狠，而是真的忙到忘。

听医院的人说，樱妈长了个瘤子，个头儿不小了，良性恶性目前还看不出来，得切出来做病理才能知道。

樱子打小父母离异，在她有记忆之后百分之九十的漫长岁月里，她就只有这么一个妈，她不能没有她。

242.

我们仨赶到医院病房时，护士用手一指窗外，说樱妈自己一个人在外边的小花园里晒太阳呢。

樱子跑到窗户边往外看，正好能看到樱妈穿着病号服的背影，微驼的后背，短短的鬈发，有些发福的身体。阳光再美好，这么一个老人的孤单背影也显得凄凉。

樱子在窗户边定定地看了一会儿，转过身来匆匆就往外跑——虽然很快，还是被我注意到，她偷偷用手飞快地抹了一下眼泪。

我知道，时隔半年后以这样的方式见面，纵然樱子心里再难受，她也不愿让樱妈看见自己掉眼泪——是的，这不是她们母女之间习惯的交流方式。

243.

医院的后花园里，樱子轻声喊了句“妈”。

樱妈身子明显一震，过了好半天才缓缓转过身来，她耷拉着脸——像樱子经常见到的那样，一点儿也没有久别重逢的欣喜，也一点儿没有行将跨一趟生死的人的矫情，她斜眼瞟着樱子，问她：“小兔崽子，你来干嘛？”

樱子走过去，没说话，默默地坐到长椅上挨着樱妈。

“嘛呀嘛呀？你妈还没死呢！”樱妈依旧一口剽悍的京片子不

饶人，“丧眉搭眼的给谁看呢？”

樱子深深地呼吸口气，努力调整了半天情绪，开口问了一句：“妈，咱什么时候动手术啊？”

“下礼拜二。”樱妈满不在乎地回了一句。

樱子心里难受，轻轻抓着樱妈的手臂，也不知说什么，两个人就一起沉默了起来。

樱妈扭头看了看她——那天樱子戴了顶挺好看的棒球帽和一副大圆耳环，很漂亮。

樱妈似漫不经心地用手轻轻弹了一下樱子的棒球帽檐儿：

“小兔崽子，别说，现在捯饬得还真挺像个小明星了。”

樱子再也忍不住了，她扭过头去，把脸埋在双手中间，再也无法控制地大哭了起来。

我和小文慌忙上前，却发现此刻我们谁也不知道该如何安慰她。

同一张长椅上，樱子背对樱妈，掩面痛哭，樱妈靠在长椅背儿上，默默望着前方。

娘儿俩间半天没有对话。

我和小文也根本没法介入。

过了好久，等樱子的哭声渐渐淡了，樱妈才又开口：

“开完刀，做了病理，不管是良性还是恶性，你都得跟我说实话，别学电视里那一套瞒着我，我经得起打击。”

244.

云南大山，希望小学。

陶潜先生的日子依旧过得风平浪静。这段时间，他接了个新任务，校长派他布置希望小学刚刚弄起来的小图书馆。从大江南北捐赠过来的图书，一捆又一捆，陶潜负责挑拣：适宜少儿的，分门别类，在小图书馆里码放整齐；少儿不宜的，分发给教职工们解闷儿——其实没什么人爱看书，绝大部分少儿不宜的书都落入了陶潜自己的囊中。

对于嗜书如命的陶潜来讲，这活儿他可太喜欢干了。

245.

小图书馆建成以后，陶潜和他的学生小明，成了这里最主要的读者。

经过上回和小刚打的那场架之后，他们之间的关系于无形中被拉近了许多。

说是图书馆，其实就是一间宽敞但简陋的砖墙平房，地方很大，但书架和书都又破又旧，不加修饰的小吊灯偶尔被窗口灌进来的风吹得晃晃悠悠，在这盏灯下，陶潜和小明分坐两头，各自读各自适宜的书，每天都是最晚走的两个人。

有次实在太晚了，天都擦黑了，陶潜不放心小明独自走山路回家，就锁好了图书馆，送他回村子。

一个多小时的山路半摸着黑走完的，好不容易进了村子，迎面一个穿皮夹克的少年，正大步流星地匆匆往村外方向走。

小明大喊了声“哥”，径直跑向那少年。

少年一把抱起小明：“咋搞得这么晚？我正要出去找你。”

这就是陶潜第一次见到小羊时的场景。

246.

小羊，个子不高，身体瘦而结实，大眼睛，眼珠子总是好奇地四处乱转，显得机灵而友善。

显然小明之前和他提过陶潜，当他听说面前站着的这位就是陶老师时，立刻恭敬地伸出双手与陶潜握手，并且说什么也要请陶潜去家里吃饭饮酒。

陶潜拗不过热情的小羊，就跟着他们进了家。

大山农村，那种破旧的土屋子，没有任何装修，只能遮风避雨。

小羊和小明的老娘慈眉善目，脸上透着质朴，眼角有皱纹，头发花白了不少，一个劲儿地招呼他们坐下。给他们端菜时，陶潜注意到，她走路的一只脚一跛一跛的，显然是有陈年旧伤。

哥哥小羊特地为陶潜老师切了大厚片的火腿，倒上家里最好的酒。陶潜看着这简陋的房屋和饭桌上丰盛的菜肴，顿感十分不好意思，这些山里人在用自己最好的东西招待着他啊。

小羊开朗、话密，几番交流过后，陶潜就能看出来这是个心地善良、思维简单、人畜无害的好小伙子。

陶潜喜欢这样的人。他最容易对三类人产生好感：出世的智者，如山里的活佛；入世的强者，如杭州的莫小红；善良简单的普通人，如面前的小羊。

席间的谈话中，陶潜得到了一些信息：小羊家一共四个孩子，他是最大的哥哥，小明是最小的弟弟，中间还有两个女孩儿，分别在不同的城市里念书。爸爸似乎早不在人世，怎么死的不知道，妈妈腿上受过重伤，如今干不了重活儿，平常只能给镇上的人做些手工活儿赚点小钱。家里最主要的经济来源都是小羊一个人在负担，他是家里真正的顶梁柱。至于小羊的职业，他似乎在闪烁其词，这和他给人简单质朴的第一印象稍有些出入。平常家里就只有妈妈和小明住，小羊一年会回来一到两个月陪陪妈妈和弟弟，他的两个妹妹分别在读大学和高中，她们的学费和生活费是这个家庭最大的开销。

真是不容易啊，陶潜越听，越觉得小羊好不容易，一个看上去和自己年龄相仿的少年，凭着自己的力量养活着整整一家子人——陶潜离开北京后，深感在这纷繁的世上，能自己养活自己都不是件易事，更何况还要养活别人。

难能可贵，生活的重压竟然没有夺走小羊脸上的笑容。他爱笑，看上去总是乐观且容易接近，仿佛明天就能拨云见日，一切总能好起来，仿佛苦难从来就不曾发生。

247.

酒足饭饱，天已经全黑了，小羊就留陶潜过夜。陶潜看看外面漆黑的天色，想起上次独自走夜路时被蛇咬的经历，只好点头答应了。

夜晚，在陌生且过于粗硬的土床上翻来覆去，陶潜实在难以入睡，就一个人溜达到院子里抽烟，烟刚点着，小羊就跟了出来。

小羊歉疚地说："家里条件太简陋了，陶老师您住不习惯吧？"

陶潜说："没有，我通常在陌生的地方睡眠都不好。"

小羊就也蹲在陶潜身边，点着烟抽。

"陶老师，我听我弟说，您是北京人？"

"是，你就叫我陶潜吧，咱俩年龄一样大，不用称呼'您'。"

"好，陶潜，你是我认识的第一个北京人。北京是首都啊，首都多好啊！干什么要来我们这穷山沟沟里教书？"

还没等陶潜回答，小羊又说："其实我懂，你们都是有情怀的人。"

陶潜苦笑，也不知该怎么回答。讲真，他和学校里其他那些带着情怀来支教的老师确实不太一样，他没想过那么多，他更像是被命运的洪流推到了这大山沟里来。

小羊起身回到屋里，再出来时，手上多了一瓶酒、两只碗，摆到陶潜面前。

陶潜笑了，说："你不困吗？"

小羊说："我没事的呀，你不是睡不着吗？再多喝点酒，就能睡好了。"

陶潜说："好，那我们一起喝酒。"

小羊说："你是大城市出来的人，肯定见过很多世面。北京那么繁华，一定很好玩吧？我从来都没去过，想都不敢想。"

陶潜说："北京不好玩，我离开北京后，去过很多地方，一边打工一边旅行，你刚才问我为什么到大山里来教书，其实我自己也不知道。"

小羊："北京太远了，我从来没到过北方，更没法想象北方的生活是个什么样子。除了云南，我就只去过广西，中国那么大，可我一直都在这一小块地方转来转去啊。"

"你在广西工作？"

"对，工作，"小羊突然显得有点儿不好意思，他挠了挠头，又说，"其实也不是啥正经工作。"

"没关系，不方便可以不说。"陶潜想起刚才吃饭时，每每提到工作，小羊总是闪烁其词。

"不是不是，陶潜，我不是有意想瞒你，"小羊慌忙解释，"刚才吃饭的时候因为有我娘在，我一直都瞒着她呢。"

小羊说着叹了口气："其实我真羡慕你这种生活方式，边打工边旅行，四处游历，见世面，交朋友，可我做不到，因为有一个家得靠我去养，像我们这样的人，生来就没有多少选择的啊。"

小羊说起自己的爹来，说他是个不学无术之徒，且嗜酒成性，最后喝酒喝死了，死得都好荒唐。小羊又说起自己的娘来，有次在小县城里，被小轿车碾了腿，从此落下残疾，肇事车主跑了，至今都没抓到，医药费还是当时跟村里东拼西凑借来的。

但提起两个妹妹，小羊就开心起来，说妹妹们都挺争气的，学习成绩一个比一个好，可在外面的大城市里读书生活，处处都需要钱啊，做哥哥的，不能让妹妹过得比别人家的女孩子差啊。

还有小明，日渐长大的小明。

除了不停地赚钱赚钱再赚钱，小羊实在找不到也没法找别的生活方向。

“所以，你在广西究竟是做什么的？”陶潜愈发好奇起来，“能养活这么一大家子人，赚得应该不算少。”

小羊喝了一大碗酒，擦擦嘴巴：“还可以吧。我不像你们是文化人，我没读过书，但我从小会打野架，力气也大。”小羊放下酒碗，看着陶潜，“我觉得你是个好人，你对我弟弟也好，我都知道。陶潜，我拿你当兄弟了，就告诉你吧，我在广西的一些地下场子里，打黑拳。”

陶潜听得一愣：“打什么玩意儿？”

“黑拳。”

248.

北京。

樱妈做手术的那几天，樱子几乎没合过眼，我和小文一直都在医院里陪她。

最后我们硬逼着小文回去上班了，毕竟他不像我俩时间那么自由。

我说：“你放心去，这里有我，她不会有事。”

小文给我拉到一边，一再叮嘱我，如果有什么状况，一定要立刻给他打电话，他二十四小时都开着机。

“对不起，这次真的太辛苦你了，替我照顾好樱子。”

我给了他一拳：“快滚，朋友之间别这么讲话，怪别扭的。”

樱子终日守在医院里，不吃不喝，手机响个不停，能不接的她尽量不接，能敷衍的她尽量敷衍。我看她熬得双眼通红、面色惨白，实在有些担心，要知道她从上海拍戏杀青回来，还一直没回到家里休息过啊。

拍戏抢进度有多累，干过这行的都明白。

在医院走廊里，我给她买了热豆浆和鸡蛋灌饼，她没兴趣，靠在我肩上，她说：“要是出来的结果真是癌症，可该怎么办啊？”

我安慰她：“癌症有癌症的应对办法，化疗啊，放疗啊，老太太遭点儿罪，但你看现在好多癌症病人，不一样活得生龙活虎的嘛。没事儿，老太太天生乐观，不会那么快——”

看着靠在我肩头疲惫至极的樱子，我实在说不出后面的话来。

她长长地叹了口气：“我那么拼，除了为我自己，不就是为了她嘛，她一辈子没过上过好日子，我就想让她过一回。”

我能体会她此刻的苦楚，但生死有命，我无法在这种事上给她劝慰。我明白，人从来不怕承受奋斗过程中的挫败，因为那是必然，人怕的是奋斗的目标突然没有了意义。

就像荆棘险阻从不可怕，可怕的是迷路。

249.

可惜那回，天不遂人愿。

樱妈的手术倒是顺利，可病理做出来了，恶性，这意味着接下来将会是一场漫长的与病魔间的恶战。

樱子几近崩溃。

我只好打电话向小文求援。

小文大半夜从大望路开车过来，连哄带劝的总算把樱子弄回了家，她必须得休息一下了。

而我，那天在病房里守了樱妈整整一夜，等着她醒来。

250.

樱子是个好演员，她的演技在这两次的专业剧组里磨炼得愈发纯熟，可对于樱妈，她到底还是演不出来，她遵从了樱妈的话，告诉了她病理结果的实情。

樱妈当时沉默了几秒钟，然后只说了一句："知道了。"

樱子说，老太太一辈子活得明白、磊落，这回事关生死，她的确有权利知道真相，非要像电视剧里演的那样瞒着她，太傻了。

樱子还说，接下来的几年，她要比从前更加努力更加拼，她要赚更多更多的钱，让樱妈在接下来的日子里能过多好，就过多好。

"我没你和陶潜懂得那么多，但我一直都记着一句话——'子欲养而亲不待'，第一次看到这句话时，触动就特别大，我当时就在想，这世上还能有哪种悲伤比说出这句话来更加无奈的呢？"

251.

陶潜和小羊渐渐成了关系要好的朋友，隔三岔五的，小羊就邀请陶潜到家里来吃饭。这个笑容灿烂的大山少年，让陶潜感到心安，一来二去，他也就慢慢把自己的经历都讲给了他听：

中文系里与唐教授坐而论道、街面上为樱子两肋插刀、烧烤店里和地痞流氓死磕、姑苏城外与莫小红一同拜佛。西湖真美啊，累了的话，你该去趟那里，安静地坐坐。

小羊对陶潜钦佩不已。

而在陶潜的眼中，小羊孝顺、朴实、善良、简单，他实在没办法把这个形象和地下黑拳手结合起来。

只有偶尔，看他光着膀子洗衣服时，能看到结实发达的肌肉和大大小小的伤疤。

这是怎样的一种职业呢?

陶潜对此充满了好奇。小羊告诉他，现在中国可能只有在广西境内，有一些地方在偷偷组织这种比赛，和动作片里演的那些酷炫的黑拳手不一样，小羊觉得自己的职业一点儿都不酷炫。

还是无奈。

"你要真觉得新鲜，下个月，跟我一起去一趟广西呗?"有次小羊无意间对陶潜这么提了一句，"我带你看看真正的黑拳赛，跟电影里演的完全两回事。"

陶潜当时没说什么，但他其实已经动了心。在云南的大山沟里转眼已经待了将近一年，他这样性格的人，当然不可能一辈子就猫在这里了。能有机缘接触到如此罕见的东西，似乎才更符合他最初上路的初衷。

这期间，陶潜还给保定的老米打过一回电话，他把小羊的事简单地说给了老米听。

老米说："凶险，他们这样的拳赛，既不同于体制内的搏击赛事，也不同于体制外的职业拳坛，你要真跟他蹚了这趟水，万事可都要当心啊。"

说完，老米又笑了："不过我知道你，你从来都爱干冒险的事儿。"

陶潜问："你有什么秘籍吗？能不能传授给他？我虽然没看过

他打拳，但我总觉得他看上去一点儿也不像能打的样子，我替他担心啊。”

“哪有什么秘籍，现实生活又不是武侠小说。”老米顿了顿，又说，“你就跟你的朋友讲，一力降十会，多练劲儿吧，劲儿大比什么都好使。”

252.

北京，亮马桥，喜来登长城饭店。

之前周导帮樱子安排的那部戏已经定档，在长城饭店办的开播发布会，媒体区和粉丝区人头攒动，声势不小。

我在二层的贵宾休息室里见到了樱子，当时化妆师正在为她补妆。巨大的落地镜里，她精致的妆容被灯光打得耀眼十足，可我还是一眼就瞧出了那光鲜背后的疲惫——她的两只眼睛都是没有神的。

我坐在旁边的沙发上，问她这里能不能抽烟。

“抽吧。”樱子随口回我一句，但又马上想起来什么似的，恭敬地问身后的化妆师，“老师您不怕闻烟味儿吧？”

“不碍事的。”化妆师好奇地看了看我，他估计没弄懂我和樱子之间的关系。

我递给樱子一根，她笑着推开了我的手：“讨厌吧你，回头儿要是被人拍着我抽烟，影响怪不好的。”

“人还没火呢，范儿先起来了？”

“滚！”

化妆师给樱子补好了妆，两人客气地寒暄一番后化妆师就先走了，休息室里只剩下我和樱子。她坐到我旁边问我：“我妈哪天做化疗？”

“下个月。”

“你辛苦了。”

我斜着眼睛看着她，真没料到这个说话从来都不着四六的主儿，能突然蹦出来这么一句话。

樱子笑了，摸摸我的头发：“你也看到了，我这段日子要跟着片方跑宣传，我忙，小文他也忙，我妈那边儿你要没事儿就多帮我照应着点儿。”

“合着就我不忙呗。”

“等忙过这一阵，我请你吃大餐。”

“瞧你这话说的，我照顾咱家老太太，就为混你口饭吃啊？”

“好啦，我知道你好，说真的，谢谢你啊。”樱子看看四下无人，调皮地把头凑过来，“给我抽一口。”

我把烟送到她嘴边，她深深地吸了一口，吐出的烟雾在明亮的灯光下盘旋上升。

“你说，也挺奇怪的，咱俩都认识这么多年了，为什么咱俩没好上呢？”

我不知道该怎么回答她，低着头默默抽烟。

就在气氛开始变得有点儿尴尬的时候，门被推开了，戏里饰演男一号的演员——一个当时还挺红的精致小鲜肉，在一众工作人员的簇拥下走了进来。樱子立刻站起来迎上去，脸上也瞬间浮现出甜美的笑容。

男主角和她友好地拥抱，互相开了几句不痛不痒的玩笑，还夸赞她的戏演得好。

我看着樱子热情洋溢的笑容，不禁暗自感叹，戏里要演，戏外也要演，名利场果然不好混。

253.

发布会上，樱子站在舞台一侧，光彩照人，几乎是一排演员中最抢眼的一个。虽然在问答环节里，针对她的提问很少，但这一点儿也不影响她的存在感。

我拿出手机，拍下了几张她在舞台上的照片，留作纪念。这是她参加的第一个正儿八经的媒体发布会，她表现得还真挺像那么回事儿。

254.

陶潜特地搭车跑了趟县城，买了好酒和烧鸡，提着去了小羊家。

在小羊的房间里，陶潜说：我想好了，我跟你走一趟广西。

小羊的眼睛瞪得又大又圆，他本来一句玩笑话，没想到陶潜竟然当了真。

小羊说：你在山里教书，虽然条件差点儿，但好歹安逸，何必要跟我去蹚那浑水呢？

陶潜说：我离开了北京，就再没想过“安逸”这俩字儿。

255.

一顿大酒，小羊最终答应了陶潜。

小羊告诉陶潜，他只要再赢三场，就攒出了十五万。用这十五万，回县城开个小超市，绰绰有余；用这小超市，养活娘、两个妹妹还有小明，绰绰有余。

再赢三场，立刻收手，打黑拳是刀尖儿上舔血的差事，谁也不能干太长。

256.

那时候，我刚刚完成了一部电视剧的全稿，犹如经历一场地狱，如今只剩一笔尾款打到就完美收工，如释重负，我迫切地需要出去散心，当时甚至一度动过去云南找陶潜的念头，不过后来想到樱妈，还是搁浅了。

樱子正是最忙的时候，樱妈身边得有个人照顾，刚巧我闲。

于是那段日子，我没事就往樱妈家的小胡同里跑。

这是我的大樱子打小玩到大的胡同，她年少时所有的欢笑与悲伤，都在这里留下过刻痕。

樱妈恢复得真不错，但她说挨了一刀还是掉了快十斤的肉。我问她："樱子最近回来得勤吗？"她说："勤，每天都来给我送饭，一天两回，但每回坐不了半小时，看我没什么事就抬屁股走人了，跟送餐员似的。"

"你说她怎么那么忙？地球离了她就不转了还是怎么着？"

樱妈的说笑声依旧爽朗得很，好像压根儿也没把已经上身的癌症当回事儿。

我逐张看着墙上挂着的樱子小时候的照片，仿佛穿越了时光，那时的樱子穿着傻傻的，表情也傻傻的，但已依稀可见是个美人坯子了。

257.

有一回，樱妈留我吃晚饭，非要做炸酱面给我吃，说这是樱子打小儿的最爱。

"我现在给她打一电话，说我炸酱呢，你信不信？她就是正跟刘德华吃饭呢也得半道儿杀回来，她就好这口儿！"樱妈缓缓往厨房走，嘴里还在不停地碎碎念，“但我就不告诉这小没良心的！她老妈刚挨完刀子，她怎么就不能请几天假跟家里陪陪我？”

我赶紧站起来扶她：“阿姨，您这刚动完刀，别亲自下厨了，樱子不都给您送来饭了吗？”

“天天不是送汤就是送粥，稀了巴唧吃完跟没吃似的。”樱妈转眼间已经进了厨房，“我今儿还就想吃炸酱面！”

“得嘞阿姨，那我给您打下手。”我见拦不住她，也不敢怠慢，赶紧跑进厨房里帮忙。

我们一边做饭，樱妈一边念叨。

她给我讲樱子小时候的故事，说樱子打小儿要强，要面子，念小学那会儿，MP3 刚流行起来，班里谁要有一台，那是当时最酷的事儿。樱子也要，结果樱妈说，我一个女人拉扯你就够辛苦的了，那追赶时髦的事儿咱就别跟着瞎掺和了，咱娘儿俩不富裕，但不富裕有不富裕的过法儿，你别学得那么爱慕虚荣。

说到这儿，樱妈叹了口气，她说现在回想起来，觉得自己做错了，当年应该咬咬牙给樱子买一台，女孩儿要富养。“那会儿她才不到十岁，我不该跟她讲这些话。”

“那她当时什么反应？”

“她一句话没说。后来这么多年，她再没主动开口跟我要过一样东西。”樱妈的眼神儿黯淡下来，“到后来你们上大学，我看她穿戴得越来越好，我知道，她自己在想办法赚钱，她是不甘心啊，可我真的给不了她那么多。”

这个向来强势的女人，说到这儿难得无力地叹了口气：

“我就是个普普通通的妈妈。”

258.

一个星期后，陶潜辞去了希望小学的工作，背上行囊，和小羊一同离开了大山。

他像只歇息够了的狼，磨好了爪牙，又一次毁掉了自己的平静，又一次让自己置身险境。

去昆明，坐火车，奔柳州。

259.

昆明火车站，夜晚。

陶潜和小羊坐在候车大厅里等着，等得正有些犯困时，忽然，前方密集的人群里响起了惨厉的尖叫声。

有人在喊“杀人了”，人群顿时骚动起来，喊叫声此起彼伏，一片混乱。

陶潜一开始都没反应过来，倒是身旁的小羊一个激灵站了起来。

距离他们不远处，刚才还密集的人群正慌乱地四散逃开。陶潜隐约看见，有人倒在了地上，倒在了血泊里，满地都是鲜血，看得让人难以置信。

等陶潜彻底清醒过来，意识到了事态的严重性时，不远处一个蒙着面穿黑衣的微胖男人，手里正挥舞着一把沾满鲜血的尖刀，已经在朝着自己的方向冲过来了。

“跑啊！”身旁的小羊一声大喊，也不管行李了，抓起陶潜的胳膊拉着他就往外跑。

这时陶潜的大脑一片空白，从刚才被困意笼罩到如今发足狂奔，不过匆匆几十秒，就跟做梦似的。陶潜跟着小羊，紧倒着双腿，方向也辨别不清，而且根本就不敢回头。

到处都是尖叫声，场面混乱极了。陶潜发现，不是只有那一个蒙面人，有好几个，这一路，陶潜不断看到有人倒下。那些蒙面人挥舞着尖刀，在疯狂地进行着大屠杀，黑红黑红的血遍地都是，像一片片恐怖的深渊。陶潜并不知道发生了什么，他不知道这些蒙面人的来头，也不知道外面还有多少个这样的蒙面人，小羊成了他此刻唯一的导航。

小羊拽着陶潜，两个人拼命地跑了不知多久，一直跑到他们谁也跑不动了，一直跑到他们听见了警车的鸣笛声，才终于停了下来。他们双双倒在地上，大喘着粗气，对望着彼此，脸上都是一样的惊魂未定，陶潜甚至发现自己的小腿在不停地发抖。

这时，一声枪响划破了黑夜。

260.

2014 年 3 月 1 日，昆明火车站暴力恐怖袭击案。

后来的事大家都在新闻上看到过了。

陶潜打电话跟我说这事儿的时候，我都不敢相信他竟然是现场的亲历者之一，我以为他那时还在云南的大山里。

陶潜说，这是他一生当中经历过的最恐怖的时刻，那个蒙面的恐怖分子抡着刀朝他和小羊扑上来的画面，令他至今心有余悸。他说在保定老米的小烧烤店里，当时面对着插在木桌上的短刀，面对着那么多的地痞流氓，他都远没有这一次感到害怕——因为那一次是江湖恶斗，这一次从某种意义上说，是战争。

这回，他真怕了。

“人的生命太脆弱了，我们远没有自己想象的那么强大。”陶潜说，“不经历一回死里逃生，永远不知道生死这事，有多么的震人心魄。”

小羊说：“陶潜，从今以后，咱们就算是过过命的兄弟了。”

陶潜点了点头：“你说得对，兄弟。”

261.

樱子把我约到簋街一家我们常去的饭馆，我到了之后才知道她并没有叫小文。

他们之间出现问题了。

樱子说就在前两天，小文像是开玩笑似的问了她一句：咱们什么时候结婚啊?

这一问问得樱子心里发慌，她之前一直很享受和小文的恋爱关系，但从未考虑过结婚的事儿，如今小文说了，她表面一副满不在乎的样子回了一句“你着什么急啊”，其实心里早已阵脚大乱。

“你们谈恋爱不就是为了结婚嘛，你慌什么啊？不以婚姻为目的的谈恋爱不都是耍流氓嘛。”

“你别耍贫，我跟你说正经的呢。”樱子神色凝重，“我真没想过结婚的事儿，从来就没想过。”

“那你现在想啊。”

“我想了，我觉得我现在不能跟他结婚。”

“为什么？”

“我现在的状态不能跟任何人结婚。”

“为什么啊？”

“我没做好准备呢。你知道吗？我当演员，最近才刚刚有了点儿起色，我头一次感觉自己离梦想如此接近，婚姻这事儿太现实了，一下子就给我拽回去了。”

“你怕结了婚以后你的事业会受影响？”

“对，我不懂那些大道理，但我知道有一件事儿准错不了，就是专注。你如果想成功，想得到自己一直梦想的东西，你就得百分之一百二十的专注，百分之一百都不够，你必须把你所有的热情和能量全用在一件事上，它才可能成真。”

“你这话说得倒是没错，但你就不能找个平衡这两件事的办法吗？难道做演员的在没混出来之前就都不结婚了吗？”

“你说的我不知道，但我知道，起码是我，现在还没做好这个准备。婚姻是个太复杂的事情，我害怕一旦结婚，我的心态就会变，我做了这么多努力，好不容易才离我的梦想越来越近，我现在做别的什么事情都没有心思。”

“小文真可怜，不知道又要等你到猴年马月。”

樱子看了我一眼，我感觉她是想跟我说些什么，可她又给咽了回去。

我们心不在焉地吃着烧烤，喝着冰啤。关于她和小文的事，我也实在不好插在中间乱出什么主意。

樱子问我：“好久没听到陶潜的消息了，他跟你联系的多吗？”

我说多，我们经常通电话。

“以前咱仨天天在一块玩儿，那时候总觉得陶潜这人怪，老把我气得哭笑不得。现在见不着他了，倒还真挺想他的。”

“思念故人是衰老的表现，你老了。”

“才没有，我逗你玩的，谁会想那个傻 ×。”樱子笑了，笑过后又叹息，“要不是因为我，他现在也不会离开北京，一个人走了那么远。”

“你错了，我觉得就算当初他没被学校开除，他毕了业也不会待在北京。”

“为什么？”

“你看他跟个书呆子似的，整天不是宅在宿舍就是宅在图书馆，但我一直觉得，他骨子里是渴望远方的。谁要把他当作呆子，谁才是呆子。”

262

广西，柳州。

天热多了。

小羊把陶潜领到他租住的屋子，房间不大，又闷又湿。安顿好行李，陶潜简单算了一下，他之前在杭州从莫小红那里挣来不少钱，在云南大山里几乎没有花过，这些钱足够他不去找任何工作而在这个城市生活上几个月，小羊提供的房子给他节省了大笔的住宿开支。

小羊说他的老板给他发了信息，中午约见面吃饭，他要陶潜一起去。

陶潜问：“你的老板是何许人也？”

小羊说老板姓何，广东人，早年靠一些灰色产业起的家，因为生性好赌又好拳，现在就从各地挖一些拳手来组织黑拳赛，广西这边所有打黑拳的，几乎都是他何老板手底下的拳手。

“自己的拳手打自己的拳手？”

“对，这个本来就是地下产业，做的人少，老板在这边是一家独大，每次的拳赛都由他来组织，让看客自由下注，他抽水。”

“那他会为了赚钱让你们打假拳吗？”

“不知道，起码我没遇到过。按理说不会，老板只拿抽水，好这个的赌徒都是家里底子不薄的，这是有钱人玩的游戏，所以赌盘每次都开得很大，他抽水都赚翻了。”

小羊给陶潜讲，每场拳赛前，会根据两个拳手以往的战绩和表现给出一个赔率，然后赌徒们自由下注。于何老板而言，只要双方不打平，他都有水可抽。

“还能打平？地下黑拳赛不都是掐得你死我活的吗？”

“怎么可能？你电影看太多了吧？”小羊笑了，“不过是蛮刺激的，等回头我领你看一场你就全明白了。”

就仿佛是要进入到一个全新的神秘地下世界，陶潜最初的感觉是既好奇又兴奋，要知道，这样的比赛，你没些门路还真看不到。

263.

中午，小羊和陶潜到一家饭馆的二楼包间见何老板。

进包间前，小羊特意叮嘱过陶潜，尽量别说话，如果老板问话，跟他讲话一定要客气点。

陶潜说懂，面子一定做足。

进包间的时候，陶潜注意到一大张圆桌只坐了四五个人，何老板坐在最中间正对门的位置，他身后还站着左右各两个精壮小伙，就像马仔一样地站着，偶尔抽根烟，空着的七八个座位也不去坐。

何老板四五十岁，大光头，矮而胖，烟不离手，很有老派江湖人的风范。

陶潜后来跟我形容，刚进去的时候，还真感觉有点儿像港片里黑社会的样子。他心里还在发笑，心想这帮人也忒能装了。

不过何老板说起话来可一点儿气势也没有，客气又随和的，哪像黑老大啊，倒像是精明的潮汕商人，念叨起来都不带停。

他甚至主动起身和陶潜握手，然后警惕地问了小羊一句：“这是哪位朋友？”

小羊说："没事的，以前酒吧里一起打工的好兄弟，自己人。"

之前小羊跟陶潜提过，接触打黑拳的行当之前，他曾在云南的一些商业氛围浓重的城市里干过酒吧内保。

何老板问陶潜："朋友怎么称呼？"

陶潜说："姓陶。"

何老板突然一皱眉，一脸狐疑地看着他："朋友从北京来？"

就说了两个字，陶潜的京腔口音就被听了出来。他后来跟我讲这一段时我们俩都觉得不可思议，因为就算是我们这种打小跟北京城里长大的土著，要从这两个字的发音上听出京味儿来，也绝非易事。

何况一个广东人。

小羊显然有点儿慌了。

要说这时候还是陶潜够沉稳，他镇定自若地说："对，我是北京人。"

何老板看着小羊："北京人跑这么远来干酒吧？"

小羊愣在那里，不知怎么答。

陶潜接过何老板的话，说："是啊，打小儿好玩儿，喜欢调酒，又喜欢旅行，我在酒吧做调酒师的时候认识小羊的。"

陶潜够聪明，他若说去云南的酒吧里做服务生，那里做服务生的北京人实在太罕见了，有点儿假，但调酒师就更容易让人相信一些，毕竟北京人天性好玩儿，兴趣使然，便说得通了——况且陶潜在杭州酒吧里做过事，他又有过目不忘的本领，大多数鸡尾酒的名字和方子他都烂熟于心，真聊起来，也不怕露怯。

何老板笑笑："不错嘛，有机会也给我调一杯酒尝尝。"

陶潜大方回答："没问题。"

何老板没再多问，热情地招呼小羊和陶潜入了座，让身后的马仔倒茶。

264.

吃饭的过程中，何老板就和小羊谈完了他的下场比赛，对方拳手的大致情况、比赛时间什么的。

从这些谈话内容中，陶潜了解到：每位拳手通常有一万块出场费，打赢还能再得一万块奖金，打输则没有奖金只领出场费，而最惨的就是打平，一旦打平，分文不入，连出场费都没得拿。

后来小羊告诉陶潜，何老板正是用这种方式，让他手底下的拳手在每场比赛中都想方设法置对手于死地，而这也正是地下黑拳赛区别于正规职业搏击的最大看点之一——刺激。

正事聊得差不多了，小羊突然想起来什么似的，问："老板，最近华哥怎么回事？我怎么一直联系不上他？"

何老板脸色一沉，叹一口气："还没有人跟你讲吧？就在你回老家这段日子，阿华他打了场比赛，输得好惨，可能今后都不会再打拳了。你要有空，替我多去看看他吧。"

"华哥他怎么了？"小羊一下着急起来。

"不说了，回头见到他，你自己去问他吧。"何老板显然不太想再聊这事儿。

后来小羊就完全没心情吃饭了，匆匆扒拉几口，就拉着陶潜跟何老板告辞。

临走前，何老板打量着陶潜，用一种意味深长的语气对小羊说："有空带这位朋友一起下场子里玩玩，他看样子像是手气壮的人。"

265.

从饭馆出来，小羊说："走，你跟我去看华哥。"

小羊告诉陶潜，华哥也是何老板手下的一位拳手，而且他就是最早拉小羊入行的人。小羊初到广西时人生地不熟，也是华哥一直在帮衬着他。在小羊眼里，华哥不仅给他提供了一条生财之道，更是一位仗义耿直的好大哥，小羊一直非常非常尊敬他。

“半个月了，我一直联系不上他，我当时就有预感，他可能是出事了。”小羊对陶潜说。

陶潜跟着他各种穿街走巷，来到一栋老旧的居民楼里，本就狭长的走廊还堆积着各种落满灰尘的杂物，他们几乎是踏着那些杂物才来到了华哥家门口。

小羊敲敲门，没人应，一拧，居然没锁。

两个人小心地走进屋里，小羊叫了声“华哥”，听到一个虚弱的应答声，赶紧匆匆往里屋跑。

陶潜看到，那位华哥头上缠着纱布，辨不清眉目，光着膀子，腰间也被纱布裹满，小腿上还打着石膏，他躺在一张肮脏的单人床上，看上去状况简直糟糕透顶。

华哥要起身，小羊赶紧让他躺好。小羊都快哭了，华哥面无表情，两只眼睛即使说话时也一直盯着天花板。

华哥说，老板手下新来了个缅甸拳手，两个星期前老板问他愿不愿意和那缅甸人打，给五万块出场费。五万块，对于他们这样的黑拳手来讲不算小数目了，华哥想都没想就应了下来，后来才知道那人以前在缅甸是打当地最高级别的职业赛的，因为混不出头又想捞点钱，才来何老板手下打起了黑拳。

一交手，华哥才发现根本不在一个水平上，肋骨被打断了三根，脸上被开了无数道口子，最要命的伤是小腿胫骨，完完全全地被缅甸人给踢断了。

“我算是废了。”华哥依旧面无表情，“我还不到三十岁，医生说再也别想干体力活了。”

一种难以言喻的绝望笼罩着这间不足十平米的破败小卧室，陶潜第一次直观地感受到了这个神秘行业的残酷性。不知怎的，他突然想起在保定的医院，他随老米去看望老米师父时的场景，历历在目。

266.

华哥家楼下，哥儿俩蹲在马路边上抽烟。

陶潜问小羊，像华哥这样的，以后怎么办？

小羊茫然地摇摇头，说他也不知道，反正这样肯定是打不了拳了。

陶潜又问：“老板就不管他了，是吗？”

小羊兀自抽着烟，没回答陶潜。

两个人沉默了一阵。

陶潜说：“小羊，早点儿收手吧。”

小羊生硬地笑了笑，扭头看着陶潜：“怎么，你害怕了？”

陶潜没说话。

小羊说：“我在场子里也打了一段时间，还真没见过伤成华哥这样的。”小羊想了想，说：“这属于个例。”

见陶潜抽着烟不说话，他又说：“通常我们一个月能打两场，你想想，受伤能有多严重？”

“小羊，你能带我去看一次拳赛吗？”

小羊抽了口烟，点了点头：“行，我来安排。”

267.

没工作的日子真好啊。

再不必为了婆婆妈妈的对白费心，再不必为了又狗又血的剧情伤神。

手上没了稿债，我每天能睡十二个小时以上，醒着的时候，闲得都发慌。樱子很忙，小文很忙，陶潜身在千里之外，我悲哀地发现，在偌大的北京城里，当我停下工作想找个人出来打发打发光景时，竟找不到一个合适的人选。

人在这种时候，最容易胡思乱想，一胡思乱想，就容易想喝酒。

我去楼下买了几瓶啤酒，还给自己准备了一些下酒菜，独斟独饮实在太凄凉，我准备看一部烂俗的商业喜剧片，不用动脑子的那种，让屋里有点儿声音，寂寞就不会进来。

这感觉，我想每一个独居的人都深有体会吧。

然后我就收到了樱子发来的微信，她发了个饭店地址给我，还说：快，现在出门打个车，来这里接我。

我问：干啥呀，自己没手没脚呀，回个家还要人接？

她直接发个暴怒的表情，说别逼逼了，快点儿过来。

我知道没什么大事儿，真要出了大事儿她没心情发表情的，就打算磨蹭磨蹭再走，可她在一分钟内不停地微信轰炸我，似乎事儿也不小。

能是什么事儿呢？

268.

我打车赶到饭店时，远远已经看见樱子站在路边等我了。

三月开春，她已经穿上连衣小短裙，大老远的就看见两条大长腿晃呀晃的。我跟司机说：“师傅，您就停那女的跟前儿就成。”

司机师傅也是个贫嘴：“这满大街那么多女的，你说哪个啊？”

“您看哪个最显眼？刚三月份就嘚嘚瑟瑟也不怕冻着的那个！”

师傅麻利儿地一脚刹车，停在了樱子跟前儿。樱子回身跟什么人挥了挥手，就钻进了车里。

我顺着她挥手的方向望过去，是一个中年男人，距离较远看不太清，但我还是感觉有几分面熟，而且一种文娱圈工作者的第六感告诉我，这人一定是同行。

樱子坐在我旁边，显得有些疲惫，她问我吃晚饭没。

我说：“正要吃，被你一个短信给叫出来了。”

她说：“正好，我们去喝点儿，刚才吃饭没喝酒，现在想喝。”

我说：“那就去我那儿吧，酒菜都备好了。”

车开出去几公里了，樱子格外地沉默，低着头偶尔看看手机，一句话也没跟我讲。

我突然间一拍大腿：“我去，刚才那人，不是周导吗？”

269.

我家。

我喝酒，吃菜，樱子只喝酒。

我有点儿不高兴：“你怎么还跟他有来往？你到底什么意思啊？”

樱子叹了口气。周导今天到的北京，给她发了信息约她一起吃晚饭，她不敢说不，马上要开播的这部戏，毕竟是人家周导帮忙给她安排的。

“什么叫‘帮忙’啊？这算哪门子‘帮忙’啊？他为什么给你安排戏你自己不清楚吗？”

樱子喝下好大一口酒。

“我也怕，他刚才说喝点儿酒，我说不了，我还撒了个谎，说一会儿我男朋友过来接我。他就笑，说我在骗他，说我肯定没男朋友。没办法，我不敢真把小文叫过来，只能给你发信息。”

我笑：“难怪你不想跟小文结婚呢。”

樱子说：“你别挖苦我了成吗？我够烦的了。”

她说完从茶几上拿了根我的烟，自己抽了起来。

我问她：“那他现在什么意思？还想跟你发展发展？”

“我也不知道。”樱子叼着烟，疲惫地仰靠在沙发上，望着天花板，“你知道最要命的是什么吗？最要命的是，我发现我现在并不那么讨厌他了，甚至还觉得他有点儿魅力了。”

我本想说一句“那是，人家是圈内知名大导演，能没魅力吗”，但看着樱子疲倦的双眼，我到底还是把这话咽了回去。

“今天我俩聊得挺多的，他讲的事情都挺有意思的。我发现我对他并不那么反感，之前可能有一点儿吧，但也算不上讨厌，要说讨厌——”樱子长长地吐了一口烟，“其实从头到尾，我唯一讨厌的人就是我自己。”

我叹口气：“何必呢？就非得成功不可吗？”

樱子扭头看着我，忽然间有些激动起来：“非得成功不可吗？当然了！不然我这一天天的在干吗呢？！我都走到这一步了，现在谁也不可能让我后退！我没退路了，什么‘回头是岸’？全是胡扯！我的岸就在前面，我就那么一个岸，我必须往前游！”

我看着樱子，忽然想到了不久前，在樱妈家里，樱妈给我讲樱子小时候的故事。如今，她不再是那个管家里要东西遭到拒绝的小可怜儿了，她长成了一个挟风带电、夺目耀眼的女人，她有实力凭借自己，得到那些她想要的东西。

而我无话可说，除了喝酒也不知道该做什么。

樱子又说：“我知道，你觉得我有点儿着魔了，可这就是我的人生呀，这就是我来到这个世界要完成的事情呀！我也不知道该怎么面对小文。其实我心里清楚，就是我自己害怕负责任，不只是对小文，我对任何人都害怕负责任。”

270.

半个月后，广西。

晚上八点左右，小羊和陶潜在一条行人很少的公路旁，边抽烟边等待来接他们的车。

没过多久，一辆商务车停在他们面前，司机看了眼小羊，又谨慎地打量起陶潜。

“没事的，熟人。”小羊跟司机讲。

司机挥了挥手，让他们上车。

在车上，小羊告诉陶潜，能去场子里看拳赛的，都要通过熟人介绍，生人就算听说过这边有黑拳赛想去见识一下，也概不接待。另外，就算是经介绍的熟人，也要给现在这开车的司机一千块钱车马费，这就相当于门票钱了。

陶潜打开钱包，问现在要不要给车马费。

司机和小羊都笑了，司机大方地挥了挥手：“没事啦！我和小羊好熟的兄弟啦！你是小羊的朋友，大家出来闯都不容易，车马费就不收你的啦！”

陶潜知趣地对那人说了声：“谢了，兄弟。”

271.

车子一路往城外开，看来那所谓的拳场应该是设立在郊区。

约莫过了半个小时，车子终于开到一片看上去似乎早已荒废的工厂区，司机停下车，说到了。

小羊领着陶潜，轻车熟路地往里面走。天色渐晚，这工厂看上去又黑漆又阴森，不知情的人绝难想到在这里面竟然别有洞天。

在最深处的一间大厂房里，陶潜终于见识到了传说中的地下黑拳赛场：空旷的厂房吊着几盏极亮的大瓦数灯泡，把这里照耀得亮若白昼，中间摆着巨型的四方拳击擂台，四面围着软沙发和茶几，不远处竟然还有冰柜和桌台，上面摆有各种洋酒、冰饮、香烟、雪茄、小食。

“那些东西随便拿，你要不要来点什么？”小羊问。

陶潜摆了摆手。

“这里可没服务员，这种事，知道和参与的人越少越好，所以一切都是自取。”小羊为陶潜解释着，两个人找了一张沙发坐下。

“大额的投注都是提前打给老板的，你看那边。”小羊指着擂台旁的一张方桌，桌旁坐着一个大胖子，正在专心地用笔记录着什么，桌上还摆着五个黑皮箱子。“小额投注可以在开赛前直接用现金下，然后现场返奖，那几个黑皮箱子里装的全都是现金。那个大胖子，他就是专门负责记录投注的。”

一拨又一拨的赌客陆续地被司机们接来，大家纷纷入座，这时候气氛明显比刚才热了不少。陶潜注意到，来这里玩的赌客当中竟然还有不少女人，有的花枝招展跟着男人，有的又肥又丑但穿戴奢华。

随着赌客们相继落座，一排排的马仔也都进了场，围绕着场子或站立或巡视，这些自然就是何老板安排来看场子的人了。

陶潜点了根烟，静静地等待着拳赛开始。

小羊问他：要不要小赌一把？

陶潜摇了摇头，说：如果是你上去打，我就在你身上押点儿钱。

272.

何老板组织的黑拳赛，每周一次，一次十场，意味着今天将会有二十名像小羊一样的拳手走上擂台，拼死搏杀。一次十场的安排，也促进了赌徒们的疯狂下注，即使你第一把没下准，后面也还有九把的机会，足够你翻盘。

小羊告诉陶潜，不少赌徒都会用倍投的方式疯狂下注，所以越到后面，赌盘开得越大，而比赛的顺序安排也是越厉害的拳手越排在后面出场，最后的压轴赛就是最厉害的两名拳手打，通常打得也最精彩最刺激。

“那你打过压轴赛吗？”

“没有，我最多就打过倒数第三场。”

“我好像从来都没问过你，你的战绩怎么样？输过吗？”

小羊忽然得意起来，往软沙发上一靠，跷起了二郎腿：“全胜。”

比赛开始了，现场在片刻间沸腾，赌徒们像失心疯了一般大吼大叫起来。陶潜坐在一旁，眼观六路耳听八方，他完全能够理解这种极度的狂热，因为这些都是押了真金白银的主儿，看着自己押钱的拳手脸上挨一拳，估计比自己被打一拳还要疼。何况，暴力欲本身就是潜藏在人性底处的一种欲望，当它和金钱——也就是贪欲挂上钩时，人们不疯狂才怪。

所以这种比赛如此吸引人，是有其深层内在原因的。

面前这光怪又残忍的一幕幕，其实就和在杭州夜场里看到的一样——即便是周遭飘浮的空气之中，都流动着人类的欲望，只是更加野蛮、原始，也更浓更烈。

陶潜发现，擂台上竟然还有一位裁判，怎么打黑拳还要有裁判呢？

“当然要有裁判。”小羊解释说，“电影里打黑拳没裁判，那是瞎编乱造。不过电影里有句经常出现的台词，倒是真的。”

“什么？”

“这里唯一的规则，就是没有规则。”

果然，擂台上两位拳手疯狂地挥拳踢腿，想方设法地轰炸着对方的身体，而且逮准机会就往对方要害处打：后脑、咽喉、两肋、下体。他们都不戴任何护具，甚至不戴拳套，只各自穿条短裤，赤膊上阵。

“没有规则的话，裁判是干什么的呢？”

“其中一方被打得失去还手能力的时候，裁判要上前终止比赛，裁判就只负责这个。”小羊说，“换句话说，裁判就是最后那个拉架的人，拳手打红眼了不管不顾的，一心就只想着干死对方。没个清醒的裁判在旁边，是真会打死人的。”

每场拳赛三个回合，一回合五分钟，每回合之间休息一分钟。小羊说这是为了让拳手保持更好的体力，打起来才能足够凶狠、刺激。要是两人都没劲儿了，谁也抡不倒谁，观众就该起哄了。

真的是好凶猛啊！陶潜看到：有拳手在近身后疯狂地用肘击砸对方的太阳穴；有拳手在将对方踹倒在地后，冲上去拼命用脚踩对方的头；还有拳手骑在对方身上，像擂鼓一般，使足了力气抡拳砸对方的脸。

简直无所不用其极。

血沫四溅，拳来腿往，这里是真正的你死我活，没有仁慈和道理可讲。

“干我们这个的，谁也不愿意打成平局。”小羊边看比赛边说，“要是三回合下来，裁判没终止比赛，那无论谁占优势，都是平局，所有下注金额退还，而我们一分钱都拿不到。”

陶潜摇头感叹：“所以，一定要想方设法把对手彻底干掉，差一点点都不行？”

“对，这里的世界就是这样，差一点点都不行。”

273.

压轴赛。

主持人介绍双方拳手，陶潜和小羊同时一个激灵，因为他们都听到，其中一方的拳手来自缅甸，他们知道，这一定就是那个差点儿要了华哥命的人。

一个黑而精瘦的缅甸男人，周身笼罩着决绝的杀气，他虽不显得强壮，但黝黑的身体看上去就像一块坚硬的黑铁，结实得似乎无坚不摧。

一看就是个狠主儿。

小羊伸着脖子，目不转睛地盯着缅甸仔，他的每次攻击、防守、防守反击。内行看门道，但即便是陶潜这样的外行，也看得出来，缅甸仔的对手跟他压根儿就不在一个档次上。

果然，一个回合都没打完，缅甸仔找准空当，抡圆了一腿高扫，如伐树般砍在对手的脑袋上，对手的身子一软，直挺挺地栽了下去。裁判几乎是扑了上来终止掉比赛。

赛场沸腾了，赌徒们的喊叫声震耳欲聋，也分不清谁是赢钱的谁是输钱的。

这时几个马仔赶忙抬着担架跑上擂台，把已经被踢昏过去的拳手抬走了。

陶潜问小羊：“他们要把他抬到哪儿去？”

“固定的医院，离这儿不远的一家。”小羊说，“老板和那家医院有关系，凡是比赛里受伤的拳手都往那儿送，医生拿了好处，也不多问，就管治。”

“从来没出过事儿吗？”

“能出什么事？”

“比如打死了人？”

“没有，不然裁判就别混了。”

台上，主持人宣布获胜方。缅甸仔对着台下的赌客们，做了一个无比凶狠的割喉礼，目光炯炯，气势汹汹，俨然在这地下王国里，他此刻就是国王。

274.

第二天，小羊便开始了刻苦的训练，距离他打比赛的日子已经不远了。

小羊带陶潜到当地一家泰拳馆，他平常都是在这里训练备战。“广东广西，泰拳馆最多，这边时兴这个，凶猛、毒辣，实用。”

陶潜不懂拳术，也从未曾进过拳馆，倒是泰拳馆里摆着的一些佛像神龛吸引了他的注意力。

“小羊，你信佛吗？”

“我不信那个，”小羊嘿嘿笑着，“我只信我自己。”

小羊告诉陶潜，这家泰拳馆，在当地是最好的，他每天在这里最少也要训练四个小时。这个训练量对职业拳手来讲算小的，但对黑拳手来讲算大的。

人们对于黑拳，普遍存在的一个误区就是，总以为打黑拳的都是一些藏身于民间的绝世高手——其实真正的高手，永远都是职业赛场里的职业拳手。黑拳手里，有多一半只不过是比较能打的混混，少一半则是在职业赛里混不下去的三流拳手，还有像小羊这种，为生活所迫的苦出身。

其实想想也不难理解，大家都是成年人，打拳不为别的，只为了钱，职业拳赛动辄百万的奖金根本不是黑拳赛比得了的，真有本事的人，谁会去打黑拳？换句话说，黑拳赛的整体水平其实是相对较低的，它之所以能吸引看客，一是因为赌博，二是因为规则开放，足够血腥、刺激。

“所以那个缅甸人才显得厉害，”小羊说，“你记得华哥有讲过他的背景，他在缅甸打最高级别的职业赛，混不出头才来抢我们的饭碗。”

尽管黑拳手们水平良莠不齐，但训练上多流一滴汗，擂台上可能就少流一滴血，毕竟这是豁出命的买卖，谁也不敢懈怠。小羊专注地打沙袋，甩哑铃，和教练模拟实战。陶潜坐在一旁，无事可做，在一众肌肉男之间显得尤为文弱。

然后他就看见了一位姑娘。

在拳馆这种雄性荷尔蒙笼罩的地方，有个姑娘实在扎眼得很，尤其那姑娘还面容姣好。

姑娘正在和一位教练做打靶训练，陶潜看着她纤细的小腿踢击在脚靶上，竟能发出那样巨大的啪啪响声，实在是不可思议。

陶潜看得专注，训练间隙的小羊坐到他旁边，他浑然不觉。

“眼睛都看直了。”小羊一推他，然后顺着他的目光看过去，“行啊，有底子，怎么以前从来没在馆里见过她？”

275.

新剧开播。

终于在电视上看到了大樱子。

为此，我一个从没追过国产电视剧的人，破天荒地每晚准时守在电视机前，等待着樱子的出场。

能看出来她有多用心，她的演技和从前拍那些滥俗网络电影时相比，简直不可同日而语，现在说她是北影中戏科班出身，估计也没有人会怀疑。

我还专门给陶潜打电话，说：你快看啊，咱们的大樱子上电视了！陶潜幽幽地说：我这儿没电视。我说：那你用电脑啊！陶潜幽幽地说：我这儿也没电脑。我说：那你使手机上网看啊！陶潜幽幽地说：我的手机上不了网，就算能上网，我这儿也没网。我说：你到底是在广西还是在云南的大山沟里呢？

前面说过，这部戏在当时播得挺火，也算给樱子带来了不小的人气。当有一回樱子在地铁一号线里，被一个女孩儿认出来时，可能是骨子里不愿意让人知道她还在乘地铁，她笑着说，长得像，老被人认错。

女孩儿手里捧着的iPad，正在播放着这部戏，她看了又看，反复对比着戏里的樱子和戏外的樱子，说肯定就是你，一模一样的。

地铁刚好到站，樱子话都没答，慌不择路地就逃跑了。

这次经历让她意识到，自己的机会真的已经降临，她之前所有的付出都不白费，功不唐捐。嗯，她不信神婆就对了。然后她暗自下定决心，从此再不要坐地铁，多近的路也不坐了。

276.

小文公司楼下的日料店，我和他相对而坐。

晚上八点半，小文刚刚下班，他只叫了我，没叫樱子。

小文说，连他的同事，都有在看樱子演的戏了，但他们谁也不知道，他就是里面那个女演员的男朋友。

我低头默默喝着味噌汤，不知小文到底要说什么。

小文犹犹豫豫，又停又顿了半天，最后跟我说，他决定向樱子求婚。

我表面镇定，内心担忧，以樱子和我讲过的话还有她现在的状态势头来看，小文真的没有一丁点儿成功的可能性。

我越想越不安，怕这事最后会闹得大家都不愉快。于是我劝他："你们俩才认识多久啊，她现在又正忙，非得挑这个时候不可吗？"

小文微笑："我们两个人的工作性质，永远都会在忙，但再忙也不能忘了生活。"

"再想想吧。"我没法劝他太多，他似乎胸有成竹，信心满满，我更没法跟他讲樱子对我说过的话。

"我想清楚了，希望你能做我们的见证人，你是我们最好的朋友，我希望当着你的面，向她求婚。"

"为什么非要挑现在呢？再等等不行吗？"

我再三的劝阻终于引起了小文的怀疑，他诧异地看着我说："你是不是觉得她不会答应我？"

话说到这份上了，我也真没法再劝了，我只能说："没有，你们俩的感情，你们自己最清楚。"

不知为什么，尽管他看上去显得信心十足，但我打心眼里觉得，他其实是害怕了。求婚这种事，固然是情到浓时的一种自然表达，但有些时候，它也可能是急切地为了得到一个答案——我举个例子，你们都知道的，就是在读大学时，樱子也曾急切地问那位她交往的土豪大叔到底愿不愿意娶她，其实也一样是因为樱子自己害怕。

总之，在与樱子之间的感情上，我觉得小文不如从前那般自信和从容了，他需要她给他一份承诺，他开始担心，有一天他会把握不住她。

因为我们谁都清楚地知道，樱子想飞，她也大有希望飞得很高。

277.

广西。

小羊的比赛日。

陶潜以他的 Corner（场角）身份，得以入场。以前，小羊的 Corner 是华哥，华哥的 Corner 是小羊。其实说白了，这种黑拳赛里所谓的 Corner，无非就是在回合间歇，帮自己的拳手支好椅子、递好毛巾和水，顶多再提些作为旁观者的意见，和职业搏击比赛里能为拳手制订每回合作战计划的 Corner 远远没法相提并论。在这里，Corner 更像是再普通不过的助理。

更别提陶潜这样的外行了。

小羊是倒数第三场，还没轮到，此刻他和陶潜在旁边的一处小仓库里休息，这儿是何老板为拳手们安排的休息区。小羊披着件大衣，反复地搓着手掌，攥拳头，虽然他脸上还和以往一样挂着大男孩儿般的笑，但那种紧张感是根本无法掩饰的。

陶潜也紧张，替小羊紧张，他从没见过小羊与人交手，但他已经见识过了黑拳赛的惨烈，他根本没法把平素开朗爱笑的少年小羊和这种血腥残忍的人类角斗联系到一起。

光是想想，都惨不忍睹。

何况他还是那样一个贫穷家庭的顶梁柱，陶潜想到小明，和他们那位跛脚的妈妈，心里一阵阵地抽搐。气氛太压抑了，他和小羊打声招呼，自己躲到外面抽烟去了。

不断有赌客进出场子，有的欣喜若狂，有的大声叫骂，每个人情绪都很激动。陶潜蹲在一旁安静地抽烟，这时，一个姑娘站在了他的面前。

陶潜抬头一看，嘿，这不就是那天在拳馆里看到的那位姑娘嘛。

近看之下，姑娘的确长得很俊，她穿件 oversize 版的宽大帽衫，帽衫的下摆几乎盖住了她多一半的热裤，两条露出来的小细腿雪白而笔直，夸张的大球鞋，头上反扣一顶棒球帽——而最引陶潜注意的是，她嘴巴里居然还漫不经心地叼着一根棒棒糖——真的，要不是那天在拳馆里亲眼所见她踢靶时的凶狠凌厉，无论怎么看也想象不出她会拳脚功夫。

姑娘显然也认出了陶潜，她笑起来时，隐约露出两颗小虎牙，眉眼一弯，又有几分像混血，她说："呀！我记得你！那天在拳馆里我好像看见过你。"

陶潜木然地点了点头。

"你是拳手？"

"不是。"

"我看也不像，你那么文弱。"

"哦。"

"那你是来看比赛的？"

"也不是。"

"那你干吗来的？"

"我朋友来打比赛，我是那个帮他递水和凳子的。"

姑娘蹲下来，笑嘻嘻地瞧着他，一伸手："我叫娇娇，你好呀！"

陶潜和她握了握手。

"你朋友厉不厉害？厉害的话，我就全买他！"

"我不知道。"

"你的朋友你不知道？"

"我真不知道。"陶潜想了想，又说，"反正他说他没输过。"

姑娘笑了："行，那就是他了，你们第几个出场？"

"第七场，红方。"

"好，要是赢了钱，我请你们俩吃宵夜！"

娇娇说完，开心地转身跑了。陶潜看着她的背影，感到有些莫名其妙，这样一个青春气息爆棚的小姑娘，和这种黑色的地下角斗场违和感实在太大了，她究竟会是个什么人呢？

278.

小羊上场了。

陶潜在台下看着，紧张得手心直冒汗，他稍一扭头，就瞧见观众席里，娇娇正望着他，还朝他比了个大拇指。

小羊的对手是个文身男，文身遍及后背和四肢，一脸凶煞，看样子像是混帮派的打手。第一回合，一开场，文身男扑过来抡起拳头就往小羊的脑袋上砸，陶潜看着都觉得疼。小羊的鼻子很快就被打流血了，血蹭得满脸都是，看上去十分血腥可怖，而此时台下的观众们却都像鲨鱼嗅到了血腥气儿一般，顿时就欢腾了起来。

陶潜心跳加速不止，他见小羊一直都在防守，场面上简直被动极了，但聪明的陶潜很快又发现，小羊虽然挨了些拳头，但文身男的绝大多数攻击还是被小羊有效地挡了下来。小羊虽然满脸是血，但看上去仍旧十分清醒，防守也做得有板有眼。

看来他有他的计划，陶潜稍稍放心了一些。

回合结束，陶潜立刻冲上擂台，给小羊支好椅子，拿毛巾擦掉他脸上的鲜血。

"水，水。"小羊喘着粗气对陶潜说。

陶潜递水给小羊，他回头看看对面，文身男喘得比小羊厉害多了，感觉气儿都快要倒不过来了。

陶潜急忙问："你在等机会对不对？你看他，他已经累得不行了，你就是在等他累？"

小羊露出个浅笑，点了点头："你可以，能看出门道来了。"

"小心点儿吧，你的鼻子没事儿吧？"

"这种伤，就是看着血乎，最不值一提了。"

休息时间到，裁判示意陶潜离开拳台。陶潜拍拍小羊的肩膀，小羊对他点了点头。

第二回合，文身男的攻击频率明显降低了，力道速度也都大幅下降，小羊的鼻血还在流，滴得擂台上到处都是。到回合过半时，小羊终于开始还击了，一拳重重抡在了文身男的眼眶上，那家伙当即就被打了个趔趄，顿时弓着身子，像只虾米一样弯下了腰。小羊瞧准时机，两手按着文身男的脑袋，一膝盖重重地顶了上去，文身男直接就被顶翻出去，身子重重地仰倒在了擂台上。

素来冷静的陶潜，这时再也控制不住地一摔凳子，和身边那些疯狂的赌徒们再没什么两样，也大声喊了起来。

小羊如杀手嗅到了杀机一般，趁势扑了上去，骑坐在文身男身上，两只拳头使足了力气朝他脸上一顿狂轰滥炸。文身男很快就被打挺了，两手一垂，已经任由小羊宰割。裁判及时冲上来抱住小羊，终止掉了比赛。

陶潜激动到不行，冲上拳台和小羊紧紧拥抱。小羊高举双手，呼喊声从四面八方潮水般涌来。陶潜终于切身体会到如此残忍的比赛为何会有它固定的拥趸，这短短不到十分钟的经历，此起彼伏，触目惊心，多么让人血脉偾张啊！

279.

那位叫娇娇的姑娘，真的把钱押在了小羊身上，这回她赢了不少钱。

陶潜和小羊收拾好了往外走时，娇娇横在门口，拦住了他们俩。

“两位帅哥，我请你们吃宵夜啊！”

小羊惊讶地看看娇娇，又看看陶潜。

陶潜一耸肩：“可能就是缘分吧。”

回到市里，晚上十点多，夜市排档正是最热闹的档口，娇娇点了满满一大桌子东西，叫陶潜和小羊千万别客气。

小羊跟娇娇开玩笑，拍着陶潜说：“我这兄弟自打那天在拳馆就盯上你了，你们真是有缘啊，绕了这么一大圈，还能遇上。”

娇娇性子豪爽，虽然个子小小眉清目秀，却一派江湖人物的风范，举起手里一大扎啤酒，敬小羊。

“兄弟，你打得真好！我看你第一回合专心防守，就猜到你要蓄势待发。有勇有谋才是聪明的拳手。来，喝！”

她甚至还大大方方地勾着陶潜的肩膀：“他说的是真的吗？你真的喜欢我呀？”

陶潜说：“他跟你开玩笑的。你是做什么的？”

娇娇白了陶潜一眼：“喝酒就喝酒，英雄不问出处懂不懂？我干什么的你也要管？！”

陶潜笑了：“好，喝酒喝酒。”

说真的，陶潜这一路走来，不说阅人无数，但多少也有了些见识。绝大多数人，搭一眼，聊两句，大概也能摸到些底，唯独这位自称娇娇的姑娘，陶潜是真心没见过这款，完全搞不懂她究竟是个怎样的人。

虽说英雄不问出处，但好歹大酒一场，喝到后面，自然也就聊起了各自的情况。当娇娇从口无遮拦的小羊嘴里得知了陶潜的全部经历时，看陶潜的眼神都变得不一样了。

“狼行千里吃肉，看你文质彬彬的，想不到也是位豪杰！”娇娇说，“你们俩的组合真有意思，一文一武。我能加入你们吗？你们愿意带我一起玩吗？”

“愿意啊，陶潜也愿意。”小羊说着看看陶潜，陶潜一副无所谓的扑克脸。小羊又说：“女英雄，那你现在该告诉我们你是干什么的了吧？”

娇娇的话说得很含糊，大体来讲，她和陶潜情况差不多，之前也一直在四处云游。她家里是做生意的，条件应当是不错，而她自小就贪玩，又极喜爱拳脚，听说广西这边有地下黑拳赛，出于好奇便过来看看。

陶潜忍不住问了一连串现实的问题：你不用上学吗？你不用工作吗？你家里不——娇娇一挥手打断：你怎么那么多问题？刨根问底的真讨厌!

陶潜“哦”了一声，不说话了，心里对这位神秘的娇娇愈发起疑。

娇娇说自己每到一个地方，先要去当地最好的拳馆看看，她爱拳如命，所以也就是在那里，她和陶潜与小羊第一次相遇。

小羊问：“可是能进来场子里看拳的客人，都要有熟人介绍，你是怎么进来的？”

娇娇说：“我费了好大劲才打听到门路，多给你们的司机塞了些车马费，钱是很好用的东西，何况我长这么大，还从没在国内看到过真正的黑拳比赛呢。”

娇娇瞥了眼陶潜，对小羊说：“他都不懂拳，递递毛巾递递水还行，你让他做你的 Corner，开什么玩笑?！你也是打擂台的人，难道不知道 Corner 有多重要吗？以后你带上我，我比他有用得多。”

小羊生性爽快，借着酒劲咧嘴一乐：“没问题！以后大家都是朋友，你真不嫌弃我俩就跟着我俩一起玩吧！”

“好棒！”娇娇开心极了，她两条腿放在窄窄的塑料椅子上，显得娇小又灵活。她拍着身旁的陶潜说：“听到没有？你以后就只负责递水和毛巾，别的事情都让我来！”

陶潜笑笑，眼前这位娇娇，实在是简单又不简单，她适才讲述自己，说的全是大致轮廓，关于她的底，陶潜真的一丁点儿都猜不到——但他素来灵验如张飞的直觉告诉他：这位姑娘的来头绝不简单，普通的生意人家，没可能养得出这一款来。而当她举杯饮酒时、大笑大闹时，那一派势不可当的青春美好，却又分明是不谙世事的单纯。

280.

北京。

小文约了我和樱子吃饭，我忧心忡忡地赴约。

夜晚，在三里屯一家西餐厅的楼顶平台，有好看的灯火、舒缓的弦乐、不凉的晚风。

只我们一桌客人，我猜或许是小文包下了平台。

樱子一定也察觉到了什么，低头默默分割着牛排，切得精细而缓慢，好似一场故意拖延时间的手术。

我也一样。

最后的甜点端上来后，服务生都下去了。小文看着樱子，樱子不敢看小文。

然后小文就从西服里层掏出了一个精美的红色盒子，他刚要开口说什么，樱子忽然拦住了他。

"小文，你别说了。"

樱子看着小红盒子，脸上是一种复杂的笑，她有些心疼地摸了摸小文的手。

"你不用说，我知道你想干什么。"

"那你愿意吗？"

樱子沉默着，然后她深深地吸了口气，说："小文，你愿意再等等吗？我觉得现在还不是时候。"

小文的脸色风云突变，但长久在职场中训练出来的镇定让他没有立刻讲话，可再高明的处变不惊也无法掩饰他此刻脸上写着的失望。

我就更别提了，这时候简直连大气都不敢喘一下。

樱子说："我明白你的心意，但我现在真的没心情谈这个，可能我最近太累了，再给我些时间吧，小文，好吗？"

小文只说了个"好"字，就默默地把小红盒子收了回去。

气氛尴尬极了，我们三个人都低着头，谁也不敢看谁，谁也不知道该讲什么。

樱子最先忍不住了，她拉着小文的手："你不要不高兴，我不是拒绝你的意思，我只是还没做好准备。你也知道，我努力了那么久的梦想，现在刚刚有了点儿起色，我现在满脑子想的都是演戏，接下来公司还会给我戏，大大小小的，可能还会有院线电影，这些都是来之不易的机会，我必须全神贯注，哪个我也不能错过。"

小文仍旧低着头，但是他说："那你就不怕错过我吗？"

樱子一惊，很快又一如既往地故作轻松，她笑笑，问小文："会吗？"

小文终于抬头看她了，他也在轻松地微笑："不会。"

气氛似乎好转了一些。

我长出一口气。照理说现在该我出场插科打诨一番圆圆场了，但我找不到话题的入口，所有的抖机灵都显得唐突而无力，还不如就这么沉默。

甜点都不甜了，空气也显得别扭，我只盼着这顿饭早早结束，我想他们俩也一样。

281.

小文素来话少，腼腆。

但其实他的内心，最是敏感。

他有多爱樱子，如果你曾见过他与她在一起时，牵着她手看她的那种眼神，你就能感觉得到。他对樱子的爱，从未有过过分炽烈的表达，不是火，是水，无边的静默与深沉。

我也说不清，是不是从樱子拒绝了他的这次求婚开始，他对樱子的信任感降低了，他变得比以前更加关注樱子——我说的当然是指过分的关注，他开始用力地把握着她，生怕她有一天真的会飞走。

282.

陶潜、小羊和娇娇日渐熟络起来，三个人开始整天厮混在一起。

就像当初的我、陶潜和樱子一样。

娇娇住柳州最好的酒店最贵的房间，陶潜和小羊睡他们的出租屋。白天他们会合，多数时间里，他们一起泡在拳馆，娇娇说自己现在是小羊的 Head Coach（主教练），每天都认真地给小羊制订全部的训练计划，力量、技术、体能，甚至包括拉伸和饮食。说起拳来，娇娇总是滔滔不绝，俨然半个训练专家。小羊以往杂乱无章的训练日程，被娇娇安排得井井有条。至于陶潜，当然也就只能给娇娇打打下手了。

娇娇甚至自掏腰包，每天给小羊补牛羊肉和鸡蛋，她说：“三分练七分吃，你看看你，太瘦了，快快壮起来，身大力不亏懂不懂？一力降十会懂不懂？”

一力降十会——陶潜想起来，这是老米曾跟他说过的话。

娇娇还对陶潜说：“你也应该练练，你看你像根竹竿一样，将来被人欺负怎么办？”

陶潜露出他招牌的不屑一笑：“垃圾。”

娇娇：“我一个女孩子都能打趴下你，你信吗？”

陶潜默默地向外挪远几步，继续用鄙夷的小眼神儿瞧着娇娇。

娇娇被他的模样逗得哈哈大笑。

很快，事情来了，何老板给小羊打了电话，约他见面谈下一场比赛。

283.

跟上回一样，还是陶潜陪小羊去的。

何老板一只肥厚的大手搭在小羊肩上，问他：“小羊，你在我这里打了有多久了？”

“快半年了。”

“半年了，我没记错的话，你还从没输过一场，对不对？”

“我命硬，”小羊得意地说，“拳头更硬。”

“初生牛犊不畏虎，当打之年啊！”何老板边赞叹着，边拍着自己的大光头，“能吃这碗饭的，都是硬汉！不像我呀，我还有那个心，但岁月不饶我，要是年轻个二十岁，我也想上擂台，我骨子里面是喜爱拳术的呀！”

何老板摸出三支烟，自己含一根，然后分发给小羊和陶潜各一根，身后的马仔立刻打火机就跟了上去。

陶潜接过烟的时候，就有种不祥的预感，何老板自始至终面带微笑的表情，让人别扭。陶潜深深地明白，能坐到他今天这个位置上，必是豺狼虎豹级别的人物，猛兽对你微笑绝对要比对你龇牙更加瘆人，何老板俨然就是一头笑面虎。

果然，何老板对小羊又说："这段时间估计你也有所耳闻，咱们场子里来了一个缅甸仔，那是我托人给他办到国内的。他现在在场子里很红，一个月打了三场比赛，还没有一回留对手到第二个回合。"

小羊抽着烟，眉头拧紧。

何老板看穿他心事一般拍了拍他："我知道，你还在想华哥的事，但作为一名拳手，就要认这种命，擂台上是勇敢者的游戏。小羊，怎么样？想不想打一场压轴赛？"

"老板，您的意思是要我和他打？"

"现在我这边的拳手里，就数你战绩最好。我要给缅甸仔挑对手，总得挑个差不多的人选吧。"

小羊神色凝重，没有立刻接话。

陶潜紧张地瞪着小羊，这样的氛围下，按理说他不好插嘴，但他真心害怕小羊会一冲动答应下来。

何老板洪亮地笑笑："我晓得！你们打拳，为的是钱，这样一个硬茬子，自然谁也不愿意碰的啦。但是小羊，你记住，这世上无论什么事，永远都是风险越高回报越大。这样讲吧，如果你愿意和缅甸仔打，我给你五万块的出场费。"

小羊并不傻，他说："老板上回给华哥的，也是五万块吧？"

何老板看着小羊，那眼神已经像老虎要吃人之前的样子了，他这一把吃定了小羊，一拍桌子：

"好！七万，我给你七万块出场费！如果你能打赢缅甸仔，我再给三万的获胜奖金，一共十万块！”

这下小羊真的迟疑了。

陶潜忍不住了，他叫了声小羊的名字，小羊扭过头来看他。

陶潜用眼睛死死地瞪他，意思很明显。

“这位小朋友，”何老板打断了他们的眼神交流，“你可别替他拿主意，上擂台的人是他，不是你。”何老板这次讲话丝毫没有客气，每个字都掷地有声。

猛兽终于要露出獠牙了。

陶潜当然明白局面，这里面本来也没有他讲话的份儿。何老板脸色已经不好看了，而他身后那几个马仔，此时也都目露凶光，恶狠狠地盯着陶潜。

小羊不再看陶潜，他低着头思考了一会儿。

然后羊入虎口。

他说：“好，十万块，我打。”

284.

当天晚上，陶潜小羊把娇娇叫出来吃饭，把这事跟娇娇讲了。

小羊说：“陶潜他不想让我打，但你们知道我怎么想吗？这次回广西，我跟陶潜讲过，我再打三场比赛就能收手了。打这种比赛，观众在赌，拳手一样在赌，他们赌的是钱，我们赌的是命！不管对手是哪一个，只要上了擂台，就是生死较量！本来我还要再赌两把生死，但现在和缅甸人打，我只用赌这一把！”

陶潜说：“小羊，风险不是这么计算的。”

小羊说：“我没想那么多，对我来说，能少打一场，就是赚到了。何况这场比赛那么高的回报，我哪怕输了，也还有七万块可拿。”

陶潜想了想，问："故意输可不可以？"

小羊摇了摇头："我不是没想过这么搞，故意挨他一拳就倒地。但比赛你也看过好几回了，裁判都是看快打死人了才拉开，我往地上一倒，我的小命就真的全交到别人手里了，这才是最大的冒险。"

娇娇皱着眉头："故意放水肯定行不通，谁也不傻。你们老板自己就是个行家，他要知道了你非但赚不到一分钱，还会有更大的危险。小羊，我问你，我们有多久的时间备战？"

小羊说："我跟老板谈了，他答应给我一个月。缅甸仔之前比赛太频繁了，他同样需要休息。"

娇娇说："那好，既然接了，就别想那么多，我们也不是全没有机会赢。小羊，我来帮你。"

陶潜摇了摇头，默默地说了四个字："向死而生。"

"你又在说什么啊？"娇娇打了陶潜胸口一拳，"酸人！"

陶潜仰脖喝下一大口酒，然后把酒瓶重重地往桌上一放。

"打就打！小羊，我和娇娇一起帮你！"

285.

北京。

那天发生的事，我是后来才从樱子口中得知的。

后来樱子跑到我家来找我时，她颓唐得简直吓人，我见惯了她妆容精致地出现在戏里或发布会上，已经很久没见过她那般失魂落魄，仿佛一夜之间被打回了原形。

我知道，她和小文之间一定是出大事了。

286.

那天晚上，樱子在小文家过夜，周导一直不停地在给樱子发微信，要见她。

樱子周旋了半天，周导依旧不依不饶。

樱子当然不敢跟周导翻脸。

其间小文还问她怎么老是捧着手机发微信呀。

樱子只能说，忙啊，经纪人在跟我说下周通告的事情。

樱子当时心乱如麻，一定没注意到小文怀疑的眼神。

后来，樱子被周导纠缠得实在没办法，就跟小文扯了个谎，说去簋街找姐们儿吃个宵夜，姐们儿死缠烂打，一定要她去。

小文关心地问："要不要我开车送你？"

"不用不用，大晚上的你早点儿睡吧。"樱子想了想，还是给了小文，也给了自己一份承诺，"我玩会儿就回来，放心吧。"

在樱子眼中，小文向来对她言听计从，信任感这方面更是不必多说。她走得轻松，疏于留意——因为她无论如何也想不到，这一回，小文并没有像以往一样选择相信她。

从上次她拒绝掉他信心满满的求婚开始，信心就变成了疑心。

小文跟踪了她。

287.

小文真可怜。

从来斯文绅士，如今被逼得像贼。

当他看到樱子根本没有去簋街，而是走进了一家大酒店时，他几乎崩溃了。他没法查到樱子去了哪个房间，想给她打个电话也根本没有勇气，他就像个孤魂野鬼，在酒店大堂外不停徘徊。

他当然是个聪明人，也明白自己已经得到了答案，但他还是固执地要等到樱子下来，不管几个小时，终究长不过一夜，因为小文清楚地记得樱子临走前对他说过的话：她会回家。

后来我从樱子口中听到这些情景的描述时，简直无法想象那漫长的几个小时里，小文只身一人是怎样熬过去的。我相信那是他有生以来遭遇过的最大打击。

家境优越，事业顺遂，小文的整个少年时代平静得从未脱轨，他能如此有条不紊地掌控自己的人生，到头来却还是没能逃过爱情的灾劫。

陶潜说得对，命运何曾放过任何人。

288.

可是那天晚上，樱子真的什么事都没做。

她去见了周导，她也明白周导的意思。说不清那次是一种什么样的力量使然，她拒绝了周导，即使她已身在周导的房间内，她还是没让他得逞。装傻，打太极，用尽办法——事实上，在那时的樱子心里，对周导早已没有了反感，这样一个圈中老江湖，见识和谈吐当然不一般，说他对樱子这样的小女演员没有吸引力那是假的，在和他有过几回你来我往之后，樱子心底里早已对他不再排斥。

但樱子同样没法接受在她的身份仍是小文女朋友的前提下，和周导肆无忌惮地鬼混。周导多聪明的人，试探几番后，见樱子今次态度坚决，便也不再强求，和她随便聊了一会儿，就任由她走了。

强扭的瓜不甜，他们现在的关系更像是朋友，而朋友之间，再用强就太尴尬了。

289.

两个多小时后，当樱子下到酒店大厅，看见小文就站在她的面前时，她彻底地惊呆了。

小文不说话，定定地看着樱子，他的眼神不再温澈如水，这次让樱子都有几分害怕。

樱子说："我要说我什么都没做，你会相信我吗？"

小文咬着牙说："现在这样，你要我怎么相信你？"

樱子："小文，可以给我点儿时间，让我把这事儿说清楚吗？"

小文痛苦地摇了摇头，转身便往外走。

樱子急了，叫着小文的名字追了出去。

小文逃出酒店，沿着一条长街，像逃跑般快走着，走着走着便真的跑了起来。他一定是害怕被樱子追上，害怕听到樱子解释，害怕再知道更多他不想知道的事。他越跑越快，到最后简直就是在用尽气力，发疯一般地狂奔。

长街漫漫，月明星稀，小文沿着街道一路狂奔，远远甩开了身后的樱子。

樱子一个姑娘，又穿了高跟鞋，当然追不上。

樱子的眼泪止不住地就开始往下掉，她心疼得几乎要晕倒，望着小文逐渐消失在黑夜深处的背影，她大声哭喊着他的名字，每一声都用尽了气力，每一次都撕心裂肺。

可小文连头也没回。

那个曾视她为珍宝的人，这次终于也对她避之不及。

两败俱伤，爱情让每个人都心碎。

290.

广西。

小羊和缅甸仔的拳赛日益临近，在娇娇的监督下，小羊每天要进行将近六个小时的魔鬼训练，而陶潜则包揽了一切的后勤工作，让小羊能够百分百地专注于备战。

娇娇告诉陶潜，小羊现在的训练强度，已经和职业拳手没啥两样，这种强度他居然都没叫过一声苦，真是个硬汉。

陶潜想起小羊对何老板说过的话：我命硬，拳头更硬。

私底下，陶潜问过娇娇，照这么训练下去，到比赛时，我们的胜率能有几成？

娇娇说论实力的话，三成。

陶潜当时就急了："三成？三成还打个蛋啊！那他妈可是玩儿命的差事！三成胜率？三成胜率你丫怎么不上去打呢？！"

娇娇一瞪眼："你闭嘴好不好？！我真是懒得和你这种外行人解释！那缅甸仔可是职业出身！人家从小就接受这种高强度的职业训练。咱们现在就只有一个月时间，就算咱们把小羊给练死，实力上也不可能超过人家！"

陶潜怒道："那你怎么不早说啊！早说还打个什么劲儿啊？散了得了。"

娇娇说："你以为在擂台上实力就能决定一切、决定胜负吗？真要那样，搏击比赛无聊死！你懂拳吗？不懂就老老实实做好你的后勤员，其他听我指挥！我告诉你，打擂台，实力只是一方面，拳手的斗心同样重要！斗心懂吗？那是武者的心！缅甸仔最近连胜，场场都一回合 KO，他一定觉得这种级别的比赛根本不够他打，骄兵必败！可小羊不一样，小羊把这场比赛当作生死一搏！在斗心方面，我们有很大的优势，这就是胜算！你懂吗？！"

说真的，陶潜长这么大，还从没有人能像娇娇这样数落他，以前在学校里，从来都是陶大仙儿仗着知识渊博数落我和樱子。

陶大仙儿当然不能跌份儿，立刻露出惯有的鄙夷神色和嘲讽语气：“还知道‘骄兵必败’哪？这成语出自哪知道吗？”

娇娇不以为然地说：“《孙子兵法》呗！”

“我呸！出自《汉书·魏相传》！《汉书》读过吗？二十四史一本也没翻过吧？还《孙子兵法》呢，《孙子兵法》你也没读过吧？”

这回可轮到他得意了，然而娇娇并不搭理他。

291.

闹归闹，更多时候，三个人之间的氛围还是紧张的。

尤其是小羊，或许是高强度的训练导致的疲惫，又或许是绷紧的神经使然，一向爱说笑的开朗性子，最近讲话都变得极少。

有天晚上，在小羊的出租屋里，睡前，他问陶潜：“你说，我会输吗？”

问完，没等陶潜回答，他自己都笑了。

陶潜明白他最近精神压力太大了。

陶潜问小羊：“抛开钱的原因，你真的喜欢打拳吗？”

“我也不知道，但我以前听华哥讲过一句话，我觉得他说得特别好。他说，最起码，擂台上的世界要远比外面的世界更加公平，因为在擂台上，你的一切都只能靠自己的拳脚打出来。

“我从小好动，感觉身上有使不完的力气啊。

“我反应够快，有时候放下手让对方打，对方都摸不到我。

“我爱出风头，擂台上赢了多风光呀，那么多人为你欢呼喝彩。

“我还要赚钱养弟弟妹妹们啊，正经工作哪能供得上？不干这个总不能去贩毒吧？真的，有时候连我自己都搞不清楚，我到底喜不喜欢打拳。”

292.

我记得很清楚，那是在一个下雨天，樱子跑来我家里找我。

她抽了一整包烟，和我讲了上面我讲的内容。

她的眼睛红红的，像兔子，不知在见我之前的几天里，她哭过多少回。她说小文不见了，人间蒸发一般，家也不回，打电话也不接。

樱子说，她有预感，这一次她和小文，真的要玩完了。

她伤害了一个她最不应该伤害的人。

就在见我之前的两天，她在一个夜里独自喝得酩酊大醉，然后去找周导，她告诉周导她和男朋友分手了，问周导能不能开车带她去看海，她想看海。

当时已经夜里十二点，周导二话没说，开着车载樱子去了北戴河，在海边陪了她一整夜，樱子哭了一整夜。

周导没有安慰她，更没有多问她一句具体情况，只在第二天天发亮时，平静地对她说了一句：“小姑娘，该回家了。”

虽然如此如此，这般这般，但这个年近半百的老男人，说到底也还是个性情中人啊。

樱子说，她打定了主意，如果再见到小文，就把之前隐瞒过的一切都告诉他，就算分开，她也不能带着谎言分开，因为小文从来都是那个她最不应该欺骗的人。

我说：“你想清楚了吗？那些事要是说了，你们俩可就真的完了。”

樱子说：“我知道，但我就是受不了骗他的感觉了。”

话几乎都没说完，她就又埋下头哭了起来。

她说："真是自作自受呀，怪只怪我，要得太多。"

293.

广西。

比赛日。

小羊和缅甸仔是压轴赛，在仓库休息间里，娇娇和陶潜围着小羊，娇娇还在做着最后的叮嘱。

"记得啊，如果进了内围，除了封膝肘，还要留意他用头撞你。缅甸拳就比你练过的泰拳多这么一种攻击手段，其他都差不多，况且内围还远不如泰拳精湛。防头撞，记住记住记住！"

小羊只是一个劲儿地点头，一句多余的话也没说。

陶潜此刻的紧张感一点儿都不亚于小羊。

他那时脑海中闪出的画面，是上次他撺掇小羊的弟弟小明，和班里的小霸王小刚打架，他用他的方式告诉了小羊的弟弟，这个残忍世界上的生存之道。可如今面对小羊，他再没法告诉他什么，小羊和他年纪相仿，却在过着如此不同寻常的一种生活，他绝对要比大多数的年轻人都更了解生活的残忍——是啊，从来只看他开朗爱笑，都快忘了他是从一个山里的苦命娃活生生长成了一位如今靠拳脚养家糊口的武士，他的整个青春就是一部挣扎求存史啊！他当然会有自己的生存之道。

陶潜忽然觉得，自己读了那么多书，曾经那般自视甚高，可若没这一路的所闻所见，他实在无异于一个坐井观天的书呆子啊。

前人说的，读万卷书，行万里路，真是不假。

294.

看看眼前这场面吧。

若非亲眼所见，怎会相信有这样一个疯狂而荒诞的“人类斗鸡场”存在？擂台上的拳手以命相搏，擂台下的赌徒喊声如雷，再冷静的人，来到这种地方，也很难保持冷静了吧？

陶潜跟在娇娇身后，娇娇跟在小羊身后，三个人一同入场。陶潜看着小羊的背影，结实黝黑的背肌，隐隐蕴藏着一股力量，蓄势待发。

第一回合。

小羊简直是在受刑。

陶潜从未见过一个人能在遭受如此暴力的殴打时还努力坚挺地站立着。两人简直就不在一个水平线上，面对缅甸仔凶狠而密集的拳打脚踢，小羊多次被逼到围绳角里，无助又奋力地挣扎。他的眉弓被缅甸仔的肘击划开了口子，血流不止，有些流进了眼睛里，严重干扰着视线，让小羊本就难以招架的防守更加显得笨拙而乏力，更别谈进攻了。小羊能结结实实挨上那么多下，光是这抗击打都令人瞠目结舌。

陶潜实在见不得小羊被这般蹂躏，几次都快要忍不住想扔白毛巾认输，制止这暴力的继续，但娇娇一直在紧紧地攥着他的手。

娇娇的手心也同样出了好多的汗。

五分钟终于结束，裁判分开两人，小羊满面鲜血，一瘸一拐地退到绳角，陶潜和娇娇赶紧冲上擂台，给他支好椅子，准备毛巾和水。

场边的主持人拿着麦克风造势说，这还是第一次，有人能和我们的缅甸拳王打完第一回合！

陶潜真想对小羊说一句“别打了”，但他硬生生把这话咽了回去。

小羊大喘着粗气，胸膛起伏巨大，痛苦万分。

娇娇双手扳着小羊的肩膀，急切地对他说：“小羊！看着我！看着我小羊！他有个习惯！他原地打前手刺拳后会接后腿的重低扫！这时候他双手都不护头！小羊，小羊！听我说，瞧准时机！他如果再原地打刺拳试你，我要你使出全身力气抡飞他的脑袋！下巴，鼻子，太阳穴，随便哪里！使出你最大的力气，打爆他的头！”

娇娇话音刚落，第二回合开场铃就敲响了。

第二回合。

小羊似重返地狱，步伐沉重。

缅甸仔这一回合杀红了眼，每次出拳出腿都像是要夺了小羊的命一般，好几次硬生生地撕开小羊的防线，在内围里使足了力气用膝盖顶小羊的两肋。

娇娇在台下大喊：“扛住啊！防头！”

果然缅甸仔用了头撞，一头死死地磕在了小羊的面门上，小羊的鼻梁一定是断了，鼻血几乎是往下在喷的，他拼尽全力推开缅甸仔，可缅甸仔马上又第二次冲过来如毒蛇般缠住了他。

娇娇教小羊的办法，这回合真的奏效了一次。那时机灵光一闪，但还是被小羊捉到了，尽管看上去他真的用尽力气抡了缅甸仔一拳，但缅甸仔连个趔趄都没有，就跟没事儿人一样继续向小羊猛攻。

显然，他们之前严重低估了和缅甸仔之间的实力差距，小羊即使抓到了时机都伤不了缅甸仔，就像是小孩子和成年人打架一样，这架可还怎么打？

陶潜身旁的娇娇，眉头紧锁，目不转睛，而她攥着陶潜的那双手，此刻力气大得就像一只小老虎钳，攥得陶潜生疼生疼的。他们都知道，再这么打下去，小羊就算挺过了三回合，也一定是被担架抬走的那个。

最终落的个和华哥一样的下场。

回合结束休息，小羊瘫倒在椅子上，往地上吐口唾沫，全是黏稠的血。

陶潜拿毛巾给他擦，雪白的毛巾全部染红，鼻子里的血根本就堵不住。

小羊一只手搭在陶潜的肩上，一只手捂着自己的肋，他大汗淋漓，痛苦地说：“我肋骨断了，我肋骨一定是断了！”

“小羊，小羊！”娇娇朝小羊大声嚷了起来，“别想你受伤的事！不许想！你听着，听我说！”娇娇凑近小羊，声音突然变得很小，“对方是职业出身，技术动作上职业痕迹很重，你们这种比赛，不是允许攻击职业比赛里的禁击部位吗？我发现了，内围缠斗时，他都不防的。你要主动贴进去内围，然后用膝盖狠撞他下体，一击必杀，听懂了吗？”

小羊有些吃惊地看着娇娇。

娇娇点了点头：“他抗击打太好，你根本伤不了他，只有打要害，一击必杀，这是咱们唯一的机会！”

小羊大喘着粗气，认真地点了点头。

“陶潜，”小羊这时用力抓着陶潜的胳膊，把他拉到身前，露出了一个惨烈的苦笑，“陶潜，你说，我会输吗？”

半天没说一句话的陶潜，这时双手拉过小羊的脑袋，和他脑门顶着脑门，眼睛对着眼睛。陶潜说话的声音都在发抖：

“你说过，你们黑拳手，最怕平局，所以第三回合他一定会打你打得更狠。小羊，你还有小明，还有两个妹妹和妈妈，所以你要杀了他，你不杀了他，他就会杀了你。”

陶潜紧盯着小羊的眼睛，狠狠地说：“然后你的家就全没了。”

开场铃敲响，小羊对陶潜点了点头，带着充满倔强与杀气的眼神，重返擂台。

小羊真是硬朗，他顶着缅甸仔势大力沉的拳脚，硬生生地贴近了身——那过程简直就像是飞蛾扑火，在勇猛地往烈焰里横冲直撞！

然后他按照娇娇说的，抢进内围——这时，缅甸仔就像之前一样，使足力气膝击着小羊早已经受伤的肋骨，小羊全都咬牙忍了下来，在一个转位的空当，小羊一膝盖撞中了缅甸仔的下体。

缅甸仔瞬间就不行了，他面目狰狞地瘫软倒地，小羊这时如同猛虎扑食一般，飞快骑上他的腰间，两只拳头发疯一样抡砸着他的脑袋——短短几秒，电光火石，小羊打出了快二十拳！

裁判终于跑过来抱住了好似已经打疯了的小羊。

台下的陶潜，激动地把手里的椅子狠砸在地上，娇娇扑过来给了他一个大大的拥抱。拳场里彻底沸腾了，摔东西声喊叫声震耳欲聋，简直就像是一场脱离了秩序的狂欢。

小羊竟用如此惨烈的方式，艰难地赢下了比赛。

295.

几个月后，当陶潜回到北京，面对面地给我描述这场拳赛的每一个揪心画面时，我仍能从他已略显平静的语气里，感受到当时的现场有多么激动人心。

当时他们都沉浸在巨大的狂喜之中，谁也不会想到，一场噩梦正在悄然赶来的路上。

296.

比赛结束当晚，缅甸仔和小羊都被何老板送进了医院检查。

医生给小羊拍了片子，肋骨并没断，万幸，连脑震荡也没有，几乎全是皮外伤。

真不知小羊的骨头怎么会这么硬。

但缅甸仔可就惨了，后来他们听说，小羊那一膝盖，把缅甸仔彻底给废了。

297.

一个星期后，小羊陶潜娇娇在夜市排档喝大酒。

本来陶潜想让小羊再多躺两天，可小羊按捺不住内心的亢奋，他说：从比赛打完，咱们仨都还没一起喝上一顿庆功酒，今天我请客，酒和肉都管够。

三个性情中人，都爱喝快酒，于是很快就都有了些醉意。烟抽没了，陶潜起来去买烟，娇娇缠着要一起去，说要挑些冷饮。

陶潜后来回忆说，他们俩临走时，小羊还开了一句他们的玩笑，说他们一刻也不愿分开。

从小超市买完烟和冷饮，到返回夜市排档的路，步行也不会超过三两分钟。回去的路上，陶潜和娇娇都听到了夜市排档传出尖叫声，但当时那样放松的氛围下，他们谁也没当回事，毕竟街头排档这种地方，大呼小叫实在是稀松平常。

所以陶潜和娇娇是不紧不慢地返回去的，然后他们就看到人群围起了一个圈子，还有人在打电话报警。当陶潜拨开人群，看到小羊倒在一大片血泊里时，他的酒一下子就全被吓醒了。

被路灯映得油亮赤红的鲜血，就像一片浓稠的沼泽，正吞噬着小羊一动不动的身体。

娇娇也吓坏了，她站在原地捂着嘴巴，连叫都叫不出声来了。

298.

陶潜和娇娇，抬着浑身是血，早已经失去意识的小羊，一同上了急救车。

一路风驰电掣。

在急救车里，护士似乎问了陶潜很多问题，但陶潜一路都精神恍惚，他一句也没听清，如今也一句都不记得。

陶潜后来给我讲，那次小羊被捅了七刀，刀刀都是奔着命去的。

陶潜仍旧无法相信，这么可怕的事就是在刚刚他和娇娇离去的那短短几分钟时间里发生的。

如果他和娇娇不走，或许遭殃的会是三个人。

到医院后，竟然就因为没有亲属签字，医生迟迟不肯动手术，陶潜急了，急得在医院大厅里大骂脏话，差点儿就要跟那帮医生动起手来，还是娇娇死命抱住了他。

陶潜不敢给小羊那可怜的妈妈打电话，这边医生又不肯手术，小羊还在不断地流血，不能再拖了，陶潜情急之下想起了何老板，赶紧摸出小羊的手机给何老板打了电话。

299.

几乎又耽搁了半个小时。

转院，小羊被送到了那家与何老板有关系的医院里。

急救中。

陶潜和娇娇在走廊里每一秒都过得胆战心惊。

何老板带着两个马仔来了，他问陶潜怎么回事，陶潜便如实说了。

何老板眉头一皱，然后拍了拍陶潜，说你们先别着急，等下先看看医生怎么说，还有——何老板正色说：“别报警。”

陶潜看着何老板老谋深算的眼睛，忽然头脑中闪过些零碎的思绪，他抓着何老板的胳膊，问他：“你是不是知道是谁干的？”

何老板摇了摇头：“还不知道，我要查查。”

两个马仔走过来，盯着陶潜。

何老板推开了陶潜的手：“你在这里守着他，有事再给我打电话。”

说完，何老板带着两个马仔匆匆离开了医院。

300.

抢救一直进行到深夜。

急救室外走廊。

娇娇靠着陶潜的肩膀，不停地掉眼泪。陶潜同样第一次感到这般无能为力，他不敢想，如果小羊死了怎么办？他该如何向大山里小羊的妈妈和弟弟小明交代？他为之拼命的那个家，该怎么办？

急救室大门推开，医生走了出来。

陶潜和娇娇害怕得连站起来的力气都没了，他们就坐在那里，四只眼睛直直地盯着医生。

不幸中的大幸，小羊的命保住了。

但医生说小羊失血太多，还在昏迷，目前看来，基本脱离了生命危险，但能不能醒过来，看命。

陶潜颤抖着问：醒不过来是什么意思？

医生面无表情地说：植物人。

301.

北京。

樱子的噩梦也在继续。

小文大概消失了两个星期后，终于给樱子打来了电话。

这两个星期，樱子已经被自己折磨得不成样子，她跟经纪人说她要休假，推掉一切安排。经纪人说不成，你现在正是最该拼的时候，你从前的拼劲儿哪去了？

樱子的眼泪当时就下来了，她攥着经纪人的手，说：姐，我求你了，你帮帮我吧，我现在什么事都做不了了。

经纪人被吓到了，大概也从来没见过她这样，最后长叹口气，安慰她说：好吧，好吧，我来安排。

然后樱子就一直待在我家，之前说过，她难过时最受不了自己一个人。

她每天抽烟、喝酒、发呆、哭、不睡觉。眼圈黑，眼睛红，面色苍白，剧烈咳嗽时，让人感觉她随时都可能喷出一口鲜血来。

若不是还有我每天强迫她吃饭，制止她无休止的烟酒，我觉得熬不过几天她的身体就会彻底垮掉。

也就在那时候，小文给她打了电话，约她出来见面。

樱子洗澡、吹头发、化妆、换衣服，忙活了一个小时，终于重新变得有了些光彩，可这光彩根本禁不住细看，你只要稍稍留意，就能看出她其实有多么千疮百孔，不堪一击。

302.

樱子去见了小文。

小文同样如同刚经历过一场大劫，但他仍抓着樱子的手，不放，他对她说：“我想过了，我还是愿意相信你的，那天晚上你什么都没有做。”

樱子当时就哭了，哭得稀里哗啦，一发而不可收。她哭着对小文说："傻瓜！你干吗还要相信我？我根本就不值得你相信呀！傻瓜！"

这回，樱子履行了她对自己的承诺，她把从前隐瞒的和周导的一切，都对小文如实相告。

后来小文什么时候松开了她的手，什么时候走的，樱子已经一丁点儿都想不起来了。

那是他们的最后一次见面，樱子从此彻底失去了她的爱情。

樱子说，这才是坏女人应有的下场，顺理成章。

303.

广西。

八天八夜。

陶潜和娇娇在医院里轮流守了小羊八天八夜。

小羊睁开眼睛的时候，陶潜还以为自己在做梦。

小羊说的第一句话，不是"我在哪？"，而是"我死没死啊？"

陶潜说："你没死，你命真他妈的硬。"

304.

后来，小羊告诉陶潜和娇娇，他知道捅伤他的人是谁。

他们仨都曾与凶手见过面，在小羊和缅甸仔比赛的那天，缅甸仔同样带着两个Corner，陶潜有印象，两个矮个男人，和缅甸仔一样黝黑精壮，煞气逼人。

就是他们俩干的，小羊记得他们的模样，错不了。那天陶潜和娇娇走后，小羊很快就遭了偷袭，一点先兆也没有，两个缅甸人提着尖刀，冲出来就把小羊砍倒在地，连砍带捅。

报复，而且是奔着夺命去的报复。

小羊刚醒，讲太多话，气力就有些虚弱，他最后说："我感觉自己在鬼门关走了好大的一圈啊。"

陶潜点了点头："对，你走了八天八夜。"

305.

陶潜要去找何老板。

娇娇死活不放心他一个人去，硬要陪她一起。

八天时间，何老板一直没跟陶潜他们通过电话。

陶潜要去讨一个交代。

何老板接了陶潜的电话，虽有些犹豫，但还是告诉了陶潜位置，说你来吧。

在一处民房里，不知是谁的住处，房间里除了何老板，还有五六个马仔。

何老板问："人醒了吗？"

陶潜说："醒了。"

何老板长出口气："醒了就好啊。"

陶潜说："之前你说要去查，查到了吗？"

何老板盯着陶潜的眼睛，陶潜毫不躲闪，两个都是聪明人，没必要绕弯弯。

于是何老板说："小羊跟你讲了什么吧？那两个缅甸人，一个是缅甸仔的亲弟弟，另一个是他们的朋友。最初，是我安排他们一起来的国内。"

陶潜："他们现在在哪？"

何老板摇了摇头："小羊出事那天，他们就跑路了，把缅甸仔也带走了。我前几天才发现联系不到他们，就觉得这事有鬼，看来果然是他们做的。"

陶潜："所以，现在连你也找不到他们？"

何老板："找不到，都走这么些天了，说不定他们早都跑回缅甸了。"

陶潜；"那几刀，小羊不能白挨，你找不到他们，我就让警察来找。"

"小朋友！"何老板的音量忽然提高，他两只肥手用力一拍桌子，歪着个脑袋，"你讲什么笑话？你想报警吗？"何老板凑近陶潜，压低音量说："白挨？你知不知道，小羊那一膝盖，把缅甸仔给废了，不然人家干吗要那么凶狠地报复他？"

陶潜毫不退让地针锋相对："生死擂台，拳脚无眼。擂台上打的，难道应该擂台下还吗？"

气氛变得有些紧张了，娇娇在桌子下面拽了陶潜胳膊一下，可陶潜根本不搭理她。何老板身后几个马仔，这时也都面露凶光地围了过来。

何老板笑笑："好，你说得对，说得都对。但现在的状况就是，我找不到那两个缅甸人了，如果你报警，你知道第一个被抓的人是谁吗？是躺在医院里的小羊。他是干什么的？他是打黑拳的啊！你以为警察能放过他？讲句实话，我能在这边经营拳赛，你以为我白混的？你以为我没打点过？"

这一次，陶潜没有说话。

何老板："小朋友，我是做老大的，手底下人内斗，我比你更不愿意看到，但事情已经发生了，我就必须把它按下去，大事化小，小事化了。小羊不是没死吗？三个缅甸人都不知跑到哪里去了，说不准都回国了。你还较什么劲啊？你好好想一想，我讲得对不对？”

陶潜沉默着，这时他注意到房间的一角，一处案台上供奉着一尊关二爷的像。

香还在烧，陶潜定定地望着烟雾缭绕中关二爷红彤彤的脸。

陶潜最后长出了口气，无奈地摇了摇头：“你们都爱拜关二爷，可你们这里，根本就没有义气可讲。”

何老板说：“你是没吃过亏，走江湖啊，不是你这么走的。”

306.

事后，冷静下来想想，或许何老板说得对。

就此翻篇儿，可能是整件事情最好的处理方式。

小羊得到了十万块，他再不用去拳台上赌命，他可以去小县城里安心地开一家小超市，养活他的妈妈、小明，还有两个在远方念书的妹妹。

尽管这钱，赚得实在太过惨烈。但既然惨烈，就别让惨烈再继续了吧。

娇娇说，我知道你心里不甘，可你换位思考一下，如果你是小羊现在的处境，你也一定不会想着再去报仇了吧？

这世道如此艰辛，能大难不死，就已是大幸了啊。

307.

和小文分手以后，樱子持续低迷了好久。

我三天两头陪她喝酒，知道她心里苦，除了陪她喝酒，我也想不到还能怎么安慰她。很多次大醉之后，在马路边吐，我拍着她的背，瘦骨嶙峋，吐过后，她就蹲在地上放声大哭，怎么拉也拉不起来。

她还和周导见过一面，是陪周导一起去雍和宫烧香，然后找了间茶室饮茶。周导并不过问她的事，只对她讲，人生在世，苦是常态。

308.

后来，樱子回家住了一段时间。

那时候樱妈已经做完了一次化疗，出院回家。樱子反正也停了工，就搬回家里，还能照顾着点儿妈妈。

知女莫如母，樱妈不用问，也看得出来自己的女儿伤了心。樱妈也不问，她太了解自己女儿的性子，问了她也绝不会说。

但樱妈偷偷给我打了电话，我便告诉了她，樱子失恋了。

樱妈说："我当多大的事儿呢，小家子气。"

嘴上这么说，但樱妈经常让樱子带她出去走，说是自己要散心，其实是想帮樱子散心。娘儿俩有时候就在北海公园里，一坐就是一整个下午，谁也不用和谁说一句话，就靠在那里坐着，看行船，看游人，看夕阳西下。

樱妈在电话里跟我讲："她爱钻牛角尖，你读书多，帮我多开导她。我跟她讲什么她也听不进去的。"

309.

大概一个月后，一天早晨，我接到了一个陌生号码的来电。

是小文。

小文说他换了号码，还说他马上就要离开北京了。

我急忙问他要去哪。

上海，小文告诉我，他主动向公司申请的，调去上海分部做事。

小文讲起话来还是一如既往的温和平缓，他跟我道歉，说马上要离开北京了，也没有时间和我道别，让我以后如果到上海，要记得找他。

小文还说，他在北京待不下去，压抑，每个地方都有和樱子在一起时的影子，偌大的四九城里，走到哪，都难免触景生情。

我说："走吧，如果过了很久，还是忘不了，再回来，樱子一定还在等你。"

小文那边沉默了。沉默了几秒钟后，他挂断了电话。

可是小文，我由衷地希望你能够忘掉，即便忘不掉，起码也要能和这段经历握手言和。未来太长，活在过去里是在浪费生命，爱情虽刻骨，但并非无法冲淡，你要加油啊。

310.

后来，到我把这个故事写完，我再也没有见到过小文。想起他时，印象最深的，仍是第一眼初见，他藏着水一般的眼睛。

311.

在那段时间里，陶潜和娇娇，一直守在小羊身边照顾着他。

陶潜花光了所有的钱，之前从杭州莫小红那里攒下的积蓄，全都给小羊交了医药费。小羊要动用自己的那十万块，陶潜差点儿跟他急了。

陶潜说："那十万块，是你拿命换来的，你要用它去养家。我的这些钱，赚得比你轻松太多，轻松得近乎不义之财，不义之财，就该散。”

可钱还是不够。

娇娇说：“钱不是问题，我有钱。”

起初陶潜不愿用娇娇的钱，娇娇骂他：“文人就是迂腐，你就当欠我的，以后还我。”

想了想，娇娇又说：“其实也不用你还我钱，我不缺钱，不如你帮我做件事吧。”

“什么事？”

“现在还没想好，先记下。”

“那我岂不是以后都要受制于你？”

“对呀，怎样？”

陶潜把娇娇拉到一旁，严肃地问：“你到底是做什么的？”

312.

照顾小羊的日子里，陶潜和娇娇有了更多独处的时间。

我猜应该就是从那时候起，娇娇心里开始有了陶潜。

陶潜虽然性格古怪，经常气死人不偿命，但也有很多时候，他可爱得不得了。

你若坐在他对面，和他聊上一会儿，有耐心地等他由浅及深，并且无视掉他对你的冷嘲热讽，那么你会发现，他其实还挺有魅力的。

何况娇娇还听过陶潜那么多的故事。

他有些执拗，但是很勇敢；他很博学，也从来不跟你假谦虚。娇娇始终记得，在和缅甸仔比赛的第三回合前，陶潜鼓舞小羊士气时，他紧盯着小羊的那双眼睛，那双眼睛锋芒毕露，简直就像一件反射着寒光的绝世兵器——“你要杀了他，你不杀了他，他就会杀了你”——这样凶狠凌厉的话，怎么会是个百无一用的文弱书生能说得出来的呢？

乍一看，陶潜眉清目秀，但娇娇知道，他心里住着一匹狼。

娇娇喜欢这样的反差，她觉得陶潜很酷。

313.

随着小羊的身体日渐恢复，陶潜也开始思考起接下来该去哪，做些什么。

娇娇说：“反正咱们都是四处云游，不如结伴闯江湖。”

陶潜说：“我不是出来游山玩水的，我很可能还要打工赚钱，你受不了的。”

“那就一起打工啊，”娇娇反倒被说得更兴奋了，“听着就蛮好玩！”

几天后，娇娇接了个电话，讲的全是粤语，陶潜一句也听不懂，那时他才知道娇娇原来还会说粤语。

娇娇挂断电话后，盯着陶潜看了好一会儿，似乎心里在打什么主意。

娇娇问他：“你想好接下来要去哪了吗？”

“没有。”

“要不——你和我去一趟澳门吧？”娇娇说，“你不是一直想知道我的事情吗？到了澳门，你就全知道了。”

314.

小文离开北京后，樱子也要离开北京。

当然，她只是想跑出去旅行几天，换换心情。

樱子说：“情场失意，赌场得意，我要去澳门。”

我不放心她一个人走，问她要不要我陪。

“不要，我要一个人独自旅行。”

其实我挺后悔那次没有坚持要陪她去的，因为后来在澳门，连樱子自己都没想到，她竟然遇到了陶潜。

世界有时候就是这么小。

315.

北京，声色犬马销金窟，你死我活名利场。

陶潜、樱子、小文，他们都走了，如今这里只剩下了我。

316.

娇娇后来告诉陶潜：“去澳门，是给我太奶奶过九十七岁大寿，见到我的家人，你要装作是我的男朋友。”

陶潜当时就不干了，凭什么啊？

娇娇说：“凭你欠我钱，凭你答应过我，要替我做件事。”

317.

小羊身体恢复得很快，不久就不需要陶潜娇娇的照顾了。身上虽多了七处刀疤，但小羊还是对命运充满了感恩之心。

三个人也终于到了分别时刻。

小羊伤口未愈，不能喝酒，以茶代酒，敬陶潜和娇娇。

小羊说：“我是个普通人，但我知道你们俩都不普通，能结识你们，是我小羊走了大运，和你们在一起的日子我会终生回忆。好了，现在我要回县城过好日子去了，希望你们还会回来看我。”

小羊还说：“你们都救过我的命，我们是生死之交，救命之恩，我一辈子都不敢忘。”

娇娇感性，被这分别的场面给弄哭了。娇娇说，她这一路旅行，经历过太多次与朋友们的分别，但仍修炼不出铁石心肠，每每告别，依旧难过得掉眼泪。

陶潜没说话，但他心里对娇娇的话最是感同身受。

明知每次相遇是因缘生，每次离别是因缘灭，缘起性空，但还是执，还是放不下。

所以人们才会如此地热衷于回忆啊。

小羊拍着陶潜的肩膀，好兄弟。陶潜也拍拍小羊，保重。

天下没有不散的筵席。

此一别后，小羊回云南，向西；陶潜娇娇去澳门，向东。

318.

向东。

其间发生了一段小插曲：因为陶潜的港澳通行手续问题，他和娇娇被迫停滞在广东。娇娇给她老爸挂了个电话，不到两个小时，他们喝杯咖啡聊聊天的工夫，陶潜的手续问题就全解决了。

后来他们是从深圳蛇口，坐快艇去的澳门。快艇上一个管事模样的老头，居然认识娇娇，还恭敬地称呼她为“林二小姐”。

“你姓林？”陶潜问娇娇。

“我大名叫林念娇。”

陶潜笑了："你一打打杀杀的人，还起个这么事儿事儿的名字。"

娇娇说："等下见了我爸，你不要紧张。"

陶潜又笑了："见个人我紧张什么？他有三头六臂不成？"

旁边管事老头嘿嘿笑着，对陶潜说："林先生很气派的。"

陶潜没说话，心里琢磨着这位"林先生"究竟是哪路神仙，竟然连开船的老头都认识他。

319.

澳门。

全世界发展速度最快的城市之一，赌权开放的十余年间，陆续超越了马来西亚云顶、摩纳哥蒙特卡罗、美国大西洋城和拉斯维加斯，一举成为了全球第一大赌城。

繁华程度简直只应天上有。

抵达澳门后，陶潜并没有直接见到那位林先生。

娇娇先是带着他去了著名的永立名店街，一顿买买买，给他置了西装、皮鞋、手表，看看经自己双手捯饬后的陶潜，娇娇不由得感叹："真是人靠衣装马靠鞍，你还从没这么帅过呢吧？"

陶潜不屑地冷笑着："垃圾。"

娇娇甜甜地笑起来，她告诉陶潜："让你来演我男友，你就要演好，不然老爸总要介绍公子给我结识，我烦得很。"

陶潜问："那要不要也给我安排个什么背景呀？"

"不用，实话实说，做你自己就好。"

"做我自己，还特意换身行头干吗？"

"傻子，这是礼貌。"

娇娇用意味深长的眼神看着面前的陶潜：

“不知为什么，我总觉得，我老爸会很喜欢你。”

320.

当天晚上，在奢华富丽的威尼斯人酒店大堂，西装革履的陶潜，终于见到了娇娇的爸爸，那位传说中的林先生。

林先生好大的阵仗，身后跟着将近十个人，清一色的笔挺黑西服。

林先生本人也长得十分气派，梳光亮的背头，露饱满的天庭，鼻梁高耸，个头不高，但也不矮。

总之气宇轩昂，典型的大佬模样。

陶潜只是纳闷，为何随身要带那么多人，至于吗？

林先生和陶潜握手，许是之前娇娇向他提过，他直接就叫出了陶潜的名字：

“你好，陶潜。”

陶潜恭敬地说：“林叔叔好。”

林先生问：“是第一次来澳门吗？”

陶潜点头：“是的。”

林先生拍拍陶潜的肩膀，笑着说：“应该去玩上两把的，据说第一次来澳门的人都会赢钱。”

然后林先生就带着那呼啦啦一帮子黑西服走了。头回见面，全程只和陶潜交流了这么短短几句，但陶潜已能深深感觉到，这位林先生气场之强，绝非一般的富豪商贾能比，俨然是一位大人物，而且远比自己这一路上遇到过的任何人都要厉害太多太多。

321.

这一切，当然会勾起陶潜的兴趣。

后来，娇娇拉他出来闲逛，在人工修建的运河旁边喝酒时，娇娇看出了他心里的疑惑。她说："好啦，也该给你讲讲我家里的故事了。来，给我支烟。"

陶潜疑惑地递了一根烟过去："你会抽烟？"

"嘁，"娇娇白了陶潜一眼，"我什么不会呀？"

可是刚点着烟，才一口，娇娇就被呛得直咳嗽。

陶潜反讽："你还真的会抽烟呀！"

娇娇咳嗽着："骗你的，第一次抽，只是好奇烟的味道，我家里不许我抽。"

娇娇把烟塞进陶潜嘴里，给他讲起了林家的故事。

既然这次来澳门，是给娇娇的太奶奶庆寿，那就从这位太奶奶讲起吧。

娇娇的太奶奶姓李，生于民国六年的上海，父亲曾留洋深造，后回上海从商，因善结交权贵，很快便成了沪上的名门望族。因此李太奶奶年轻时，是典型的大家闺秀，也是三十年代十里洋场的上海滩上，一位真真正正的名媛：生得貌美，能讲一口流利洋文，会弹钢琴，还通戏曲和山水画。像那个时代每一位光鲜的上海滩名媛一样：海派旗袍、皮草、玻璃丝袜、高跟鞋、数不清的首饰珠宝，常于百乐门内翩跹起舞，争奇斗艳。

也就是在舞场交际之时，她结识了娇娇的太爷爷。这位林太爷爷乃是将门之后，自己也在国民党内高就，两个人自然算得上门当户对，又爱得热烈，所以没过多久，就办了大婚。后来战事频发，人再有本事也拗不过时势，林家的日子也就随着那个动荡的年代而再无安定可言。到 1949 年，国民党兵败，林家举家流落香港，后又从香港移居海外——至此到了后来让林家真正发迹起来的福地，马来西亚。

到娇娇爷爷那一辈时，林家才算是进入到了真正的昌盛时期。林爷爷是商业大才，在当年马来西亚华人圈里也是极负盛名的巨贾大豪，林家的生意在他的经营下，规模越做越大，涉及面也越来越广，于是到了娇娇的老爸林先生这一代时，已非创业之难，而是守业之难。

虎父无犬子，林先生守得很好。如今，不止马来西亚，林家在整个东南亚地区也算有一号的望族。林先生深谙政商之道，颇善结交政要，多年下来，钱财聚敛之多自不用说，关键是基业已守得固若金汤，势力远非一般巨富所能相提并论。

人说，富不过三代，可林家，一直都是英雄辈出。

322.

陶潜听得都傻了。

娇娇喝一口酒，眯着美丽的双眼，像一只漂亮的小狐狸："你是不是在想，这样一个大家族，怎么会有我这么一位姑娘？"

陶潜点了点头："对啊对啊。"

娇娇一拍桌子，凶陶潜："我怎么啦！我哪里不对吗？！"

陶潜委屈地说："是你自己说的啊。"

娇娇笑了："其实我也知道，我不爱念书，又贪玩，至于喜欢拳脚功夫，那是从小受我老爸的影响。我刚才没告诉你，我还有个姐姐，你过两天就会见到，见了她，你就见识到真正的大家闺秀是什么模样了。有她做大家闺秀，我就不去同她抢风头了，但你叫我优雅，我也可以优雅给你看，毕竟我从小也受严格的礼仪训练，但我骨子里热爱江湖，大口喝酒，大块吃肉。"

“你这种家庭背景，你爸也能放心你一个人出来瞎跑？”

“不放心呀，但我就是要自己出来闯闯，他也拿我没办法。”

陶潜又开始不屑了：“你这哪叫闯啊？有个巨富老爸一直给着钱，你这充其量也就算是一豪华自助游。”

娇娇难得地没有顶嘴：“是是是，和你比不了，你陶先生多厉害呀！”

陶潜一脸傲娇的小样儿：“一般般吧。”

“我姐姐已经嫁人了，我老爸就开始频繁介绍各路公子给我认识，我明白他的心思，他是想赶紧找个人来收收我的心。这就是我为什么要你来澳门的原因。以后，你既是我的挡箭牌，又是我再想跑出来玩时，最好的借口。”

“你老爸是东南亚大亨，你觉得咱俩的把戏能瞒得过他？”

“那要不，咱们就假戏真做？”

“啊？”

“想得美！逗你玩呢。”

两个人都低下头喝酒。

大运河上，有贡多拉尖舟缓缓滑过，上面的男船手，正用浑厚饱满的嗓音唱着意大利歌剧，陶潜听得有些出神。

娇娇率先打破了沉默：“你知道吗？其实从小到大，在我成长的那个圈子里，我一直都觉得自己像个怪咖。”

这话讲完，她望着陶潜，陶潜也望着她，一种同类相遇的情感就在这时微妙地产生了。

娇娇对陶潜说：“你也一样，对吗？”

323.

次日中午，娇娇领着陶潜去吃法餐。

新葡京酒店的顶层，在这里几乎可以俯瞰到整个澳门。

英俊的男侍者恭敬地对娇娇说："林二小姐上午好，"又礼貌地问陶潜："先生，我该怎么称呼您呢？"

"我姓陶。"

"幸会，陶先生。"侍者一路将二人领到预订好的位子上，路上还问陶潜，"先生这两天手气好吗？希望您能在澳门玩得开心。"

娇娇拿着餐单一通点，陶潜也听不懂，只记得菜名都好复杂好长，他后来跟我讲，这种事儿事儿的地方让他特别想贱贱地来上一句，给我来一盘宫保鸡丁盖饭！

娇娇侧头，望着窗外大半个澳门的锦绣繁华，对陶潜说："你看这世界多有趣啊！一个月前，我们还在一间简陋的大仓库里看着地下黑拳赛，如今一转眼，我们又到了一个这么纸醉金迷的地方。"

阳光映着娇娇的侧脸，她的皮肤显得愈发白皙而光洁——陶潜这时才注意到，娇娇今天穿了件雪白的纱织连衣裙，很美，不再是之前大帽衫大球鞋的假小子打扮了。

她今天真像是一位公主。

娇娇见陶潜盯着自己看，就问他在看什么。

陶潜扯开话题："刚才那服务员为什么老是和我讲话？我跟他又不熟。"

娇娇笑了："傻子。"

菜肴都非常美味，后来娇娇告诉他，这是家米其林三星餐厅，大陆根本就没有真正的米其林星级餐厅。陶潜也不太懂，反正没有宫保鸡丁盖饭。

娇娇说："今晚在金光综艺馆，有一场拳赛，我爸叫你一起过来看，票都给你买好了。”

“又是拳赛？你们这一家子是有多喜欢拳赛？”

“老爸从小就跟我们讲，打拳与做生意，存在着某种精神层面的相通。你知道吗？在 Vegas 的 MGM 举办的那些世界顶级拳赛，坐在最前排的，一多半是商界大佬。”

“叔叔也练拳？”

“他不练，只是爱看。我们一家子真正学拳的人只有我。以前念书的时候，每年假期，我都缠着老爸要他送我去泰国学拳，他说，别人家的小女孩选择在假期周游世界，只有我，每天都在曼谷的拳馆里和沙袋玩得不亦乐乎。”

陶潜会心一笑，因为他想起来，以前上学时的每个寒暑假，他也都只会蜗居在家中读书。每到开学，当班主任问起大家假期都做了什么事情时，他的回答永远只有两个字，读书。

娇娇说得对，他们都是各自成长环境里的怪咖。

娇娇又说：“小时候，老爸就经常带我和姐姐一起去看拳赛，姐姐捂着眼睛不敢看，但我敢，我还和大人们一样站起来又喊又叫。老爸那时就说，他知道以后该怎么养我们姐妹俩了。”

“一个圈养，一个放养？”

“你去死！我们又不是小动物！”

英俊的男侍者这时送上精致的甜点，娇娇把自己那盘推给陶潜，命令道：“吃掉，我怕胖。”

陶潜也不客气，拿过来闷头就吃。

娇娇看着他笑了：“陶潜，你想过以后吗？”

“没想过。”陶潜吃完抹了抹嘴巴，望着大落地窗外的澳门，发着片刻的呆。

娇娇：“难道你就打算这么一直漂泊下去吗？”

陶潜："也许有一天我走累了，我就会回去。"

娇娇："回哪里？回北京吗？"

陶潜："不，回到生活里去。"

324.

那天晚上，我接到了樱子从澳门打来的电话。

樱子激动地跟我说："我好像看见陶潜了！"

当时，陶潜正跟着林先生和那一众黑西服跟班去往金光综艺馆的拳赛现场，刚巧在豪奢的威尼斯人酒店里，从樱子面前匆匆而过。

樱子说："丫太帅了！丫还穿了一身西服！跟着一帮穿西服的人，那派头，就跟着急忙慌要去拯救世界似的！"

我说："那你给我打毛电话！你赶紧给丫打电话啊！他怎么会跑到澳门去呢？"

樱子后来给陶潜打了电话，可一直都没能打通。

325.

金光综艺馆。

世界顶级的职业拳赛。

现场将近一万五千人，场面可比广西的地下黑拳赛要大太多太多了。

是林先生安排的座位：他和陶潜挨着坐，娇娇坐在陶潜另一侧，而林先生的另一侧，则坐着一个黑西服跟班。

前面打垫场赛的时候，跟班一直拿着一台笔记本电脑，在跟林先生交流着什么。然后，林先生把电脑接过来，展示给旁边的陶潜看。

林先生说："陶潜，我们头回见面，我又是长辈，理应送你一份见面礼。不过，我想玩一点更有意思的，你看。"

陶潜接过笔记本一看，上面全是密密麻麻的各种英文人名和数字。

林先生指着最上面一行，解释说："这是 Vegas 开出的今晚 Main Card 的赔率，既然都来澳门了，应该玩上一手的。我给你的见面礼，是一百万澳门元，但你必须要全部下注给其中一位拳手，懂我的意思吗？"

陶潜点了点头："懂。"

林先生笑着："礼，我给了，能拿走多少，看你的本事了。"

326.

一百万澳门元，见面礼，还要一注全扔进赌盘里，这是真不把钱当钱啊。陶潜也是头回见到这么大的阵势，他说当时只感觉这已经不是钱了，就是个数字而已，所以连句客气话都忘了说。

他自己形容，他当时表现得还挺淡定的。

娇娇探过头来看："赔率差这么大！-550 对 +400，陶潜，押那只 Favorite！"

陶潜凑近娇娇，小声问："这都是什么跟什么啊？看不懂啊。"

娇娇说："Favorite 就是被看好的一方，Underdog 就是不被看好的一方，也就是黑马。这两个拳手的赔率能到这么高，证明他们实力相差悬殊，你押 Favorite，不会错的。"

陶潜说："小羊和缅甸仔比赛时，他们不是也实力相差悬殊？"

娇娇吓得脸色都变了："你可别瞎搞啊！押错了就一分钱都没有了！"

陶潜笑了笑，扭头对林先生说："林叔叔，我没怎么赌过，但我知道赌博不能太当真，就是个玩儿嘛，索性玩儿刺激一点，我押黑马。”

娇娇急了：“疯了你！这赔率你押黑马！嫌他们赌场赚得还不够多是吗？！”

林先生自始至终微笑着，不说话，但两只眼睛一直在紧盯着陶潜看。

陶潜拍拍娇娇的头：“玩儿的就是心跳，不怕啊。”

娇娇：“你这不是心跳！你这是乱来！这是全世界最专业的赔率，陶潜你的脑袋坏掉了吗？”

陶潜这时竟朗诵了一句北岛的诗：“告诉你吧世界，我不相信！”

娇娇诧异地看着他：“你在说什么啊？”

陶潜：“再专业也就是个赔率，谁能算得出未来？”

娇娇：“这样严密的计算是很有参考价值的，你干吗非要和别人反着来？”

陶潜咧嘴笑了笑：“什么专业，什么权威，都是狗屎，我今天就跟丫们死磕到底了。”

娇娇见无法说服陶潜，转而对林先生说：“老爸！你管管他，你要给赌场慈善捐款吗？！”

林先生不理娇娇，目光仍放在陶潜身上：“陶潜，你想清楚了吗？输了的话，这见面礼，你可一分钱都拿不走。”

陶潜说：“想清楚了，爱谁谁吧，我就押黑马。”

“好！”林先生的眼神中流露出一丝欣赏来，“果然胆气过人。”

327.

那一场拳赛，陶潜狂赚了五百多万澳门元，折合人民币有将近四百万。

真的爆了一个大冷门，黑马在第三回合居然把对手给 KO 掉了。

整个金光综艺馆沸腾得炸了锅，陶潜却呆呆地坐在自己的座位上。

这一回，他是真的有点儿没反应过来。

娇娇激动地摇晃着他，在他脸上亲了一大口，对他大喊着："你怎么可以这么厉害！"

林先生也笑了，他离近陶潜，问了一句："怎么样？这回够刺激了吧？"

陶潜木然地点了点头："够了。"

328.

樱子是第二天上午才联系上陶潜的。

陶潜昨天没带手机——他果然还和念书时一个样儿，要么不带手机，要么带了也不看。

他们在一间咖啡厅里短短见了一面。

从 2012 年到 2014 年，从夏天到夏天，他们两年未曾相见。算一算，陶潜竟已经走了整整两年。

任他们谁也不会想到，重逢时居然不是在北京，而是在澳门。

樱子回来以后跟我讲，见到了陶潜，让她想起了好多从前的事，从前我们在北某大念书时的旧事。

樱子说：时间真是不可思议啊，一晃，我们竟然已经认识了六年。

前四年，不可思议，我都快忘记我们因何相识，为何相知。你看上去呆呆的，其实肚子里有笔墨和坏水；陶潜看上去也呆呆的，其实肚子里有什么我至今也不知道。就是你们这两个呆呆的家伙，我为什么会把整个大学的四年都用来和你们厮混呢？你是我每次想哭时，最想拥抱的男孩子。而陶潜，他在街面上为了我，打破过别人的脑袋啊。

后两年，也不可思议，你在北京守着我，看到我得到也看到我失去，得失计算得清吗？计算不清，所以才说人生不计得失啊！而陶潜，如鬼魅般突然消失，这两年来，我眼里未见他，心里太多事，也顾不上想他，仿佛和他从来就不曾相识过，怎么如今他突然就摇身一变，穿着得体的西服，坐在了我的对面呢？

陶潜，你过得好吗？你过得一定很好，一定比我好。我失恋了，又失恋了。上次我失恋喝大酒，就是你陪着我，那次都怪我，害得你被学校开除，从此离开北京。你想北京吗？你想我们吗？

那天，樱子死拉硬拽，逼着一向不爱拍照的陶潜和她自拍了一张合影。她从微信上把照片发给我时，我看到陶潜那一脸无奈与不屑的小样儿，忍不住笑了出来。樱子还说，虽然他看上去没什么变化，但我能感觉得出来，这一路，他其实走得很累。

329.

晚上，陶潜敲开了娇娇的房门，有些扭捏地对她说："那个，我请你吃个饭吧？"

我猜这是陶潜长这么大以来，头一回主动约女孩子共进晚餐。

陶潜说："就这么莫名其妙地发了笔横财，要不是你，我没这机会。"娇娇说："是你运气太好，你要听了我的建议，那一百万变不成五百万，全都直接送给赌场了。"

陶潜请她吃粤菜。娇娇说："明天就是太奶奶的生日宴，你的礼物呢，我都帮你挑好了。明天宴会，你是我的男朋友，和我坐内桌。要记得啊，吃饭时小辈不要讲话，要讲话过去给太奶奶敬酒时再讲；

不要摆弄餐具；一道菜再美味，也不要连续夹三次；汤羹再烫口，也不要用嘴吹。”

陶潜说，好。

粤菜清淡，吃过后娇娇拉着陶潜，还要去酒吧喝上一点。他们找了家不吵的精致酒吧，几杯威士忌下肚，娇娇忽然来了兴致，问陶潜要不要去舞池里跳支舞。

陶潜说：“不会啊，回头踩爆你。”

娇娇微笑：“没事，我教你。”

陶潜牵起娇娇的手，挽着娇娇的腰，伴随着娇娇的步子，小心翼翼，但很快就能跟上了。娇娇称赞他：“你真是个聪明的男孩子，学东西好快。”

两个人第一次距离如此之近，陶潜感到一种难以名状的情绪从内心升腾起来，前所未有过，像热血上涌，又不太像。娇娇的目光不时地和他相撞，他喉咙尽管有些干涩，但还残存着威士忌的醇香。

乐队曲调一停一转，似乎刻意要挑起气氛般，演奏起了精心改编过的经典曲目——《Por Una Cabeza》（一步之遥）。

只差一步，一步之遥。

随着节奏突然间加快，陶潜方寸大乱，胡跳一通，逗乐了娇娇，也弄乱了娇娇的步子。他们距离太近，因为步子都乱了，最后索性就默契地抱在了一起。

就这么拥抱了好一会儿，分开时，娇娇看着陶潜的眼睛，认真地对他说：“陶潜，咱们假戏真做吧？”

这一次，向来对恋爱之事兴趣索然的陶潜，脑海中首先冒出的，竟然不是拒绝。很奇妙，他顿了顿，说：“可我没谈过，不会啊。”

娇娇像刚才一样地微笑：“没事，我教你。”

330.

陶大仙儿算是恋爱了吗？

其实我觉得，那时候还不算这场恋爱的真正开始，往后看你便知。

对于男女之情，陶潜一直有着似乎是与生俱来的抵触，他古怪而傲娇，你永远也分不清他对待爱情这种事时，是故作姿态，是真无兴趣，还是宁缺毋滥。

但可以确定的是，娇娇这一次，就像那支突然加快节奏的曲调一样，把陶潜先生的内心，搅得方寸大乱了。

331.

后来就是李太奶奶的生日宴，在酒店内包下了一间餐厅，也并没有摆什么太大的排场，宾客约莫来了五六十人，有男有女，中年者居多。陶潜跟着娇娇，同李太奶奶和林先生坐在内桌。

陶潜后来同我讲了几件让他印象深刻的事。

一、娇娇的姐姐。宴会开始之前，娇娇拉着陶潜见了林大小姐，为他们互相介绍。林大小姐果然很有大家闺秀的范儿，容貌气质自是不用多说，举手投足也都似经过精心训练般准确得体。她比娇娇高半个头，身材纤细，穿了高跟鞋，和一米八的陶潜相比几乎没矮。他们握手，林大小姐的手柔若无骨，她介绍自己的名字，英慈，林英慈，像民国时候的人名。她还对陶潜说：听娇娇说起过你，今天见到，和想象中几乎一样。

二、李太奶奶。生在民国六年，如今九十七岁高龄，年轻时是小美人，如今亦是老美人。神态雍容，衣装得体，贵气却不逼人，脸上常挂着笑，虽免不了皱纹，但那份旧时上海女人的精致还没弄丢。陶潜低下头细细一想，老人家这辈子经历了民国建立、北伐、抗日、内战，后来流落香港，香港回归时又早已移居海外多年。人说生命有长度和宽度之分，有人追求长度，有人追求宽度，但李太奶奶的生命既长且宽，那双阅过无数人与事的眼睛，即便到了近百高龄，也依旧不带一丝浑浊。

三、敬酒。宾客们轮番过来给李太奶奶敬酒。李太奶奶不喝酒，饮茶，手边有一个极精致极小巧的青花瓷茶碗，小到女人的手掌亦可完全包住。客人来敬酒，她便回敬茶。一杯酒，一碗茶，一饮而尽。陶潜注意到，来敬酒的客人，有称呼她为“先生”的，有称呼她为“奶奶”的，甚至还有称呼她为“小姐”的；有同她讲粤语的，有讲上海话的，还有讲洋文的。到陶潜和娇娇过去敬酒时，李太奶奶打量着陶潜手腕上戴着的佛珠——就是在云南大山里活佛赠予他的那串。李太奶奶问陶潜：小朋友信佛吗？陶潜答：学佛而已，未曾皈依，不受五戒。李太奶奶又问他学过哪些经典。陶潜答：一本《金刚经》还没透彻呢。李太奶奶就笑了，说：年纪轻轻，能沉下心来读经典，是很好的事啊。

四、娇娇。虽然之前娇娇就给陶潜讲了那么多饭桌上的禁忌，但她还是当着众人的面，主动给陶潜夹了好几回的菜。

332.

生日宴结束后两天，姐姐英慈就和李太奶奶一同飞离了澳门。

这两天，娇娇几乎一直和陶潜黏在一起，如胶似漆。陶潜后来跟我讲，千里独行，突然多了这么个人，终日与我形影不离，还真有些难适应。

这两天，樱子也走了，非但没赢到什么钱，还倒输了一万。樱子说，谁讲的情场失意赌场得意，我要打死他。

两天过后，澳门就只剩下了陶潜和娇娇，还有林先生。

333.

第三天晚上，很晚，陶潜都准备要睡了，林先生的手下敲开了他的房门，说林先生想要和他见上一面，谈些事情。

陶潜明白，林先生是刻意想要躲开娇娇，白天里她始终在自己左右，林先生是不得已才会深夜派人过来约见。但陶潜不明白，什么事一定要躲开娇娇。

会面地点是酒店内部一间茶餐厅，名义上是林先生要请吃夜宵，在一个小包间里，林先生已等在那里，桌上两碗鱼翅羹，几笼烧卖虾饺。

林先生招呼陶潜坐下后，就让所有手下人都出去了。

小包间其实也不小，关上了门，只林先生和陶潜二人，显得有些空落。

林先生问陶潜，拳赛赢了钱，是否还去赌场里玩了玩？

陶潜说没有，他自知这一次爆冷，已把运气用尽了，何况他也不通赌术。

林先生笑着说："你脑袋灵光，心态也够稳，倒真是块走偏门的材料，不过赌没什么意思，不玩也罢。"

陶潜没说话，他知道林先生想说的肯定不是这个。

林先生稍作停顿，切入正题：

"林家的事，娇娇都和你讲过了吧？我林某人这辈子没有生儿子的命，只有英慈、念娇两个女儿。当然，时代不一样了，如今女人只要足够优秀，一样可以当家做主。英慈，就很优秀，你还不知道她有多么优秀。林家选接班人，从来都是能者居之，这是我们的传承方式。娇娇，她显然不是这块料，想必你也清楚。

"娇娇是我的小女儿，我很疼她，既然不能把林家给她，那我就要给她其他一切最好的，所以，我很看重她未来要嫁的男人，对于这个人，我有我的挑选标准。我不和你拐弯抹角，实话讲吧，你没达到我的标准。

“陶潜，我承认，你很特别，给我的印象也不错。但我见过这世上太多不可思议的青年才俊了，客观地讲，你算不得最特殊，更算不得出类拔萃。

“何况你没有出身。个人才智固然是一方面，但出身是从小的耳濡目染，是血和脉。诚然，我们都是一滴水，或者一颗石子，但汪洋里的水，生来就见过惊涛骇浪；高山上的石，天生就一览众山小。

“赌了一场拳，你赚了将近四百万人民币，我相信以你的头脑，把这钱翻上几番不是什么难事。万事开头难，如今我已帮你开好了头，你会过上富足的生活。只是林家的门，你暂时还迈不进来。”

陶潜一直没说话，他坐在那里，定定地听着。他是内心多么骄傲的一个人，林先生这番毫不客气的谈话，对于陶潜而言，简直就像是一场侮辱。

可林先生，也实在是陶潜这一路遇到过的，最高的高山。

“想好你的离开方式。以后，你就是我林某人的朋友了。”

林先生讲完这句话，才终于拿起了汤匙，轻松地舀了勺翅羹。

沉默了半天的陶潜，终于开口了，他说：“我如果把您女儿一起拐走呢？”

林先生抬起眼，略带不屑地一笑：“你觉得你行吗？”

“人拐不走，拐走心如何？”

林先生皱了皱眉，迟疑片刻后，放下汤匙，问陶潜：“你还想要什么？”

陶潜忽然笑了：“开玩笑的，我什么都不想要。”

林先生的脸色变得不太好看了。

陶潜拿起了自己面前的汤匙，他看着这把勺子，忽然间就想起了往事，想起了开始。

他忍不住对林先生说:“林叔叔,您相信我能把这把勺子看弯吗?”

林先生明显愣了一下，他没讲话，看着陶潜，似乎真的有些将信将疑起来。

陶潜却轻松地笑了：“还是开玩笑，我这人就爱开玩笑。”

334.

其实以陶潜的性格，别说林先生，就是天王老子他也不愿意低眉顺目。

当林先生已经把话说到了那个地步时，陶潜就知道自己一定会走的。

屈居人下的事，甭管是为了谁，他都干不出来。

他最讨厌别人以一种高姿态同他对话，就像刚才林先生那样，仿佛他尽在他的掌控之中。

之前莫小红就因为这个，差点儿失去了陶潜，后来要不是她打着出租车满苏州城寻找他，还放下身段对他说了句“对不起”，陶潜是断不会跟她回去的。

所以在刚才那番谈话的最后，陶潜是一定要和林先生开上那么一回“玩笑”的——当然不是为了开玩笑，而是为了一个所有走江湖的人都明白的最简单不过的道理：输人不输阵。

335.

如果说樱子的人生 slogan 是：不认输；

陶潜的人生 slogan 就是：不低头。

哎，只是可怜了娇娇。

第二天天蒙蒙亮时，陶潜收拾好行李，不辞而别。

336.

樱子回到北京后，给我打电话，要我请她吃饭。

她告诉我她在澳门输了一万块，当时不觉得有什么，现在回过神儿来，越想越心疼。

“看你一穷酸文人，每天闭门造字也赚不了俩钱儿，放心吧，不让你请我吃贵的。”

从她讲话的语气我能听出来，那个打不倒的大樱子，终于又缓过来了。

337.

我们一起回了北某大。

在后门那家念书时经常光顾的烧烤摊子，支一张小桌，放两只马扎，摆一打啤酒。粗壮的大柳树还和从前一个样子，在头顶沙沙作响，晚风柔，可柔不过你。

你问我还记得吗？咱们就是在这儿，抱走了流落江湖的大张飞啊。

啤酒冰得刺喉，三五瓶下肚，往事就上心头。月亮离我太远，你离我很近，所以月亮再亮，也没你通透。烧烤摊子，食人间烟火的地方，男人永远比姑娘多，故事永远比酒瓶多，夏天永远很漫长，青春永远一眨眼，这到底是怎么回事，永远也没人说得清。

你喝晕了，在小马扎上左摇右晃，坐不稳，你叫我搬过去坐到你旁边，好能靠着我。靠着我，才稳。你的眉毛弯弯，眼睛像是在笑，你神秘兮兮地对我说："知道吗？小白告诉过我一个秘密。"

你一只手勾着我的脖子，把我拉近，像是在说一个不可告人的秘密般，用只有我们俩才能听到的音量问我："说老实话，你是不是喜欢过我？"

338.

樱子回到北京后，周导给她打了个电话，问她年底有没有档期，他想介绍她上一部大卫视的定制剧，演女二号。周导还特意强调，这回不是看交情，而是他认定，樱子一定能演好那个角色。

"哭几嗓子，抹两把眼泪，差不多就得了，人不能老是伤心，老哭哭啼啼的不成林黛玉了嘛？我讨厌林黛玉。"

其实樱子压根儿也没读过《红楼梦》，她只知道林黛玉爱哭、柔弱，反正不是她欣赏的姑娘类型。

"想活得好，就不能想过去，因为过去都是狗屎，不管好坏都是狗屎。我已经走了这么远，回头是岸？那是和尚说的，我不知道真假，我只知道，开弓没有回头箭，我要使劲儿往前飞啊！"

几年前，她拍淘宝站车展，在不入流的网络电影里露胸露大腿。几年后，她成了一家大娱乐公司的签约艺人，演过一个小火的角色，未来还会接拍大戏。她一直在用自己的方式，奋力地向前飞呢，你可以对她的追求嗤之以鼻，也可以对她的手段心怀不屑，但你没法否认，她无比清楚地知道自己想要什么，光凭这一点，已经比太多人活得明白太多了。

"我从来没想过要当个好姑娘，我也从来没想过要当个坏女人，我就想当我自己。不管你喜不喜欢，这就是我啊。"

339.

再后来，陶潜也回来了。

他从澳门出关到深圳，又从深圳直飞北京。他带着一笔飞来横财，和这一路上攒下的传奇故事。

他先回了趟家，给了陶爸陶妈两百万，陶爸陶妈都快要被他吓死了，问他是不是干了什么犯法的事儿，他实在懒得解释，就说：没有，路上买了张彩票，中奖了。

他依旧还和从前一样，跟爸妈住不惯，所以没待两天，就搬来了我家。

我们喝了三天三夜的大酒。

三天三夜，他给我讲他遇到的每一个人，每一件事。

他讲藏身市井的练家子，讲大宴八方的女浙商，讲黝黑瘦小的山里娃，讲你死我活的黑拳手。他说忘不了，莫小红跪倒在寒山寺大佛前，顷刻间掉下的眼泪；他说忘不了，拳场里势如山崩的呐喊声和小羊拼杀时视死如归的眼神；他说忘不了，在新葡京酒店顶层，娇娇那一身雪白的连衣裙和她动人的侧脸。

他的故事实在是绝好的下酒菜，我努力把它们通通记住，于是也就有了今天你们看到的这本小说。

一个星期后，陶潜再次离开北京，飞往云南。他说这一路走得太过匆忙，如今他要重回山里，去看看他的那班孩子，并寻求心灵的片刻宁静。

340.

回到云南。

陶潜每天教教课，读读书，像个大孩子一样，整天跟小孩子们玩成一片，如果馋酒馋肉了，就搭车去一趟县城，找小羊把酒言欢。

日子表面上过得风轻云淡，但陶潜的内心却始终难安，因为那里面已经住进了一个人——娇娇。

自陶潜从澳门不告而别，到回北京，再到重返云南，娇娇给他打过无数个电话，发过无数条信息。陶潜忍着，只字未复，他曾一度想换掉这个号码，但又不敢换，他还是怕，怕换了电话号码便从此再无娇娇的音信。

山中静坐、睡前合眼、大酒过后，陶潜总能一次次地想起，在澳门小酒吧的舞池里，娇娇与他心照不宣的相拥一瞬。在那一瞬，陶潜十分确定，他的内心有某种东西一闪而过，虽快如浮光掠影，却令人过心难忘。那究竟是什么呢？似乎也就是因为这种东西，陶潜才没有拒绝娇娇用以告白的那一句“假戏真做”，然后，假戏就真的真做了，陶潜独来独往的一颗心，从此就变得不一样了。

陶潜转动着手里的佛珠，闭上眼，还原彼时那一刻的一切，眼耳鼻舌身意，色声香味触法，究竟哪里如此特殊？究竟哪里与众不同？他跳错的舞步、娇娇柔软的身子、乐队演奏的《Por Una Cabeza》、嘴里干涩的威士忌酒香，这一瞬应该稀松平常，可它怎么就这般难忘？

陶潜拿起手机，逐条翻阅娇娇这段时间以来发给他的短信，每条短信都已经被他读过至少二十遍以上：有骂他混蛋的，有求他回来的，有发誓不再理他的，有问他是死是活的，不计其数，长短不一，情绪各异，最初发得勤，后来发得缓，但再缓，每天也要发。今天的还没到，陶潜等着，一等就从上午等到了傍晚。娇娇的短信到了，陶潜点开来看，这喜爱拳脚的姑娘，今次竟发来了一段古文，陶潜读过这段古文，是一段唱词：

羽族之长，名为凤凰。一日失雄，三年感伤。虽有众鸟，不为匹双。

故见鄙姿，逢君辉光。身远心近，何尝暂忘！

陶潜长长地叹了一口气。身远心近，何尝暂忘。

341.

春秋，吴国。

说吴王夫差有三个女儿，名唤琼姬、滕玉姬、紫玉姬。

小女儿紫玉，十八好年华，才绝貌又佳，最得吴王偏爱。

时有一英俊道士，名唤韩重，年十九，痴迷道术，终日在道观内潜心修炼。

小公主，小道士，本是一对没有交集的童男少女，偏有因缘作弄。

一日，紫玉带贴身侍女参拜道观，遇了韩重，彼此只一眼，心上就都有了数。

所谓“初会便已许平生”。

回了宫，一连几日，相思成疾。

紫玉想韩重，日思夜想。他俊俏的眉目总在眼前，他穿着宽大道袍的清瘦身子总在眼前，他的笑总在眼前。弹琴、弈棋、习书、作画，紫玉无论干什么，都转移不了注意力，就是爱上了，就是躲不掉。

却说另一头，韩重同样对一面之缘的紫玉一见倾心，但他太过痴迷道术，很早就有去齐鲁之地求学的打算，如今诸事皆已准备得当，只待择日启程。

就在韩重启程前一日，紫玉的贴身侍女出了宫，受紫玉之托，带了一纸书信直奔道观。

紫玉的信写得大胆、直接又热烈，没办法，就是中意你，就是要嫁你，你提亲吧。

于是韩重临走前，拜了父母，并要父母拿着紫玉的这封书信，去向吴王夫差求亲。

求学修道何其艰辛，韩重自己也没想到，他这一走，竟走了整整三年。路上落魄时，会思念故土南国。寂寞时，就想到紫玉。

只见了那一面，其余全凭想象。

终是还有位良人，在等他这个归人——有了这份念想，韩重觉得所有难挨的日子，都变得没有那么难挨了。

话分两头，韩重父母那边，拿了紫玉的亲笔书信，去求见大王夫差。

夫差勃然大怒，当场撕了书信。我是吴国的王，紫玉是我最疼最宠的小公主，你们儿子一个小小道士，也敢攀龙附凤？你们有什么资本？王宫的门槛，一介布衣也妄图迈进来？

没斩了你们这两个刁民，就算开恩了，滚蛋滚蛋！

紫玉有多刚烈，单是从那一纸书信的直白热烈，就可见一斑。

何况一见钟情，就要托付终身。

不是性情中人，又怎能一见误终身？

夫差不懂，以为关她几日，待她脾气过了，就能想开。给你物色了那么多望族公子、名门之后，美如冠玉的有，气宇轩昂的有，才高八斗的有，难道还比不上一个小小的道士吗？

紫玉上了吊。

吴王丧女，举国哀悼，偏是那最让紫玉心心念念的韩重，身在齐鲁，尚不知晓。

三年后，韩重归来。父母含泪道了事情原委，韩重听闻紫玉死讯，简直悲恸欲绝。

良人终是没能等来归人，如今阴阳两道，生死永隔。

初见那一眼，竟是最后那一面。

韩重到紫玉姬墓哀悼，整整一天，哭干了所有眼泪，喝光了所有苦酒。恍惚中，竟听得紫玉声音，空灵缥缈，如梦似幻，就在这座巨大而悲凉的公主墓内响起。

紫玉在唱：

羽族之长，名为凤凰。一日失雄，三年感伤。虽有众鸟，不为匹双。故见鄙姿，逢君辉光。身远心近，何尝暂忘！

韩重大呼着紫玉的名字，一连三声，紫玉真的就出现在了眼前。

紫玉对韩重说：你走了三年，我不怨你，如今我管你要三天三夜，能应了我吗？

韩重说：人鬼殊途，死生异路，我已经对你不住，哪还敢再有冒犯？

紫玉牵了他的手，说：我只怕今日一别，永无后期。何况在我心中，你早已是我夫君，我当年以死明志，如今又把一颗赤诚的心送到了你的面前，只要你三日，难道这都不行吗？

行。

韩重由了紫玉，三天三夜，尽了夫妻之礼。

人鬼殊途，悖了伦常。可伦常算什么？无情的人才守伦常。

临别前，紫玉取了颗直径有寸许的明珠，交予韩重。

从今以后，睹物思人，这就是我，我就在你身边。

紫玉言罢，魂魄化作一股青烟，钻入那颗明珠之中，便再没了响动。

韩重出了紫玉姬墓，立刻就被吴王安排的伏兵捉了，原来夫差早已得知韩重归来的消息，要拿了他给女儿报仇。

韩重没有反抗，被兵士押着，去见了吴王。

夫差一拍桌案，响如惊雷：押过来，近点儿！

看看韩重。

我见过多少青年俊秀，哪个不比你强，你凭什么？你他妈有什么？

韩重面无惧色，语气平缓，当众讲了与紫玉在墓中的三天三夜，还拿出了那颗明珠作证。

夫差大为盛怒，当即拔了随身佩剑，出鞘，气势如虹，眨眼间，青铜剑的剑尖已经抵在了韩重的脖颈上。

我最疼的小女儿因你而死，你如今还要当众玷污亡灵！这颗珠子分明是你从墓中盗得，却要假托鬼神之事。我今天就亲手杀你，祭我的小女紫玉！

话音刚落，韩重手中的明珠一闪，一道青烟钻出，盘旋流动，就在夫差面前，化作了紫玉的模样，发、肤、骨、肉，样样俱全，形神兼备，真真切切。

夫差的剑掉了，他看着犹如复生的紫玉，惊得说不出话来。

紫玉跪倒在夫差面前，说：昔日韩重来向父王求娶紫玉，父王不准，紫玉为明志而自尽。韩重远行三年，归来后方知紫玉死讯，便到墓中吊唁，悲恸欲绝，泪流成河。紫玉深为他的笃诚所动，便以魂魄现身与他见面，又把相思托在明珠里，送交于他。万望父王念及与紫玉一场父女之情，不要治我夫君韩重的罪。

夫差动容，躬身上前欲抱起紫玉，可手才触碰到紫玉的身子，她便化作一道青烟，又钻回了韩重手中的那颗明珠里。

342.

身远心近，何尝暂忘。

343.

差不多在陶潜返回云南一个月后，娇娇终于从小羊口中得知了他的下落。

尽管陶潜嘱咐了小羊，但小羊到底经不住娇娇在电话里的反复纠缠逼问。

何况娇娇说了：我爱上了他，我要把他找回来。

单凭这句话，小羊就毫无招架之力，只有如实招供。

娇娇毅然上路。

Por Una Cabeza.

一步之遥，这回，真的只差一步了。

344.

娇娇只身一人飞往云南，按照小羊给的地址，辗转火车、长途大巴、马车，山路十八弯，总算找到了大山里的希望小学。

那是一个阳光明媚的午后，陶潜正一个人坐在小操场的篮球架下，晒着太阳，抽着烟。远远看到一个无比熟悉的身影朝自己走来，觉得花了眼，不可能。那身影越走越近，越近，陶潜心里越慌，他扔掉烟，难以置信地站了起来。

娇娇走到他面前，抬手就抽了他一个大嘴巴："跑啊！再跑啊！"

陶潜捂着脸，吓都吓傻了。

娇娇不解恨，又抡圆胳膊抽了个声音更脆响的："你本事很大喔？玩失踪是不是？"

陶潜可怜巴巴的，话都不敢答。

娇娇又抬手，要抽第三个大嘴巴，吓得陶潜咬牙闭眼，两只手恐惧地一阵乱挥乱挡。

娇娇的手却停在了半空。

她看着陶潜害怕的模样，忍不住笑了。一笑，眼泪也就跟着流了出来。

她放下手，心疼地说：“别再离开我了。我知道我爸不愿意咱俩在一起，但我从小到大都没听过他的话，这次也不想听。陶潜，我爱你。”

陶潜望着娇娇，望了三五秒，然后他说：“我也爱你。”

补　记

1.

2014年4月17日，加西亚·马尔克斯逝世，当时身在广西的陶潜，因为一不上网二没电视，所以直到很久以后，当他和娇娇去往马来西亚时，才偶然得知了大师早已离世的消息。

据说那天，陶潜像个孩子一般号啕大哭，娇娇怎么哄，都没用。

2.

去年，就在临近寒假的大考前夕，唐教授发了一条朋友圈：此条点赞者，西方文学概论一律给过。

我看到已经毕业了四年的樱子和小白都点了赞，就也感慨万千地点了赞。

十分钟后，唐教授又发一条：我要你们的！大学生就是好骗！

3.

我所闻与所见总是如此：

当那些不愿遵守规则的怪咖，翻过高墙或越过雷池之时，他们曾让人难以忍受的格格不入，总能变得灿若星辰。

献给我的中文系；

献给加西亚·马尔克斯；献给陶渊明；

以及每一位此刻孤独，却永不认输的人。

2017 北京

The End

Written by **刘争争**

1990年生于北京，青年作家

新浪微博：刘争争 Shantih

陶潜和樱子

产品经理 | 王　胥　　后期制作 | 白咏明

装帧设计 | 小　武　　执行印制 | 路军飞

策　划　人 | 路金波

图书在版编目(CIP)数据

陶潜和樱子 / 刘争争著. -- 杭州 : 浙江文艺出版社, 2017.9

ISBN 978-7-5339-4948-8

Ⅰ. ①陶… Ⅱ. ①刘… Ⅲ. ①长篇小说 - 中国 - 当代 Ⅳ. ①I247.5

中国版本图书馆CIP数据核字(2017)第180029号

责任编辑 金荣良
装帧设计 小 武

陶潜和樱子
刘争争 著

出版 浙江出版联合集团
浙江文艺出版社

地址 杭州市体育场路347号 邮编 310006
网址 www.zjwycbs.cn
经销 浙江省新华书店集团有限公司
杭州果麦文化传媒有限公司
印刷 北京盛通印刷股份有限公司
开本 880mm × 1230mm 1/32
字数 211千字
印张 8.75
印数 1-12,000
插页 1
版次 2017年9月第1版 2017年9月第1次印刷
书号 ISBN 978-7-5339-4948-8
定价 38.00元